मर्डरर की माँ

मर्डरर की माँ

महाश्वेता देवी

अनुवाद

सुशील गुप्ता

वाणी प्रकाशन

वाणी प्रकाशन

4695, 21-ए, दरियागंज, नयी दिल्ली 110 002

फ़ोन : +91 11 23273167 फ़ैक्स : +91 11 23275710

शाखाएँ

अशोक राजपथ, पटना 800 004, बिहार

कॉफ़ी हाउस कैम्पस, महात्मा गांधी मार्ग, इलाहाबाद 211 001, उत्तर प्रदेश

महात्मा गांधी अन्तरराष्ट्रीय हिन्दी विश्वविद्यालय, वर्धा 442 001, महाराष्ट्र

www.vaniprakashan.com
marketing@vaniprakashan.in
sales@vaniprakashan.in

Mardrar Ki Maan
by Mahashewta Devi
Translated by Sushil Gupta

ISBN : 978-81-8143-744-0
Novel

पेपरबैक संस्करण 2004, 2005, 2008
पेपरबैक चतुर्थ संस्करण 2023

मूल्य : ₹ 199

सिटी प्रेस, दिल्ली-110 095 में मुद्रित

वाणी प्रकाशन का लोगो मक़बूल फ़िदा हुसेन की कूची से

एक

रात के ग्यारह बजते ही रानी अपनी आंखें खुली नहीं रख पाती थी। उसकी पलकें मुंदने लगती थीं। उसे वस, नींद आने लगती थी। लेकिन इस बैरेक के घरों में रानी जैसी औरतों को, कोई इतनी जल्दी सोने नहीं देता था। झलमल मैक्सी या कुर्ता-पायजामा या बम्बइया हीरोइनों के अन्दाज़ में ड्रेस पहनकर बैठे रहना पड़ता था। यूं बैठे रहना, उनकी लाचारी थी। उसके बाद, वे कपड़े उतारने होते थे। अर्से से उन औरतों को यही करना पड़ता था; बार-बार अपने कपड़े उतारने पड़ते थे। अनादि काल से रानी जैसी औरतों को ऐसा क्यों करना पड़ता था; उन लोगों को बार-बार नंगी क्यों होना पड़ता था, रानी नहीं जानती। फिर कौन जानता है?

उत्तर चौबीस परगना का यह शहर, कलकत्ता के काफी क़रीब था। बैरेक में घिरे ये घर, शहर में ऐसी जगह पर थे, जहां से अन्दर तो दाखिल हुआ जा सकता था, मगर बाहर नहीं निकल सकते थे। बाकी शहर जब गहरी नींद सो जाता था, ये घर बेतरह जाग उठते थे। पांच-पांच जगहों पर सारी रात विडियो चलता रहता था। इस बैरेक अहाते में ताड़ी का एक ठेका था और ड्रग का भी एक ठेका मौजूद था। इसके अलावा, ढेरों रानी जैसी औरतें भी थीं।

यह एक वृहद साम्राज्य था, जहां से मोटे राजस्व का मुनाफा होता था। इस साम्राज्य का सम्राट था--टाइगर! यहां अगर कोई सम्राट मर जाये, तो उसका बेटा सम्राट नहीं होता। कोई दूसरा बंदा और ज़्यादा जबरजंग हो उठता था। वह पुराने सम्राट से बाक़ायदा जंग करता था और साम्राज्य दखल कर लेता था। यह साम्राज्य हथकट्टे दीनू ने कांग्रेस के जमाने में रचा-गढ़ा था। अभी तक दीनू के बारे में सैंकड़ों किस्से-कहानियां प्रचलित थे। कहते हैं, नेताजी दिवस के दिन वह बस्ती के बच्चों के साथ धूमधाम से जश्न मनाता था। मोटर सायकिल, एम्बेसडर वगैरह होने के बावजूद, वह हमेशा सायकिल रिक्शे में ही घूमता था। यह बैरेक, बैरेक के सारे घर उसी के थे; औरतों का मालिक भी वह खुद था। इसके बावजूद, उसने छवि को रिहा कर दिया था।

कभी-कभी रानी और उसकी सहेलियां, मौसी के साथ गपशप भी किया करती थीं। रानी को छवि की कहानियां सुनना बेहद प्रिय था।

छवि बिल्कुल नयी-नकोर लड़की थी। तब तक इस धंधे में पुख़्ता नहीं हुई थी।

मौसी ने कहा, 'छवि के तन-बदन से सड़क-घाट की खुशबू आती थी। लेकिन वह हद रोती-धोती थी।'

'लेकिन वह छूट कैसे गयी?'

'वह तो ग़ज़ब कांड था।'

'क्या हुआ था, मौसी, बताओ न!'

उन दिनों दीनू, रात दस बजे मासी के कमरे में बैठकर दारू पीया करता था। लेकिन यहां वह एक भी रात नहीं गुज़ारता था। चाहे जितनी भी रात हो जाती, अगर वह शहर में होता, तो अपने घर ज़रूर लौट जाता। दीनू का घर भी शहर में ही था। ऐन लाइन के ऊपर! पुश्तैनी घर था; सुन्दरी बीवी थी; बेटा था। दीनू बॉडीगार्ड रखता था; रखना ज़रूरी था। इरानी उसका बॉडीगार्ड था। हर दिन की तरह, उस रात भी दारू-वारू चढ़ाकर, करीब ग्यारह बजे अपने घर लौटने को उठ खड़ा हुआ।

छवि अपना ग्राहक विदा करके, अपने कमरे के दरवाजे पर खड़ी थी।

बाहर जाते-जाते उसका जूता, छवि के बदन से टकरा गया।

अचानक उसकी जुबान से निकला, 'कौन हो, मां,? मैंने देखा नहीं, कहीं तुम्हें चोट तो नहीं लग गयी?'

मासी हंस पड़ी, 'आप किसको 'मां' कह रहे हैं, बाबू? वह तो छवि है। चांपबेड़ेवाली छोकरी। जिसको लेकर बैशाख में इतना हंगामा मचा था। जो बार-बार भाग जावे को आमादा रहती है।'

छवि खड़ी-खड़ी दहशत से थरथरा उठी।

'दीनू बाबू'—नाम सुनते ही चारों ओर ख़ौफ़ छा जाता था। सुना था, दीनू का हुंकार सुनते ही, गर्भवती को अकाल-प्रसव हो जाता था। वह आदमी को सामने खड़ा करके, चेम्बर दाग देता था। छवि डर के मारे कांपती रही। उसकी आंखों से धार-धार आंसू बहने लगे। दो-तीन बार सिर को झटका देकर, दीनू ने अपना दिमाग साफ़ किया। वह दिन उसके लिए बेहद शुभ था। ज़िद में आकर, उसने लक्ज़री-टैक्सी का एक गैरेज ख़रीद डाला था। उस दिन वह गैरेज उसने काफी मुनाफे में बेच दिया था। आज वह बेहद खुश-खुश था।

दीनू ने कहा, 'बेटी कहां है! मेरी जुबान पर 'बेटी' शब्द आया कैसे? ज़रूर यह देवी मइया की इच्छा है। पूजा के समय, हम देवी मइया को सच्चे मन से पुकारे थे—दीनू का कोई नाहीं है, मइया! दीनू बड़ा पापी-तापी है। हम ख़ानदान के मुंह पर कालिख पोत दिये हैं। मइया, तुम तो देखत हो, कित्तने दुःख-तकलीफ से ऊपर उठे पड़त है। मोरी पूजा 'सविकार' करो, मां, हमरी पूजा ग्रहण करो। हम पूजा किये, मइया ने मोरा फूल लै लिया। भगवान की किरपा बिना, यह कहां संभव था? मेरी अपनी सग्गी मां कुपुत्तर का मुंह नाहीं देखेगी, इसलिए बड़े बेटे के पास रहती है और बेटे की बहुरिया के

लात-जुत्ते खाय रही है। हम उसको कब्भी देखने भी नाहीं जाते। मन आकुल-व्याकुल होता है, मगर हम मन ही मन पी जाता हूँ। हम उसको कब्भी देखने नाहीं गये। हम मन ही मन मनाता हूँ—हे मइया! हे मोरी मइया! सो मोरी जुबान से, इत्तनी बड़ी-बड़ी बात निकल गयी?.....क्या कह रही थी तुम? इ लड़की भाग गयी थी?'

'हां, जी, बाबू, दो-दो बार भाग गयी थी।'

'खैर, छोड़ो, जब जुबान से बोल दिया....

'मां' नाम की महिमा, तू क्या समझेगी, छिनाल औरत? भतार छोड़कर, ई लाइन में उतर गयी। जब देह-गतर जवाब दे गयी, तो 'मासी' बन गयी। 'मां' कहते हैं, देवी को, जनम देनेवाली मां को और बेटी को। जब उस लड़की को मां कहा है, तो उसको हाम छोड़ दूंगा।'

छवि फफक-फफककर रो पड़ी।

'छोड़ देंगे? मगर वह जायेगी कहां? इत्तने दिनों में उसका विषदांत मरनेवाला है....पोस मानने लगी है।'

'तू चुप कर—'

'लेकिन, जायेगी कहां? मां-बाप उसको क़बूल करेंगे?'

'यह सब वह समझेगी। देख लड़की, हम तुमको छोड़ दूंगा। कल तुमको रेल में बैठा दूंगा। लेकिन, ख़बर, थाना-पुलिस करने की सोचना भी मत।'

दीनू ने छवि को सच ही रिहा कर दिया। साथ ही यह हुक्म भी जारी कर दिया गया कि दीनू बाबू जब घर में दाखिल हों या बाहर निकलें, कोई अपने दरवाजे पर खड़ी न रहे। बाबू के पांव फिर लड़खड़ा सकते हैं। वे फिर किसीको 'मां' कह सकते हैं। जिसके लिए जुबान से 'मां' निकल जाये, उसे रिहा करना ही पड़ेगा, क्योंकि 'मां' बुलाने के बाद, उसकी देह बेचकर, पैसा कमाना महापाप है। 'मां' शब्द की विराट महिमा है। ऐसी दुर्घटना एकाध बार होना ही श्रेयस्कर है। बार-बार ऐसे हादसे होते रहे, तो कारोबार में लाल बत्ती जल जायेगी।

मासी ने उसे किस्सा सुनाते हुए कहा, 'इसके अलावा, यह तो कारोबार है। ऐसा बार-बार होता, तो धंधे में नुकसान हो जाता न?'

'उसको सच्ची-सच्ची छोड़ दिया?'

'मैं खुद गयी, सियालदह से टिकट कटाकर, उसे रेल में बिठा आयी।'

'उसके बाद क्या हुआ, जी?'

'इसकी ख़बर कौन रखता? पान की दुकान के विलास ने बताया, उसे कोले बाज़ार की फुटपाथ पर केला-खीरा बेचते हुए देखा है। पता नहीं, किसको देख आया। निकल भागने को सभी मचलती हैं, लेकिन जायेंगी कहां? मां-बाप दुबारा क़बूल करेंगे? शादी-ब्याह होवेगा? अगर यहां से भाग भी गयीं, तो ज़्यादातर यहां-वहां, इसी लाइन में उतरेंगी। अरे, सब्ब जगह दल्लाल घूमते हैं। वे लोग ही उन्हें ले जाते हैं और फिर इसी लाइन में डाल देते हैं।'

'उसके बाद?'

'उसके बाद, और क्या? क़िस्मत बुलंद हो तो मेरी तरह 'मासी' बन जाती है, वर्ना चूल्हे में जा पड़ती हैं। अच्छा, चल, अब सोने जा! मैं भी, टुक कमर सीधी कर लूं। तू क्यों फ़िक्र करती है? जब तक तेरी देह सलामत है, तुझे फ़िक्र करने की कोई ज़रूरत नहीं है।'

जितने दिनों कांग्रेस का राज था, उतने दिनों दीनू की भी शान-शौकत, रौब-दाब था। बम बनाते हुए उसका दाहिना हाथ उड़ गया। लेकिन उसकी ख़ैर-ख़बर लेने के लिए, अस्पताल तक में नेता लोग आये थे; 'दीनू बाबू' कहकर, आदर से बात की थी। पुलिस के बड़े-बड़े कर्ता दीनू को केस देते थे। उसे कभी भी पकड़ नहीं पाये।

कांग्रेस गयी, दीनू भी गया। दीनू को तपन ने हटाया। दीनू या तपन या जो भी कोई, जब अपने-अपने समय के रंगरूट थे। तत्कालीन समय और इतिहास उन लोगों का चुनाव करता है, जैसे युद्ध की ज़रूरत पर सिपाही तैनात किये जाते हैं। युद्ध भी तो इतिहास रचता है, जैसे इतिहास युद्ध तैयार करता है। पश्चिम बंगाल में, किसी ज़माने में गोपाल पांठा, उसके बाद, कल का रमेन मंडल और उनके परवर्ती समय से लेकर, आज तक, तत्कालीन राजनीति का इतिहास ही तो ऐसे लोगों को चुनकर, तैनात करता रहा है, उनके हाथों में हथियार थमाता रहा है। वैसे आजकल ऐसे लोगों की ज़रूरत बहुत ज़्यादा बढ़ गयी है। राजनीति अब समाज-विरोधियों को नियन्त्रित नहीं करती। राजनीति और अपराध-उद्योग एक-दूसरे को थामे रहते हैं। भारत के नक्शे में अनगिनत जगहें, इन्हीं लोगों की दख़ल में होती हैं। समाज-दुश्मन अब वोट में खड़े होते हैं। जननेता बन जाते हैं। जनता क्या सोचती है। इसका हिसाब कोई नहीं रखता। ये बातें कागज-कलम में भी दर्ज़ नहीं होतीं। किसी ज़माने में जब राजनीति इन्हें नियन्त्रित करती थी, समय नामक, इतिहास रचयिताओं ने इन लोगों के हाथ में छुरा, रिवाल्वर, पिस्तौल और बम थमा दिये। आज भी उन्होंने ऐसे लोगों के हाथों में एक से एक आधुनिक अग्नि-अस्त्र और अधिक शक्तिशाली बम सौंप दिये हैं। लेकिन, इस वजह से पुराने ज़माने की छुरी-छूरे ख़ारिज नहीं हुए। निर्जन एकान्त में घातक की तौर पर छुरी आज भी बेहद प्रसिद्ध है। एकदम से ख़ारिज नहीं हो गयी।

तपन अपने ज़माने का रंगरूट था। जिन दिनों तरूण समाज को बहुत बड़ा हिस्सा नक्सल आन्दोलन में उत्ताल हो उठा था। उसके ठीक बाद ही महानगर और अन्यान्य गांव-शहरों में नक्सलपंथी नौजवानों के खून की होली खेली गयी और उसके फौरन बाद, जब कांग्रेस का राज हुआ, उससे पहले ही शहरों में, बेरोजगारी और हताशा झेलते हुए अर्ध-शिक्षित, मामूली शिक्षित, शिक्षित में से काफी सारे नौजवानों को हत्यारे, मर्डरर और घातक तैयार कर लिया गया था। काफी सारे समाज-विरोधी लोग, पुलिस के दुश्मन नहीं, दोस्त बने गये थे।

क़ीमत के विनिमय में।

पुलिस ने दिये रुपये और इन लोगों ने दिया, जीवन, सम्मान, इन्सान के नाम पर जीने का हक़! लेकिन, खुद इन्सान नहीं रह पाये।

सन् 1972 और 1975 में, जब अनगिनत नक्सलपंथी बाहर भी थे और जेल के अन्दर भी, तब कांग्रेस सरकार और पुलिस ने मिलकर अनगिनत अर्ध-शिक्षित, ट्रिगर-हैपी नौजवानों को तैनात किया। ये लोग कंगसल थे। ये लोग जुबान से तो नक्सल-समर्थक बने हुए, नक्सल दल में घुस गये, जबकि ये लोग कांग्रेस सरकार के आदमी थे। इन लोगों को निर्देश दिया गया कि मौके-बेमौके ख़ूनख़राबी करते चलो, बेकसूर लोगों की जान लेते रहो, जिन हत्याओं के पीछे किसी वजह का पता नहीं चलेगा और जिन्हें नक्सल लोगों की करतूत कहकर प्रचारित किया जायेगा। यह सिलसिला अगर लगातार चलाते रहे, तो नक्सलपंथियों के प्रति आम लोगों की जो श्रद्धा है, वह ख़त्म हो जायेगी। उन लोगों को नृशंस खूनी, क्रूर हत्यारों के तौर पर प्रचारित कर दिया जायेगा।

इसके साथ एक निर्देश और भी था। कसूरवार नक्सल के तौर पर तुम लोगों को भी धरा जायेगा और उन लोगों के साथ एक ही जेल में रखा जायेगा। वहां उन बाग़ियों के दोस्त बनकर, तुम लोग उनके गुप्त रहस्य, गोपन बातें जान लेना। जेल तोड़कर उनके निकल भागने की योजना, कौन, कहां छिपकर बैठा है--ये सारी बातें उनके पेट से निकाल लेना।

तपन भी कंगसल था। ज़ेल के अन्दर नक्सल लोगों पर चाहे जितनी भी मार-पीट, ज़ोर-जुल्म बरसाये जाते, कंगसल के बदन पर कभी लाठी नहीं पड़ती थी। वैसे यह भी सच था कि नक्सल लोगों ने कंगसल लोगों को पहचानने में भूल नहीं की। उन लोगों ने कंगसल लोगों को अहमियत ही नहीं दी। इसलिए जेलों में ये कंगसल थोड़ा बहुत अलग-थलग हो गये। सन् सतहत्तर के बाद, इन कंगसलों की विश्वस्त सेवाओं को पुरस्कृत किया गया और उन्हें जगह-जगह अहम् पदों पर आसीन कर दिया गया। जिसकी जैसी योग्यता थी, उसे वैसा काम मिल गया।

जन्म से ही एक हाथ गंवा देनेवाला, छन्नू, किसी ज़माने में 'राजनीति करने गये, पुलुस की लाठी खाकर, ई दशा भयी' कहते हुए, अपना लूला हाथ दिखाता फिरता था। बाद में, उसने देखा, उसकी यह दुहाई, धोबी के पाटे पर नहीं टिकती। इसके बाद, छन्नू, चुप्प मार गया। एकदम गूंगा हो आया। अपना स्वास्थ्य-सेहत चुस्त-दुरुस्त करके, जब वह जेल से बाहर आया, वह बाजार में मुर्गी जिबह करते और बेचते देखा गया।

तपन किसी और तबके का इन्सान था। सूरत-शक्ल से ख़ूबसूरत , हंसी ख़ूबसूरत, धाकड़ चाकू-छुराबाज़ के तौर पर उसकी काफी क़द्र थी। नेता लोगों की हिदायत पर, वह जेल गया था। नेता लोगों ने ही उसे शहर के मलय से भिड़ा दिया था। मलय दीनू के दल में था। लेकिन महज एक चुल्लू का ठेका पीकर, उसका मन नहीं भरा। वह अपने को 'शोषित और वंचित' महसूस करता था।

मलय कहा करता था, 'यह सब छोटी जात के प्रति 'घिन्ना' दिखाना है। दीनू

गांगुली ठहरा बाम्हन! वह बाम्हन-कायेत में से चुन-चुनकर, अच्छे शेयर देता है। असल में, मैं ठहरा रदि``स--एस सी! अनुसूचित जात। वह मुझे कुछ क्यों देने लगा?'

हालांकि जान जोखिम में डालकर, मलय ही बम टपकाता था। उस दिन पंजाब सिंह से उसका मल्लयुद्ध नहीं देखा?

तपन समझ गया था, मलय को इस्तेमाल करके फेंक देना मुश्किल नहीं होगा।

मलय ने कहा, 'इसके अलावा, दीनू बाबू काफी लम्बे अर्से से इस लाइन में है। दस साल तो गुज़ार दिये, अब क्या? अब इसे पेंशन पर भेज दो। अब, हमारा ज़माना है।'

'यह काम करेगा कौन?'

'करने को तो मैं ही कर सकता हूँ।'

'नहीं! नहीं कर सकते। इरानी ठहरा फाइटर! लड़ाकू जीव!'

'इसलिए कि वह चेम्बर दागता है।'

'न्ना! इरानी खतरनाक बंदा है।'

'तब?'

'यह काम तुम खुद करने की सोच रहे हो? तुम आते हो। चाय की दुकान पर बैठते हो, अड्डा देते हो। लेकिन यह इलाका दीनू बाबू का है, यह मत भूलो। कभी राजनीति की है? चम्पक भी राजनीति ही करता था। नक्सल था।'

'बकवास मत करो, मलय! चम्पक मेरे साथ पढ़ता था।'

मलय हंस पड़ा, 'वह है नक्सल, तुम हो कंगसल।'

तपन की आंखें नाच उठीं। उसका हाथ बरबस ही अपनी पैंट की जेब में चला गया। मलय का पेट लम्बाई में चीर देना, बिल्कुल आसान समाधान है। लेकिन तपन को यह भी अन्दाज़ा हो गया कि यह काम आसान सही, समाधान हरगिज नहीं है। जिसका अभी तक कोई दल नहीं बना, उसके लिए यह समाधान संभव नहीं है। यह तो खुल्लमखुल्ला दूसरों के हथियार के सामने अपनी छाती तान देने जैसा काम होगा। तपन ऐसा बेवकूफ नहीं है।

तपन तो निहायत ही बहुजन में से एक जन था। समय का रंगरूट मात्र था। भवानी बाबू उसे कनक मजुमदार के पास ले गये। आइ पी एस कनक मजुमदार बेहद स्मार्ट नौजवान! अंग्रेजी में चुस्त-दुरुस्त! नक्सल उच्छेद के लिए दृढ़संकल्प! अनगिनत नौजवानों को वह हमेशा-हमेशा के लिए लापता कर चुका था। तपन को क्या करना है, इसका नक्शा भी उसी ने तपन को समझा दिया।

लेकिन, खैर, वह नक्शा काम नहीं आया, यही अफसोस रहा। तपन, चम्पक के साथ एक ही जेल में रहा था। लेकिन चम्पक उससे पूर्व-परिचय से जरा-सा इन्कार करता रहा। तपन को छाती पर चोट आयी थी।

चम्पक ने कहा, 'मैं जिस तपन को पहचानता था, वह तुम नहीं थे, तुम्हारी तस्वीर थी।'

चम्पक वगैरह साथ-साथ ही रहा करते थे, गाना-वाना गाया करते थे। वार्डर को बिल्कुल नहीं मानते थे। क़ैदियों के खाने, दवा-दारू वगैरह को लेकर आये दिन प्रतिवाद किया करते थे। अन्यान्य क़ैदी चम्पक वगैरह के प्रति श्रद्धा रखते थे। क़ैदी उसके आगे दुःख जाहिर करते हुए कहते थे–'अपनी ज़िन्दगी बर्बाद करने से क्या फ़ायदा हुआ?'

इस तरह कभी किसी ने, इतने प्यार से तपन से बात नहीं की थी। जेल से निकलकर चम्पक ने इसी शहर में प्रेस कर्मचारी यूनियन बनाया। शहर का प्यारा बेटा-चम्पक! लेकिन नक्सल यूनियन की इतनी धूमधाम भवानी बाबू को क़तई पसन्द नहीं आया। इसके बाद, चम्पक किसी आततायी के हाथों खून हो गया।

अब जाकर तपन की समझ में आया, यह भी दीनू का ही काम था। मलय ने ऐसा ही कोई इशारा किया। तपन का इस शहर में घुस आना, दीनू के मन में भी सन्देह जगा गया।

भवानी बाबू ने तपन को बताया, 'दीनू को मैंने ही ऊपर उठाया था।'

'जानता हूँ!'

'तुम्हें भी इस लाइन में मैं ही लाया। बार्डर-शहर है। बिजनेस बढ़ रहा है। महीने में दस लाख रुपये रेवेन्यू वसूल किया जा सकता है।'

'मुझे क्या करने को कहते हैं?'

'देखो, इरानी से कहने का कोई फ़ायद नहीं। वह दीनू के अलावा और किसी को भी नहीं पहचानता।'

'यह तो एक प्लस क्वालिटी है, भवानी' दा, उस पर निर्भर किया जा सकता है। वह दीनू बाबू से कभी बेइमानी नहीं करेगा।'

'तुम्हें ग़लतफहमी है। इरानी, दीनू के अलावा और किसी को नहीं मानेगा।'

'मलय शायद मानेगा।'

'हां, मलय, चीना, बादल.....'

'लेकिन उन पर क्या निर्भर किया जा सकता है? जो लोग दीनू के साथ इतनी आसानी से बेइमानी कर सकते हैं, वे लोग मेरे साथ क्या ऐसा नहीं करेंगे?'

सुना है, भवानी बाबू की एक आंख कांच की है। वैसे कौन-सी आंख कांच की है, यह समझ में नहीं आता। दोनों ही आंखें भावलेशहीन! पत्थर-पत्थर! भवानी बाबू खुद राजा नहीं था। वह राजा बनाता था, गद्दी पर बिठाता था, राजा को गद्दी से उतारता था। शहर में रोड़ियां हैं, रेल यार्ड वर्कशाप है। विशाल-विशाल बत्तियां हैं।

भवानी बाबू भी टाउन के ही आदमी थे। अगर खोजा जाये, तो दीनू बाबू से कोई न कोई रिश्तेदारी निकल ही आयेगी। भवानी बाबू को पुरखों ने ही गंगा-तट पर संस्कृत की पाठशाला खुलवा दी थी। सुनने में आया है, भवानी बाबू के ख़ानदान में ही आखिरी सती-दाह हुआ था। गंगा तट पर सतीघाट से नदी, जाने कब ही खिसक गयी थी। अब वहां ईंटों का एक भट्टा चला करता है।

भवानी बाबू के बप्पा रजनी बाबू गांधी-भक्त थे! प्राचीन कांग्रेसी! उनके बेटे भी स्वाभाविक नियम से ही कांग्रेसी ख़ेमे में शामिल रहे। पहले के तीन बेटे, कलकत्ता में सुप्रतिष्ठित वकील थे। वे लोग अब इस टाउन की तरफ रुख नहीं करते थे। इसकी वजह है–भवानी बाबू!

भवानी बाबू ने लिखाई-पढ़ाई भी नहीं की, जवानी में ही उसने कुली-बस्ती में ताड़ी का ठेका खोल लिया और चटकल के रुपये लूटकर, वह फ़रार भी हो गया था। रजनीबाबू ने उसे त्याज्य-पुत्र घोषित कर दिया। लेकिन बाप के मरते ही भवानी टाउन में लौट आया और उसने चटकल में कांग्रेस यूनियन शुरू कर दिया। उसके बाद उसने चुल्लू और जुए का ठेका भी गढ़ लिया और नौजवान वाहिनी के नाम से एक मस्तान वाहिनी भी तैयार कर डाला। हर काम में वह पथप्रदर्शक इन्सान! मिसाली पुरुष! वह इतना ताकतवर हो उठा कि उसकी मदद के बिना विधानसभा में निर्वाचित होना तक संभव ही नहीं था।

ऐसे भवानी का ब्याह भी हुआ था क्योंकि इस देश में चाहे खूनी हो, लम्पट हो, हर मर्द का ही विवाह होता है। भवानी को अपनी बीवी पर ध्यान देने की फुर्सत नहीं थी। लेकिन बीवी थी तेज़-तर्रार। उन दोनों मियां-बीवी के लड़ाई-झगड़े अनेक लोगों ने सुने थे। उन्हीं दिनों बैरेक की वर्तमान मासी के साथ भवानी की अंतरंगता खासी बढ़ गयी थी। इस मामले में भवानी की बीवी को बेहद आपत्ति थी। वह बीवी आग में जलकर अचानक अल्ला को प्यारी हो गयी। लोगों को शक है कि उसकी मौत सिर्फ हादसा नहीं थी, क्योंकि शाम के वक्त उसकी बीवी किसी सार्वजनिक काली पूजा के मंडप में गयी थी। भोर-भोर ख़बर मिली, रात ग्यारह बजे, स्टोव पर खाना गर्म करते हुए वह जलकर मर गयी।

सुबह-सबेरे ही उसका दाह-संस्कार भी कर दिया गया। पुलिस भी नहीं आयी। जांच-पड़ताल भी नहीं हुई। हां, लोगों की जुबान पर यह ख़बर काफी मशहूर हुई थी। अब यह बात हर किसी की जुबान पर थी कि यहां बीवी को जलाने का इतना रिवाज़ नहीं था। भवानी बाबू ने ही राह दिखायी। भवानी को इन सब बातों की जानकारी है या नहीं, पता नहीं।

उसके बाद, उसने दूसरी शादी भी नहीं की। हां, चंद महीने तीरथ-दर्शन करता रहा। कुछ दिनों बाद बिल्कुल नयी भूमिका में लौट आया। अब, उसे सिर्फ और सिर्फ राजनीति करना है। घर में ही दफ़्तर खुल गया। नयी युवा शक्ति की ज़रूरत थी, इसलिए भवानी ने खुद ही अपनी मस्तान फौज तैयार कर डाली। उन दिनों कुछ ट्रेड यूनियन का सलाहकार भी था। अब वह कारखाना और मिल मालिक और सरकारी श्रम-दफ्तर के साथ त्रि-पक्षीय बातचीत में भी बैठने लगा था। धीरे-धीरे वह शहर का शक्तिमान कंट्रोलर बन बैठा। बस।

भवानी बाबू ने तपन को समझा दिया, दीनू राजनीति बिल्कुल नहीं समझता।

वह सिर्फ मस्तानी ही जानता है। लेकिन राज्य में नयी सरकार आ गयी थी। ये लोग राजनीति समझते थे। आम जनता, इन्हें वोट देकर, लायी थी। अब सम्हलकर चलना चाहिये। अर्से से हम लोग इन लोगों को रौंदते-कुचलते आये थे; बेभाव मार-दंगा मचाते आये थे। काफी कुछ होता रहा था। लेकिन, अब वह सब संभव नहीं रहा।

'इन लोगों ने ही हमें त्याग दिया है, भवानी' दा!'

'छोड़ा नहीं है, छोड़ देंगे। छोड़ देंगे। ये लोग जमकर रहने आये हैं।'

'आप लोग भी तो थे....'

'हमने भूल की थी।'

'अब क्या उसे सुधारने बैठेंगे?'

'धीरे-धीरे! ऐंटी-पिपुल...जन-विरोधी कामकाज मैंने भी किया था। अब पछता रहा हूँ। दीनू जैसे समाज-विरोधी को....'

तपन समझ गया। किसी शख़्स का समाज-दुश्मन तैयार करो, मतलब निकल जाये, तो उसे उठाकर फेंक दो। उसके बाद, किसी दूसरे को चुनो। इस जेल में टिके रहने के लिए, भवानी बाबू की तरह, राजनीतिज्ञों से लड़ने जितनी ताकत तो होनी ही चाहिये।

इन दिनों हमें उन्हीं लोगों की ज़रूरत है। उनकी ऐसी हालत कर देना होगी कि उनकी ज़रूरतें बढ़ जायें। तब जाकर, उस दिन हम किसी पोजीशन में पहुंच सकते हैं।

अभी तक वह दिन नहीं आया। नहीं आया, वह दिन!

'दीनू बाबू को एक चांस नहीं देंगे?'

तपन ने पूछा।

उस दिन तपन को लगा था, दीनू ने भवानी बाबू की काफी सेवा की है।

'क्या कहते हो? कहीं तुम पागल तो नहीं हो गये?'

'वह रुपये-पैसे लेकर खिसक सकता है या कहीं और जा सकता है।'

'दीनू कहीं नहीं जायेगा।'

'फिर भी....'

भवानी ने उसका हाथ थपथपाते हुए कहा, 'आजकल नयी सरकार है। अब नये तरीके से चलना होगा। अपने नाम से कांग्रेसी छाप मिटा डालना होगा। दीनू के दिमाग में क्या उतनी बुद्धि आयेगी? दीनू कांग्रेसी गुंडा है। तुम्हारा ख़्याल है कि उसे एक चांस देना चाहिये? ऐसा नाटक-उपन्यास में होता है। तुम भी....थोड़ी-सी किताबें पढ़ रखी हैं न तुमने...इसी से तुम्हारा दिमाग़.....?'

'किताबें मैंने कहां पढ़ीं?'

'लेकिन, तुम्हें समझ-बूझकर चलना होगा।'

हां, वर्ना भवानी साहब किसी और तपन को ले आयेंगे। वे इस तपन को फेंक देंगे। साफ़ जाहिर था, भवानी झट से रास्ता बदल देगा।

'वैसे तुम जो सतीपन दिखा रहे हो, तुमने भी क्या खून वगैरह नहीं किया?'

'किया है।'

तपन क्या भूल सकता है, अंधेरे की राह पर उठे हुए, अपना पहला कदम? सन् सत्तर में वह कुल बीस साल का था। लेकिन दसवीं क्लास पास करते ही घरवालों के लात-जूते-झाड़ू! बप्पा थे बस दफ़्तर के बाबू! रोज ही दारू चढ़ाकर घर लौटते थे। मां अस्पताल में आया थी। अपने बाकी तीन बच्चों को उसने अपने बड़े बेटे की तरह पढ़ाने-लिखाने की अय्याशी नहीं की। दोनों छोटे भाई बस गैरेज में क्लीनर के काम में एप्रेंटिस हो गये। छोटी बहन को मां ने एक डॉक्टरनी के घर में, बच्चे की देखभाल के काम में लगा दिया।

तपन मार-दंगा करता था; फिल्मों की टिकट ब्लैक करता था। उसे नौकरी किसी शर्त पर भी नहीं मिलेगी, इसका उसे बख़ूबी अन्दाज़ा हो गया।

चम्पक शरीफ घराने का लड़का था, कलकत्ता पढ़ने चला गया।

उसने तपन को भी समझाया, 'इस तरह तू तबाही की राह क्यों जा रहा है?'

'और क्या करूं?'

'कोई और काम....?'

'मैं क्या तू हूँ? मेरा घर देखा है तूने? लात-झाड़ू का भोजन करता हूँ, इसीलिए तो इस लाइन में जा रहा हूँ–'

अपनी सायकिल खड़ी करके, चम्पक उंगलियां नचाकर, उसे समझाने की कोशिश करता था, 'देख, ऐसी हालत इसलिए हुई है, क्योंकि इस आज़ादी में सैंकड़ों छेद हैं। इन्सान गरीब होता जा रहा है और मेहनत करके कमाने-धमाने का भी मौका नहीं मिल रहा है। यह समाज सड़-गल गया है। तपन जैसे नौजवान इस तबाहहाल व्यवस्था के शिकार हैं।'

'वह तो समझा! लेकिन, तेरी तरह, अगर मेरा भी बाप सरकारी नौकरी में होता और मां टीचर होती, तो मैं भी तेरी तरह सोचना सीख जाता। मेरी बात तू छोड़ दे।'

'तू पढ़ाई करेगा?'

'पढ़ाई करने से फ़ायदा? टाउन के कितने ही लोग, नैहाटी एक्सचेंज में अपना नाम लिखाये बैठे हैं, कुछ ख़बर है?'

'इसलिए तू फिल्मों की टिकट ब्लैक करेगा?'

'क्यों न करूं? अपने कपड़े-लत्ते, अपना हाथ खर्च तो मैं ख़ुद कमा लेता हूँ–'

'सही राह से क्या कमाई नहीं की जा सकती?'

'नहीं की जा सकती। अविनाश डॉक्टर बाजार में सिर्फ पोइ-साग ही खरीदता है। उसकी होमियोपैथी की गोलियां कोई नहीं खाता। और रवि डॉक्टर? रवि डॉक्टर भी सादे रंग की गोली ही देता है, मगर साथ ही आगे वह जुमला फिट कर रखा है–'देवी मइया के आदेश से होमियोपैथी करता हूँ।' वह रोज़-रोज़ बकरे का पाठा खाता है। दोनों सगे भाई हैं। टाउन चल न, तुझे दिखाता हूँ।'

'क्यों, स्कूल के प्राथमिक क्लासों में पढ़ाने की नौकरी नहीं मिल सकती?'

'मेरा बाप, टाउन में, मालखोर गोपाल, के नाम से सरनाम है; मां अस्पताल में धाय है। उनके बेटे को मास्टरी भला कौन देगा? और तनख्वाह भी कितने पैसे देगा?'

'मैं क्या बताऊं, बोल?'

'तो मत बता, चुप रह।'

'सौरभ भी तो पढ़ ही रहा है न?'

तपन ने तीखी हिकारत से जवाब दिया, 'पढ़ने से क्या होना है? सौरभ भी तो बीड़ी बांधकर, ट्यूशन कर के पढ़ता है। ऐसी पढ़ाई करके क्या होगा? कितने ही बी. ए., एम. ए., बेरोजगार घूम रहे हैं, अन्दाजा है? इधर कोई हिट फिल्म लगी हो, तो मैं एक ही दिन में पूरे बीस रुपये कमा लेता हूँ। सौरभ कमा सकता है इतना?'

'तुझसे तो बात करना ही....'

'बेकार है, यही न? तो बात मत कर, चम्पक! लोग-बाग भी तुझे मुझसे बातें करते देखेंगे, तो नफरत से थूक देंगे।'

'देख, और चाहे जो कर, गुंडेबाजी तो न कर।'

'गुंडे लोग आराम से रहते-सहते हैं चम्पक, दीनू गांगुली को ही देख ले। सैर-सपाटे के लिए गाड़ी, ज़ेब में नोटों की गड्डियां।'

'धत्त्! तू उस राह नहीं जा सकता। तुझसे जाया ही नहीं जायेगा।'

राह पर खुद कौन जाता है? राह ही बुला लेती है। बीस सालों के अन्दर ही, तपन का सारा सब्र जवाब दे गया था। हर वक्त वह गुस्से में कुडुक हुआ रहता था। इस टाउन में उसका मन हांफ उठा था। उसे तो अपने घर लौटने से भी तीखी नफरत थी।

उसके बप्पा हर रोज़ ही कहा करते थे, 'रस्ते में भेंट होत है, तो पहिचानत नाहीं है। घिन्ना करत है। जदी इतना ही घिन्ना है, तो यहां पड़ा क्यों है? खुद कमाकर, खाये।'

मां कहती थी, 'अरे घिन्ना-धिक्कार उसमें हो, तो न जावेगा?'

वैसे सिर्फ़ चम्पक ही उस पर नज़र नहीं रखता था, भवानी भी उसकी निगरानी करता था। उन्हीं दिनों, 'पूजा' के मौके पर, तपन के मुहल्ले के साथ, लॉयलका जूट मिल के मशहूर पूजा-पार्टी के छोकरों में ठन गयी और झगड़ा-फ़साद भी हो गया। लायलका जूट मिल के पूजा-मंडप में किसी महिला के अपमान करने का मामला उठाकर मुहल्ले के काफी सारे लड़के जीप में सवार होकर बदला लेने आ पहुंचे। अफसरों के दुलरुए लड़के हॉकी-स्टिक लेकर आये थे। तपन ने अकेले ही, बांस लेकर उन सबकी बेदम धुलैय्या की। वह मामला काफी दूर तक खिंच गया, क्योंकि काली पूजा के दिन जो लोग बम बरसाने आये, वे सब किराये के बंदे थे। उन लोगों के बारे में कहा गया था कि मिलन मेला के छोकरों को लतियाने और डराने के लिए, वे लोग मोर दैन इनफ हैं।

तपन और उसके संगी-साथी भी कम तैयार नहीं थे। तपन के नेतृत्व में जो युद्ध

हुआ, उसमें जगन का हाथ उड़ गया; जीप जलकर खाक़ हो गयी; ड्राइवर मर गया और पुलिस आ पहुंची।

ड्राइवर की मौत के लिए पुलिस ने तपन को मर्डरर घोषित कर दिया। लेकिन तपन के महा-आश्चर्य का ठिकाना नहीं रहा, जब भवानी बाबू खुद थाना-जेल तक चले आये और तपन को खलास करा लिया, अपने साथ ले भी गये।

उन्होंने अफसर से कहा, 'गैर-बंगाली बनाम बंगाली की लड़ाई में, बंगाली लड़कों ने दुष्टों का दमन किया है। ऐसे लड़के को आपने हवालात में डाल दिया है? उस पर ख़ून का चार्ज लगाया है? उसे ख़ून करते हुए, किसने देखा है?'

उन्होंने तपन को शाबासी दी, वाह, भइये, वाह!

उसे अपने घर ले जाकर उन्होंने बड़ी-बड़ी मिठाइयां खिलायीं और कहा, 'देवी मइया की मूर्ति डैमेज हो गयी। इस बार मिलन मेला की प्रायश्चित-पूजा, मैं ही करा दूंगा।'

पूजा के बावत दो हज़ार रुपये और तपन की ज़ेब में पांच सौ रुपये ठूंसते हुए उन्होंने कहा, 'रख लो। भइये, रख लो।'

बस, उन्होंने तपन को ख़रीद ही डाला। पांच सौ रुपये के नोट पाकर, खून में जैसे उन्माद छा गया, प्राणों में उत्साह जाग उठा।

इसके बावजूद, तपन ने कहा था, 'रुपये देने की ज़रूरत नहीं है।'

'क्यों क्या हुआ?'

'मुझे कोई काम दे दें--'

'काम तो खै़र, तुम्हें दूंगा ही! समझ लो, तुम्हें नौकरी मिल गयी। कल से ही आ जाना।'

'क्या नौकरी है, दादा?'

'आजकल चारों तरफ दुश्मन ही दुश्मन छा गये हैं, समझे? तुम मेरे साथ रहना। मेरा दाहिना हाथ बनकर काम करना। महीने में पांच सौ-सात सौ, जितना भी चाहोगे, रुपये मिल जायेंगे। लेकिन, हां, घर भूल जाना होगा। हमारे यहां ही रहना-खाना। समझ गये?'

पांच सौ रुपये की गर्मी में, तपन ख़ासा गर्म हो आया। रुपये तो मिलेंगे। तपन ने उसी पल से सपने देखना शुरू कर दिया। उसकी ज़िन्दगी बिल्कुल फिल्मों की तरह हुई जा रही थी। आज पांच सौ! कल पांच हज़ार, जितना चाहो, रुपये बरसेंगे। उस दिन भवानी बाबू उसे महापुरुष लगे थे। जब वह अपने घर लौटा, तो दस रुपये की मिठाई और पन्द्रह रुपयों की मछली भी ख़रीदकर लेता गया। आज वह घरवालों को आवाक् कर देना चाहता था।

मां सच ही हत्वाक्!

उसने मां से कहा, 'अब रेवा को छुड़ा लाओ। सूकू-बूकू को भी!'

'तेरा क्या दिमाग़ खराब हो गया है?'

'लो, ये रुपैय्ये रखो! अब महीने-महीने रुपये मिला करेंगे। रेवा अब घर पर ही रहे। अब वह सयानी हुई।'

'नौकरी मिली है?'

'काम मिला है! अब मैं काम करूंगा, रुपैय्ये मिलेंगे, तुमको भर दूंगा। तुम्हारा तो ख्याल था, मैं जहन्नुम में चला गया।'

'तुझे तो सब पता है। हां, हम तुझे बोल-कुबोल बोलती थीं, हीया में सैंकड़ों दुःख जो था।'

'अब किसी चिन्ता-फिक्र की ज़रूरत नहीं! मछली कैसी है, मां? अच्छी है न?'

'ऐसी मछली, भला अच्छी नहीं होगी?'

'अब से काम करूंगा और रोज़ मछली खाऊंगा।'

उस दिन तपन के सुख के सपने बेहद सीधे-सादे थे। उसके घरवाले हर रोज मछली खायेंगे; सूकू-बूकू कोई काम सीखेंगे; रेवा स्कूल जायेगी। इतना ही हो जाये काफी है।

मां-बेटे की बातें सुनकर, उसका बप्पा भी अपने कमरे से बाहर निकल आया।

'अरे, बाप को भी कुछ देता जा—'

'काहे, दारू चढ़ाने के लिए?' मां बिफर गयी।

'चुप कर, छिनाल!'

उस वक्त भी तपन के मन में कोई और ही उन्माद छाया हुआ था।

वह क्रुद्ध आक्रोश से हुंकार उठा, 'देखो, उस दिन पूजा-पंडाल में तीन-तीन सिर तोड़ा था, चौथा भी तोड़ने की कुव्वत रखता हूँ। खबरदार, ज़रा भी बदतमीजी मत करना! होशियार रहना।'

'तू? तू बाप को मारेगा?'

'ऐसा बाप हुआ, तो मार खायेगा ही—'

उस दिन बाप ने काफी चीख-चिल्लाहट मचायी थी। लेकिन, तपन भवानी बाबू की गाड़ी में जा रहा है, यह ख़बर जानने के बाद, बाप भी चुप्प हो गया।

तीन महीने के अन्दर-अन्दर ही, भवानी बाबू की हिदायत मुताबिक स्टेशन बाज़ार के स्टॉल से पुराने हॉकरों को उजाड़कर, तपन ने मोटी रकम उगाहकर, नया हॉकर बिठा दिया और हॉकर यूनियन के सेक्रेटरी को मार-पीटकर अस्पताल पहुंचा दिया।

ये तमाम करतब लोगों की आंखों के सामने किये गये थे। लेकिन रेल और अस्पताल की हरिजन बस्ती में चुल्लू का ठेका बिठाने को लेकर जब भरत वाशफोर ने 'नहीं चलेगा! नहीं चलेगा!' का नारा लगाते हुए, आन्दोलन छेड़ दिया, तो भवानी बाबू ने भी खुलासा किया।

'मामला तो ग़लत मोड़ ले रहा है, भई! यूनियन हमारी है! रेल में लोगों को हम दाखिला दिलाते हैं। इस बात को लेकर कम हल्ला नहीं मचा रहे हैं। हमारे कोटे में भी तुम लोगों के आदमी ले रहे हैं। वे लोग सफाई-वफाई तो करते नहीं। सारा कामकाज तो हम करते हैं। वे लोग सिर्फ तनख्वाह लेते हैं।'

तपन ईषत्, हंस पड़ा, 'किसी ज़माने में हम लोगों ने भी उनकी मदद की थी।

'लेकिन, ज़रा सोच, हमारे लड़कों को नौकरी नहीं मिलेगी। दारू-चुल्लू भी वे लोग ही पीते हैं। शराब-चुल्लू के मामले में भारत को इतनी आपत्ति क्यों है? अब वहां दारू का कारोबार शुरू कर दिया जाये, तो कुछ लड़के अपने पैरों पर खड़े हो सकेंगे! तो इसमें हर्ज़ क्या है?'

'ये लोग उनकी औरतों की इज़्ज़त भी तो ले रहे हैं–'

'झूठ बात, तपन, बिल्कुल झूठ बात! भरत वाशफोर बड़ा नेता बनने चला है। उन लोगों ने मरकुट्टी फौज भी तैयार कर डाली है।

'आप क्या करने को कहते हैं?'

'उन सबको मारकर भगा दो–'

'भरत को? उनके खेत-मैदानों में, मैं बॉल खेला करता था।'

'तो क्या हुआ?'

'अचानक...उसे....'

'भरत....आफत का पर काला है।'

'असल में, गरम-दिमाग का लड़का है। चीखता-चिल्लाता ज़्यादा है! हिम्मती लड़का है। ज़रूरत पड़ने पर उसका हाथ भी उठ जाता है। यह सब मैं भी जानता हूँ। जाने कब से उसको पहंचानता हूँ–'

'भरत मार-दंगा करता है, जानते हो?'

लेकिन तपन का मन कह रहा था, वह लड़का खून नहीं कर सकता। इसके बावजूद, भरत को तपन ने ही मारा! चक्कर में पड़कर ऐसा घट गया। तपन उसे मारना नहीं चाहता था। उस दिन शाम के वक्त, वह भरत की बहन को आगाह करने भी गया था।

भरत की बहन, चमेली की उम्र–लगभग बाइस साल! दो-दो बच्चों की मां। अस्पताल में ज़मादारनी थी। भरत बहन के घर में ही रहता था और रिक्शा चलाता था। वैसे एक्सचेंज से भी उसने लाइन कर रखा था। इस बार मुमकिन है, उसे नौकरी मिल जाये। उसने आठवी क्लास तक पढ़ाई की थी, हाथ का काम सीखने का भी मन था। नौकरी न मिलने और तथाकथित संरक्षण का मौका न मिलने की वजह से, भरत के दिमाग में भयंकर गुस्सा जमा होने लगा। अब उसे हर जगह, हर तरफ नाइन्साफी नज़र आने लगी।

वह चमेली से भी कहा करता था, 'छक्का-पंजा सब उलट गया है। अब तो जो

है, वह ताश का तीन पतिया खेल है। अब यह मत कहना कि यह धर्म नहीं है, वह धर्म नहीं है। मेरे साथ किसने धर्म निभाया कि मैं धर्म मानकर चलूंगा?'

'तू शादी कर ले।'

'उठौव्वा पखाना, बस्ती, नशा-भांग, भली तरह जीने की कहीं, कोई राह नहीं, इसमें बीवी-बच्चे?'

भरत हरिजन था। हरिजन बनकर ही जीना चाहता था। लेकिन उसे सभ्य-शरीफ इन्सान की तरह ज़िन्दगी जीने का चाव था। वह बस्ती में सड़-गलकर मरने को राजी नहीं था। 'संरक्षित कोटा कहां गया? नैहाटी एक्सचेंज जवाब दो।'—एक्सचेंज का घिराव करके, वह काफी चीखा-चिल्लाया था। वह तो हरिजनों को एकजुट करना चाहता था।

तपन को तो वह देखकर भी अनदेखा कर देता था, पहचानकर भी, वह नहीं पहचानता था। इसीलिए, तपन चमेली के घर गया था।

उसने चमेली से ही कहा, 'भरत को होशियार कर देना, चमेली, बाँस उस पर कड़ी नज़र रखे हुए है। कहना, रात-बिरात अकेले घर न लौटे। मुझसे तो वह बात करेगा नहीं।'

'मन में दुःख पर दुःख जमता गया इसलिए उसका मन उचट गया। बस, उसी आग में हर वक्त जलता रहता है। एक नौकरी तक उसके भाग्य में नहीं जुटा।'

'वह रेल-यूनियन में ये बातें क्यों नहीं उठाता?'

'यूनियन तो भवानी बाबू का है।'

'हां...यह भी तो सच है! अच्छा, मैं देखता हूँ। जगद्दल में जूते की एक दुकान है। शायद वहां कोई काम दिला सकूं।'

'हां, देखो—'

'ख़ैर, तुम उसे आगाह कर देना। मैंने भले मन से, यह ख़बर पहले ही देने चला आया। अगर वह कहीं हट-बढ़ जाता, तो....'

चमेली ने ज़रूर ठीक ढंग से ही यह ख़बर अपने भाई को दी होगी। उनका बापू। धानू वाशफोर, आम्बेदकर मिशन में था। वह ज़रा और ही तरह का इन्सान था। बेटे-बेटियों को स्कूल में भेजता था। खुद कभी नशा-भांग नहीं करता था। ब्याह-शादी में दारू का ख़र्च ख़त्म कर दो—कभी इसके लिए उसने आन्दोलन भी किया था।

उनका बापू, धानू वाशफोर, खूबसूरत पतंगे बनाता था। धानू की ही तैयार की गयी पतंगे, तपन लोग, विश्वकर्मा पूजा के दिन उड़ाया करते थे।

तपन को यह समझ ही नहीं आ रहा था कि भरत, भवानी बाबू के लिए किस हद तक खतरनाक हो उठा था। यह बात तो सच थी कि टाउन में हरिजन बस्तियां, रेलवे की ज़मीन पर खड़ी थीं, इसके बावजूद रेल कम्पनी या पौरसभा ने उनके विकास के लिए कोई काम नहीं किया। उठौव्वा परवाना, संलग्न बस्ती, सूअर के मांद! यह भी सच था कि हरिजन बस्ती के बीच-बीच में, मस्तान लोगों ने चुल्लू का धंधा खोल लिया था।

चुल्लू, हल्ला, लड़कियों को लेकर खींच-तान! भरत लोग इसकी शिकायत लेकर, बार-बारा थाने गये, निर्वाचित सदस्यों के घर के चक्कर लगाते रहे, लेकिन कोई काम नहीं बना।

चम्पक क्या भरत लोगों की मदद कर रहा है? तपन तो चमेली को आगाह कर आया कि वह भरत सम्हलकर चले।

यह बात अगर भवानी बाबू के कानों में पड़ जाये, तो वे उस पर शक़ करने लगेंगे। लेकिन वे दीनू को हटाना चाहते हैं और समूचा टाउन तपन के हाथों में सौंप देना चाहते हैं।

वैसे भवानी बाबू, अभी ही तपन को नहीं हटायेंगे। उसे एकाध मौका देंगे। जिस दिन तपन, दीनू की तरह सेवा-निवृत्त हो जायेगा, उस दिन उसे भी हट जाना होगा। हट जाने का मतलब है, मिट जाना। यहां से हट जाने के बाद, कौन ज़िन्दा रह सका है? तपन को काम करना ही होगा। भरत! मैं तुझे एक मौका दे रहा हूँ। उसके बाद, ज़रूरत पड़ी तो....अगर तू समझ-बूझकर चले! जब मेरे बदन का ख़ून नाचने लगता है, तो मेरे हाथ का छुरा भी मानो नाच उठता है। मेरा हाथ छुरा नहीं पकड़ता, छुरा ही मेरे हाथ में उठ आता है और मुझे कंट्रोल करता है।

भवानी बाबू मेरे और दीनू के कंट्रोलर हैं। मुझे सामने रखकर, किसी दिन वे टाउन के कंट्रोलर हो जायेंगे।

इन दिनों इस शहर का इतिहास बस, ऐसा ही रहेगा। किसी ज़माने में इस शहर में बड़े-बड़े लेबर यूनियन हुआ करते थे। यहां अनगिनत विक्षोभ हुए; अनगिनत जुलूस निकला करते थे। उस ज़माने में ज़िन्दगी में एक बहाव था। लेबर नेता, सबको 'कॉमरेड' पुकारा करते थे। उस ज़माने में थाने के साथ अगर जब्बर दोस्ती होती, तो उनका विरोधी आदमी डर के मारे छिपता फिरता था।

अब तो थाना, हमारा ननिहाल है! पुलिस से लाइन रखना अब निन्दनीय नहीं समझा जाता है, बल्कि यह तो गर्व की बात है। कहीं, कुछ घट जाता है, तो इन्सान पागलों की तरह इधर-उधर दौड़ता फिरता है कि किसके साथ पुलिस की लाइन है, उसे पकड़ा जाये। वैसे कुल मिलाकर मामला यह है कि चाहे जिस भी लाइन की तरफ दौड़ो, पहुंचोगे भवानी बाबू के पास ही।

शाम और रात की संधिकाल में, तपन जब स्टेशन से चाय पीकर लौट रहा था, फिल्मों का टिकट-ब्लैकर, सबूज, उसके पास आ खड़ा हुआ। सबूज टिकट-ब्लैकर बन गया, उसका जुड़वा भाई, श्यामल, अभी भी चम्पक का प्रेस-कर्मचारी है, यूनियन करता है। यहां भवानी बाबू, दीनू बाबू, भइया सभी मौजूद हैं, मगर हज़ार हों यह चम्पक का भी शहर है। एकाध उल्टी धार की टकराहट तो ख़ैर थी ही। उन लोगों, के पास संस्कृतिमंच है, गण-संगीत का दल है। वे लोग चम्पक की पुण्यतिथि भी मनाते हैं। श्यामल लोग हरिजन बस्ती के खाली मैदान में गानों का कार्यक्रम करते हैं, नाटक खेलते

हैं। भरत वाशफोर की घटना तो काफी बाद में घटी थी।

सबूज ने कहा, 'ज़रा, रुको, तपन' दा।'

तपन सायकिल से उतर पड़ा। सबूज क्या जानता है कि तपन अब ज़्यादा दिन सायकिल पर नहीं घूमेगा। जल्दी ही वह मोटरसायकिल हंकायेगा, मोटरसायकिल पर घूमेगा-फिरेगा, रोज़-रोज़ मांस-मछली उड़ायेगा, टाउन की खूबसूरत हसीनाओं को साथ लेकर सिनेमा जाया करेगा। मुमकिन है, उसे पता हो।

'क्या बात है, सबूज?'

सबूज ने चारों तरफ चौकन्नी नज़र रखते हुए कहा, 'भरत' दा ने बुलाया है। चर्च के मैदान में मिलने को कहा है?'

'कब?'

'शो टूटने पर! आज वह 'उस्ताद' देख रहा है।'

'इसी शो में?'

'हां! वह तो अक्सर इविनिंग शो ही देखता है। उसके बाद नाइट इस्कूल बन्द करता है।'

'श्यामल क्या कर रहा है?'

'है, बस.....'

तपन अपने ख्यालों में डूबा-डूबा घर लौटा। आजकल घर में भी उसकी पोजीशन काफी ठीकठाक हो गयी है। घर में उसने रुपये दिये हैं, और भी देगा।

मां ने उसे गर्मागर्म रोटियां और चाय देते हुए कहा, 'भवानी बाबू ने तुझे बुलाया है।'

भवानी बाबू ने फौरन जवाब तलब किया, 'चमेली के घर क्यों गये थे?'

'भरत की खोज में।'

'मेरी तरफ से ख़बर यह है कि भरत अब नम्बरी हर्रामी हो गया है। वह चम्पक से मिला-जुला करता था।'

'भरत? विश्वास नहीं होता।'

'तुम्हें मेरी बात पर विश्वास नहीं होता?'

'आपको यह सब ख़बर कौन देता है?'

'ख़बर मुझे रखना पड़ती है, तपन! तुम्हारी भी ख़बर रखना पड़ती है।'

'मेरी कौन-सी ख़बर?'

'तो....? मिलने जा रहे हो?'

'किसने कहा?'

'जिसने तुमसे कहा। टाउन में मेरे सैंकड़ों लोग हैं, तपन। धीरे-धीरे तुम्हें पता चलेगा। भरत से मिल लो। यही तो मौका है। इस मौके का फ़ायदा उठाओ।'

तपन चौंक गया।

'तुम बस, अपना काम ख़त्म करो, बाद का झंझट मैं सम्हालूंगा। बाद का झमेला मेरे जिम्मे–'

'लेकिन ठंडे दिमाग़ से....'

'काम तो हाथ करेंगे, दिमाग का क्या काम?'

'अगर उसे समझा-बुझा सकूं, तो? उसके ख़ून की बात अभी से क्यों सोचूं? अगर वह हाथ में रहा, तो बड़ा काम देगा–'

असल में तपन का ख़्याल था कि भरत अगर ज़रा समझ ले, तो काम बन सकता है। बचपन में साथ-साथ पतंग उड़ाने की यादें, अभी तक उसके ख़्यालों में मौजूद हैं। तपन अपने ही शैशव की हत्या कर दे? कैसे?

'यह तो अच्छी बात है! बहीत अच्छी बात है! डर लग रहा है?'

'नहीं, डर-वर नहीं लग रहा है।'

भरत भी शायद ख़ून होने के लिए बेहद बेचैन हो उठा था। चर्च का वह खुला मैदान, इन दिनों, अनगिनत कामों के लिए इस्तेमाल किया जाता था। बड़े-बड़े पेड़! सड़क तैयार करने वाले कई एक रोलर। भरत एक पेड़ से टिका खड़ा था।

'भरत....।'

'साला, कंगसल। मेरी बहन के पास क्यों गया था?'

'तुझे सावधान करने।'

'क्यों? मारेगा मुझे?'

'नहीं, मैं तुझे मारना नहीं चाहता। तू यहां से फूट ले–'

भरत जंगली सूअर की तरह गुर्राता रहा।

'क्यों? क्यों? मैं क्यों फूट जाऊं? मैं टाउन का ही लड़का हूँ। किसी से रुपये खाकर, टाउन में मैंने मार-दंगा नहीं किया। समाज-दुश्मन तो तुम लोग हो, तुम्हीं लोग फूट लो। पूरा का पूरा टाउन, साफ-सुथरा हो जायेगा।'

'रुपये तुझे मैं देता हूँ, भरत, कुछ दिनों के लिए तू यहां से हट-बढ़ जा।'

'मैं हरामी की बात नहीं सुनता?'

'देख, भरत, हम दोनों साथ-साथ खेले हैं....'

'तुम लोग हरिजनों की ज़िन्दगी में चुल्लू घुसाओगे, औरतों की इज्ज़त उतारोगे....फूटो, फूटो....यहाँ से फूट लो।'

'तुम तो मेरी बात तक सुनने को तैयार नहीं हो।'

'ना! सुनना भी हुआ, तो तुम लोगों की बात क्यों सुनने लगा? चुल्लू जैसे चल रहा है, चलता रहे। इस बारे में कभी सोचा है?'

'मुझे क्यों बुलाया था?'

'तुझे सबक सिखाने के लिए!'

'सबक? कैसा सबक?'

'जैसा सबक, मेहतर यूनियन के रवि दास को तेरे बाप ने दिया था। भवानी-बा-बू! तेरे तो अब सैंकड़ों बाप हैं। गोपाल बाबू, भवानी बाबू, दीनू बाबू, थाना बाबू.....मेरा साला, कोई बाप नहीं! मैं अनाथ हूँ।'

'भरत—'

'जा-जा, अपने बाप के पास जा!'

'नहीं, जाने से पहले, तुझे मेरी बातें सुननी ही होंगी।'

तपन ने भरत की कमीज़ का कॉलर पकड़कर खींचा। भरत भी काफी दिनों से जला-फुंका बैठा था। उसके मन में दबा-दबा गुस्सा, पर्त-दर-पर्त जमता जा रहा था।

'तूने मेरे बदन को हाथ लगाया, स्साले...'

तपन ने उसे धकेल दिया। भरत की जेब में वजनी टॉर्चलाइट पड़ी थी। भरत ने वह टॉर्चलाइट तपन के माथे पर दे मारा। आज दोनों में से किसी एक को मरना ही होगा।

'आज, तू ही मरेगा, तपन, वर्ना तू टाउन के अनगिनत लोगों को मारेगा।'

ख़ून का फव्वारा छूट पड़ा।

भरत! भरत! तपन ख़ून देखते ही पागल हो उठता है। इसके बावजूद, तपन ने अपनी एड़ी में बंधा अपना चाकू नहीं निकाला। थोड़ी देर वे दोनों जानवरों की तरह जूझते रहे। निःशब्द! ख़ामोश! गुत्थमगुत्थी करता हुआ, भरत उसे धकियाता रहा.... धकेलता रहा।

'मुझे क्या ख़बर नहीं है कि भवानी बाबू ने तुझे क्यों भेजा है?'

भरत की हथेली ने तपन की गर्दन दबोच ली। गर्दन की नसें फुलाकर, तपन उसे आखिर कितनी देर रोकता? अपनी समूची ताकत लगाकर, घुटनों की ठोकर से, उसने भरत को पीछे धकेलकर, खुद अलग छिटक आया। उसके बाद, उसने एड़ियों में बंधे स्ट्रेप से चाकू निकाल लिया।

पेड़ की खाली जगह में हल्की-हल्की रोशनी! तपन छुरा थामे आगे बढ़ आया। ना, अब दोनों लोग वापस नहीं लौट सकते। वहां दो लोग दाखिल हुए थे, अब एक बाहर निकल पायेगा।

छुरा चलाना आना चाहिये! छुरा अभी भी हाथ में ही था....निःशब्द, घातक वार! भरत गिर पड़ा। सूखी घास में ख़ून पोंछकर, तपन ने छुरा मोड़कर बंद किया। उसे दुबारा एड़ी में बांध लिया। लम्बी सांस भरकर, वह उठ खड़ा हुआ। नहीं, वह जगह ख़ास पब्लिक नहीं थी। सुबह उस खुले मैदान में कौन आयेगा, पता नहीं! तपन आगे बढ़कर, अपनी सायकिल पर सवार हो गया। सीधे भवानी बाबू के घर!

भवानी बाबू घर पर नहीं थे। टाइगर मौजूद था। कभी वह तारकनाथ था, अब टाइगर हो गया है।

'भवानी' दा कहां हैं?'

'कलकत्ता! चलो मेरे साथ....'

'कहां?'

'कलकत्ता! मैंने गाड़ी तैयार रखी है।'

गाड़ी में बैठते ही, तपन ने उल्टी कर डाली। भरत! भरत का उसने ख़ून कर डाला? भरत उससे इतनी नफ़रत करता था? अब भरत नहीं है। कहीं नहीं है भरत! तपन ने अपने शैशव का ही ख़ून कर डाला? इसके बाद, अब कौन तपन का भरोसा करेगा?

उसके बाद कलकत्ता! महीने भर, वह टाइगर की बहन के यहां, गरिया में बैठा रहा। टाइगर का बहनोई किसी मोटर गैरेज का आधा हिस्सेदार ! घर में टाइगर की बहन, उसकी सास, बहन की बेटी! पता चला, भवानी बाबू की चंद गाड़ियां यहां भी किराये पर चलती हैं।

टाइगर ने कहा, 'यह जगह बिल्कुल सुरक्षित है। यहां पड़े रहो। गैरेज में बैठा करो। वक़्त आने पर भाई जी तुम्हें बुला लेंगे।'

तपन ने महीने भर वहीं खाते-पीते, उठते-बैठते गुज़ार दिये। उसकी दाढ़ी बढ़ गयी, बाल भी लम्बे-लम्बे हो आये।

टाइगर के बहनोई ने कहा, 'तुम तो, भई, हिन्दी फिल्मों के हीरो बन गये।'

'अच्छा.....।'

ऐसी ही हो आयी उसकी ज़िन्दगी! नितान्त अवास्तविक! लेकिन, फिल्मों में चाकू-छुरे के वार से इन्सान की हत्या नहीं होती। शूटिंग के बाद, हीरो वह हत्या भूल जाता है। तपन, भरत को कैसे भूले?

पूरे महीने भर तक भरत, उसके सपनों में पतंग लेकर आता रहा। वे दोनों खुले मैदानों में दौड़-दौड़कर पतंग उड़ाते रहे।

'मैंने तुझे मारना नहीं चाहा था, भरत!'

'तब, मार क्यों डाला?'

'तूने मेरी बात जो नहीं मानी।'

'साथ में चाकू लेकर क्यों आया था?'

'लेकिन, चाकू निकालने का मेरा कोई इरादा नहीं था।'

'इरादा नहीं था?'

'न-हीं! न-हीं!'

और तपन की नींद टूट जाती थी। बहन का पति उसे दिलासा देता था, 'करवट बदलकर सोओ, भाई, पानी पी लो।'

टाइगर आकर हाल-समाचार

सुबह-सबेरे बस्ती के लोगों की ही भरत पर निगाह पड़ी। उसके बाद हरिजन स्कूल के छोटे धानू बाबू, शिव बाबू थाने दौड़े। चमेली ने बताया, तपन उसे खोज रहा

था। लेकिन तपन के घरवालों ने बताया कि वह शाम को ही कहीं चला गया था।

'कहां गया?'

'सिलिगुड़ी! वहां वह बिज़नेस कर रहा है! सिलिगुड़ी से ही लौटेगा।'

घर और थाना-पुलिस की खोज-ख़बर लेने के बाद, तपन ने टाउन का हाल-समाचार पूछा।

'टाउन का क्या हाल है?'

'श्यामल लोगों का दल काफी सक्रिय हो उठा है। उन लोगों ने खुद ही एक जुलूस निकाली। कलकत्ते से भी कुछ लोग पहुंचे थे। टाउन से समाज-दुश्मनों को उखाड़ फेंकना होगा—इस मांग के साथ उन लोगों ने थाने के सामने भी काफी हल्ला-गुल्ला मचाया, ओ सी को एक मेमो भी थमा आये।'

'मेमोरंडम!'

'वही....एक ही बात है।'

'कुछ हुआ?'

'होना क्या है? अब 'पाट्टी' आ गयी है। हमने भी लिख दिया है, भरत चुल्लू का कारोबार करता था। कोई नफा-नुकसान का झगड़े में उसका ख़ून हुआ होगा।'

'भवानी ' दा क्या कहते हैं?'

'कहा है, चुपचाप बैठे रहो।'

'चुल्लू का ठेका तो तुम्हारे पास भी है....'

'मैं, बम्बा, थाकू—सब सेंट-परसेंट लाभ ही लाभ है हमें।'

'और?'

'तुम्हें लिफाफा दिया है—'

टाइगर ने उसे लिफाफा थमा दिया। लिफाफे में पांच हज़ार रुपये! भरत की ज़िन्दगी की क़ीमत बहुत ज़्यादा नहीं थी। तपन ने जो जोखिम उठाया था, उसकी क़ीमत भी काफी कम थी। चुल्लू से भवानी बाबू कितना कमाता है?

'तुम लोग भवानी ' दा को कितना देते हो?

'है भइये, उनका भी हिस्सा है। मैं भी दे-लेकर ही खाता हूँ। तुम्हारा दिन भी संवरेगा। दे-लेकर ही कमाना-खाना होगा। दीनू बाबू यह बात नहीं समझता। वह खुद ही बारह आने खा जाता है।'

'तुम्हारे बहन-बहनोई यह सब जानते हैं?'

'हां, हां, उन्हें सब पता है।'

'तुम्हारे मां-बाप नहीं हैं?'

'मालदह-बॉर्डर पर रहते हैं।'

'उन्हें भी सबकुछ पता है?'

'पता काहे नहीं है? बेटों को लिखना-पढ़ना नहीं सिखाया, फिर भी वे लोग

इतनी कमाई कहां से और कैसें कर रहे हैं, वे क्या समझते नहीं? लेकिन हां, इस लाइन में 'नो इन्वेस्टमेंट'! 'ऑल प्रॉफिट'...किसमें है, बताओ तो?'

'किसमें?'

'औरतों के कारोबार में! कच्चे माल की बहार है! देखो, उठा लो, चालान कर दो!' टाइगर ज़रा बेचैन नज़र आया।

'कुछ कहना चाहते हो?'

'क्या कहूं? श्यामल की ख़बर मालूम है?'

'कौन-सी ख़बर?'

'तुम्हारी बहन के साथ खूब.....'

'किसने कहा?'

'सभी जानते हैं।'

'छोड़ो, मैं किसी की ख़बर नहीं रखता; किसी का जिम्मा भी नहीं लेता। अगर वे दोनों ब्याह कर लें....'

भवानी बाबू ऐसा नहीं चाहता था।

'देखूंगा, देखूंगा.....'

रेवा आखिर तपन की ही बहन थी। अब जाकर तपन को ख़्याल आया, उसकी मां किसी अस्पताल में आया थी। अस्पताल की डाक्टरनी के क्वार्टर में रेवा खाने-कपड़े पर काम करती थी। अच्छा खा-पीकर, अब उसका चेहरा भी काफी निखर आया था। श्यामल लोग उसके इर्द-गिर्द मंडराया करते थे। अस्पताल के ड्रेसर के बेटे, श्यामल और सबूज। श्यामल राजनीति में कैसे चला गया और सबूज टिकट की कालेबाज़ारी कैसे करने लगा, तपन को इसकी जानकारी नहीं है। रेवा और शयामल? प्यार-मुहब्बत? तपन नहीं जानता। कहा जाये, तो रेवा या दोनों छोटे भाई, सूकू और बूकू से तो उसकी बातचीत तक नहीं है। कुछेक साल पहले, श्यामल का बापू मर-मरा भी गया।

तपन के भाइयों ने भी अपनी-अपनी राह चुन ली थी। सूकू अब प्रवीण इलेक्ट्रिक मिस्त्री बन गया था, रेडियो मरम्मत करता था।

बूकू बनगांव में जयबांगला ब्रांड के कपड़े-लत्ते बेचता था।

वे दोनों ही घर से नाता-रिश्ता तोड़ गये। अच्छा ही किया। तपन का भी जब सुदिन लौट आयेगा, वह हरगिज़ नहीं चाहेगा कि उसके भाई, उसके साथ रहें।

तपन महीने भर तक जिनके घर में रहा, तपन ने उन लोगों को भी कभी जानने की कोशिश नहीं की। खाना बनाकर, टाइगर की बहन उसे खाने की थाली दे जाती थी। वह अपने भाई को 'तारक' ही बुलाती थी। उसे क्या 'टाइगर' नाम की जानकारी नहीं है?

बहन शाम के वक़्त अपने बेटे को पढ़ाने बैठ जाती थी। अच्छे स्कूल में पढ़ाने के लिए, अब मां-बाप को भी जी-तोड़ मेहनत करना पड़ती है। यह सब तपन के लिए

अनजानी दुनिया थी। टाइगर के बहन-बहनोई में, कभी आपस में झगड़ा नहीं होता था। ऐसे दाम्पत्य-सम्पर्क से भी तपन अनजान था। सास के साथ भी उसका अच्छा रिश्ता था। टाइगर की बहन घर के सभी लोगों को खुश रखने की जी-जान से कोशिश करती थी।

टाइगर ने कहा, 'दो-दो बार घर से भाग गयी। अंत में किसी एक बंदे के गले में झूल गयी। तुमने भी देखा, वीरेन कितना भलामानस है। उसके लिए गैरेज बनवाकर, उसके साथ बहन का ब्याह कर दिया। यह सारा कुछ भवानी 'दा की कृपा से ही हुआ।'

'यह घर क्या उनका अपना है?'

'अपना तो नहीं है, फिर भी अपना ही है। जिसका मकान है, वह इस जन्म में तो उन्हें उठा नहीं सकता! उसे हंफनी का रोग है! बेटा अमेरिका में रहता है। बुढ़िया को न बुद्धि है, न अक़्ल! उसने मुकदमा किया है। मामला कोर्ट में चला गया है। सिविल सूट! सो, यह घर तो इनका ही हो जायेगा।'

इतने दिनों तपन ने टाइगर को खास तवोज्ज़ोह नहीं दी थी। उस छोकरे की निगाह बेहद सर्द! स्थिर! चलना-फिरना बिल्कुल बेआवाज़! उम्र करीब छब्बीस साल! नेपाल बॉर्डर से आया था। इतनी-सी उम्र में ही कई-कई हत्याएं कर चुका है। तपन जानता था, धनबाद में किसी का ख़ून करके, अब वह शख़्स भवानी बाबू की पनाह में आ गया था। इस क़िस्म के छोकरों से हमेशा सावधान रहना चाहिये। लेकिन इन्सान के तौर पर उसके बारे में चिन्ता-फ़िक्र करने को कुछ भी नहीं था।

लेकिन यही टाइगर अपनी बहन--बहन की बेटी के मामले में काफी दत्तचित्त था। हैरत है!

'आपके बप्पा ने क्या अपना घर बनवा लिया?'

'बहोत बढ़िया एक्सचेंज 'पपट्टी', भइये! है तो गांव ही, मगर शहरनुमा! वहां दो बीघा ज़मीन, आमों का बाग़, एक मंज़िला मकान!--सब बप्पा ने बनवाया है।'

'यानी मज़े में हैं?'

'अरे, भइये, बप्पा मेरे शाहनशाह आदमी हैं। गांव का मकान, उन्होंने मुसलमानों के गांव से घर से बदल लिया। वे लोग भी आते रहते हैं, बप्पा भी वहां जाते रहते हैं। बड़ा पारिवारिक रिलेशन है, भइये! वे लोग भी आकर घर देख जाते हैं, बप्पा भी वह घर देख आते हैं।'

'और भाई-बहन?'

'दोनों भाई लाइन पर हैं। एक बहन, किसी मास्टर से प्रेम करती है। उसका ब्याह कर दूंगा। सारा कुछ, उस बहन को ही मिलेगा। अब भाई कहां लौटनेवाले हैं? मेरी भी इच्छा है कि 'मैरेज' करके, इसी टाउन में 'सेटल' कर जाऊं। टाउन और गांव में काफी फर्क़ होता है।'

'यह तो अच्छी बात है।'

'लेकिन यह सब नहीं होने का! इस लाइन में चले आने के बाद, कहीं सेटलमेंट नहीं होता।'

'दीनू बाबू का तो हुआ है।'

'वह टिकेगा कितने दिन? पहले के लोग इस लाइन में काम भी करते थे और घर की ज़िन्दगी.....होम-लाइफ भी सलामत रखी। हमारे समय में ऐसा नहीं है। अब भरत को ही लो! ज़्यादा से ज़्यादा चार-पांच साल और गुज़र-जाने देता, 'सेटल कर जाता।'

'भरत इस लाइन का लड़का नहीं था।'

'तुम जानते थे?'

समय अग्निगर्भ हो आया। दोनों एक-दूसरे की तरफ, बस, देखते रहे।

थोड़ा ठहरकर टाइगर ने कहा, 'कल हम लोग लौट रहे हैं। भवानी दा' टाउन में पहुंच गया है। स्टेशन-मैदान में हम मीटिंग करेंगे। मीटिंग में नया एम एल ए भी मौजूद रहेगा। टाउन में शांति-सभा, पुलिस की निष्क्रियता वगैरह सारे मुद्दे उठाये जायेंगे। धिक्कार भी दिया जायेगा। सब कुछ होगा।'

वाकई, सब कुछ मौजूद था। भवानी बाबू भी हाजिर था। टाउन में क़दम रखते ही तपन समझ गया, सभी लोग, सब कुछ जानते हैं। उससे नज़रें मिलाने में, सबूज तक डरा हुआ था।

भवानी बाबू ने कहा, 'तुम्हें पता है, भरत का मामला दीनू की तरफ चला गया है।'

'सो, कैसे?'

'मलय से भरत की फाइट हुई थी।'

'ख़ैर, छोड़िये! रुपये आपने काफी कम दिये—'

'देखो, रुपये-पैसे की रट मत लगाओ! आ रहा है, तुम्हारा दिन भी आ रहा है। दीनू के कामकाज़ के बारे में काफी बातें उठ रही हैं। बैरेक-घर अब कुछ दिनों बंद रखना, ज़रूरी हो गया है। हमें अपना 'इमेज' साफ़ रखना अतिशय ज़रूरी है। एम एल ए सुधीन बाबू काफी घाघ और खर-दिमाग़ जीव हैं। अब यहां उसका राज है। कभी यूनियन करता था।'

तपन को सुधीन सेनराय की बख़ूबी याद हो आयी। उसे याद आया, वह आदमी लम्बे अर्से तक यूनियन करता रहा। वह इन्सान सन् बहत्तर से लेकर सन् सतहत्तर तक टाउन में नहीं रहा। बल्कि बस्ती में रहता-सहता रहा। हो सकता है, वह टाउन को मुक्त करा सके। वह भवानी बाबू, इरानी, मलय, तपन, टाइगर वगैरह को हटाकर, टाउन को आज़ाद कर सके।

'तुम जो सोच रहे हो, दरअसल वह सही नहीं है। निर्वाचित होकर आने के बाद, सभी सही रहते हैं, धीरे-धीरे बदल जाते हैं।'

'ये लोग नहीं बदलेंगे।'

'सभी बदल जाते हैं। आख़िर इन्सान जो ठहरे।'

'देखिये....?'

'मुझे और क्या देखना है, बोलो? अरे, हां, तुम्हारी बहन का, उस कमबख़्त श्यामल से इतना मेल-जोल क्यों है, जी?'

'यह बात मेरी जानकारी में नहीं थी। वैसे मेलजोल रखती भी हो, तो क्या हर्ज है? टाउन में उस जैसे लड़के कितने हैं?'

'तुम यह क्या कह रहे हो? श्यामल वगैरह दिन-रात हमारे खिलाफ मीटिंग पर मीटिंग कर रहे हैं। जेल गया हुआ, दाग़ी आसामी है! रोज़गार भी कितना-सा करता है। बच्चों को पढ़ाता है। क्लब करता है, नक्सली मति-गति है, तुम समझते क्यों नहीं? सुधीन बाबू भी उन लोगों पर शक़ करता है।'

'इसी सरकार ने ही तो सबको छोड़ दिया।'

'इसलिए, तुम उन लोगों का समर्थन तो नहीं कर सकते।'

'मुझसे तो घर में कोई बात ही नहीं करता! फिर भी मैं ख़बर लूंगा–'

'हां, ले लेना, ले लेना ख़बर! इधर दीनू की अतिशयता भी साफ़ नज़र आने लगी है।'

हां, दीनू बाबू की अतिशयता, अब सच ही काफी बढ़ गयी थी। दीनू बाबू की कांग्रेस-भक्ति बिल्कुल सच्ची थी। अपनी तमाम कोशिशों के बावजूद मोहनलाल का हार जाना, दीनू बाबू के लिए मर्मान्तक आघात था। सन् बावन से लेकर सतहत्तर तक, ऐसी घटना कभी नहीं घटी। उसके बाद, सुधीन बाबू को अभ्यर्थना देने वाली कमिटि में भवानी बाबू का घुस जाना भी उसके लिए दुरूह पहेली बन गयी थी।

'सारा कुछ गोलमाल होता जा रहा है, इरानी, कुछ आया समझ में?'

'हां, देख रहा हूँ।'

'सुन रहा हूं, बैरेक के घर-मकान अब वह बंद कर देगा।'

'एक बात कहूं?'

'हां, कहो न!'

'आप हट जायें–'

'किसके डर से?'

'कम से कम कुछ दिनों के लिए हट-बढ़ जायें।'

'नहीं, मैं नहीं हटूंगा। जितने दिनों ज़िन्दा हूँ, कांग्रेस को सपोर्ट करता रहूंगा। इस बार वे लोग स्टेशन-मैदान में काली पूजा करेंगे।'

'यह मैं नहीं होने दूंगा। हमलोग तीन सालों से वहां रहते आये हैं। सभी कहते हैं कि दीनू काली मइया की....'

इस तरह, किसी राजनीतिक मुद्दे को लेकर नहीं, प्रस्तावित काली पूजा को

लेकर ही, दीनू ने अपने प्रस्थान-पर्व की सूचना दी। बाद में, सारा किस्सा सुनने के बाद, तपन की समझ में आ गया कि दीनू की सोच बिल्कुल सही थी, वर्ना सुधीन बाबू की अभ्यर्थना सभा में आमन्त्रित न होने के बावजूद, वह जाता ही क्यों?

सुधीन बाबू ने घोषणा की, 'मैं वादा करता हूँ कि समाज-विरोधियों के चंगुल से इस टाउन को मैं सन्यासमुक्त ज़रूर कराऊंगा और मेरे इस काम में, मेरी मदद करेगी, युवा शक्ति!'

दीनू बाबू ने सुधीन बाबू के भाषण के दौरान बार-बार तालियां नहीं बजायीं, क्योंकि उस मैदान में भवानी बाबू या तपन, कोई भी उसे पहचान नहीं सका था।

बैरेक-घर में लौटकर, उस रात दीनू बाबू ने खूब-खूब शराब पी।

थोड़ा ठहरकर, उसने मासी से कहा, 'देखना, सारी चोट और झल्लाहट तुम लोगों पर ही झाड़ेगा।'

'हम लोगों को उठा देगा?'

'नहीं, उठायेगा तो नहीं। बंधी-बंधायी आगदनी, भला कोई छोड़ता है? लेकिन, अब और आवेगा। हमको शक पड़ता है, शायद तपन आवेगा। मलय समझता है, हम बुड़बक हैं। वह बार-बार उनके दरवज्जे पर जाकर, उनका जूता चाट रहा है, हम क्या समझता नहीं हूँ! आज कई दिन से ओकी सूरत तक नज़र नाहीं आयी। जब भी पूछो, बहाना बनाय देत है—तबीयत ख़राब है। ख़ैर, छोड़ो, मानस ऊपर उठता है, मानस नीचे गिरता है, यह तो दुनिया का ही नियम है।'

'तुम्हारी काली पूजा के चंदे का क्या होगा?'

'देखौ, अपने मैदान का दख़ल तो हम नहीं छोडूंगा। मगर ना, अब तुम लोगन को मार-पीटकर, जोर-जुलुम करके चंदा नहीं लूंगा। बहुत लिया, अब नहीं लूंगा।'

स्टेशन के सामने के मैदान को लेकर ही दीनू अंत में अखाड़े में उतर पड़ा। काली-पूजा की जगह को लेकर, एक ही दल के दो हिस्से हो जायेंगे, भयंकर हंगामा होगा, इसका पूर्वाभास होते ही नयी कमिटि ने थाने से भी मदद मांगी थी।

'आप लोग पंडाल बांध रहे हैं, यात्रा-नाटक कर रहे हैं, इसमें गोलमाल क्या होना है?'

'दीनू बाबू ही गोल करेंगे।'

'अरे, नहीं, नहीं, वह तो बिल्कुल चुप मार गया है।'

हां, मंच तैयार हो गया। अभी मूर्ति स्थापित नहीं हुई थी। लेकिन यात्रा-नाटक का कार्यक्रम, किताब और खाने के स्टॉल—इन सबका इन्तज़ाम पूरा हो गया। जन-गण खासी उल्लसित! कई सालों से सबके सब जैसे गूंगे हो आये थे। निर्वाचन के बाद सभी बेहद खुश-खुश मूड में थे। आलोकसज्जा और माइक पर गाने तो बहुत पहले से ही शुरू हो गये थे। हेवी खर्चा करके, पूजा आयोजित की गयी थी। मूर्ति की स्थापना तो पूजा के दिन सुबह-सुबह की जानेवाली थी।

लेकिन रात नौ बजते-न बजते टाउन का आकाश लाल हो उठा। मंच जल उठा, पंडाल से लपटें उठने लगीं। बार-बार बम फटते रहे। लोगों ने मारे दहशत के अपने-अपने दरवाजे बंद कर लिये।

दीनू और इरानी घटनास्थल में मोटर बाइक पर सवार! जब सारा कुछ जल रहा था, तब बाकी बम, अंधाधुंध छोड़ते-छोड़ते, दीनू ने अपने मोटरबाइक को दूसरी तरफ मोड़ लिया।

दूसरी तरफ तपन के साथ टाइगर भी मौजूद। दोनों की आंखों पर काला चश्मा। दीनू बैरेक में आयेगा, वे दोनों जानते थे। उनके पीछे-पीछे मलय।

'तुम ऐक्शन मत करना—' तपन ने होशियार किया।

'वे दो जन हैं।'

'स्टॉप टॉकिंग। एकदम चुप।'

बैरेक की गली की हर दुकान की झांपी गिरी हुई! बैरेक के अन्दर हर घर की खिड़कियां बंद!

तपन ने ईंट मारकर सड़क की लैम्प-पोस्ट का कांच तोड़ दिया।

दीनू गली में दाखिल हुआ। यह उसका अपना इलाका था। यहां का बच्चा-बच्चा उसे पहचानता था, यहां उसे किसी विपत्ति की आशंका नहीं थी। इसके अलावा, यहां भी उसके कुछेक अपने लोग मौजूद थे। उन लोगों के साथ भी तपन का समझौता हो चुका है, दीनू को इसकी ख़बर नहीं थी।

तपन ने मलय को सामने की तरफ धकेल दिया।

'दीनू' दा!'

'मलय, तू?'

दीनू मोटरसायकिल से उतर पड़ा। ऐन उसी वक़्त अंधेरे में चंद लोगों को हिलते-डुलते देखकर, इरानी एकदम से चीख उठा, 'दीनू....दा....!'

तपन का छुरा उड़ता हुआ, पहले इरानी की गर्दन पर आ बैठा! छुरा उसकी गर्दन में धंसाये-धंसाये, तपन ने बांयी तरफ तक चीर दिया। अब उसने दीनू की तरफ हाथ उठाया।

दीनू का हाथ अपनी ज़ेब में जा पड़ा! मलय चिल्लाया, 'चांस मत लेना तपन।'

मलय की आवाज़ ने ही दीनू से सब कुछ कह डाला।

'अच्छा, तो तपन है....'

दीनू की बात अभी पूरी भी नहीं हुई थी कि तपन का चाकू उसकी वांयी पसली में आ गड़ा। कुछेक पल पसली में गुंथा-गुंथा, अन्दर गहरे तक उतर गया और एकदम से बाहर निकल आया। छुरे में लिपटा ख़ून, तपन ने दीनू के बदन पर ही पोंछकर साफ कर लिया।

उसके बाद मोटरसायकिल स्टार्ट हुई। गली में दो मोटरसायकिल दाखिल हुई

थीं। अब दोनों मोटरसायकिल गली से बाहर निकल गयीं। जाते-जाते मलय और टाइगर ने एक-एक बम भी बरसाया और गायब हो गये।

ख़बर किसने दी, यह पता नहीं चल सका। पुलिस वैन आ पहुंची। लाश थाने के बरामदे में रखी गयी। जन-गण आकर देख जायें! जान जायें। टाउन का सबसे कुख्यात समाज-दुश्मन अब नहीं रहा।

जैसे इन्सान की मौत हुई थी, उसी मर्यादा के साथ उसकी मौत पर उल्लास गूंज उठा। ताबड़तोड़ बम फटते रहे। ख़बर फैल गयी—समाज-विरोधियों की आपसी टक्कर और हत्या!

बैरक-घर की मासी ने कहा, 'अजी हुज़ूर, बदला क्या? कहने को नया ज़माना आया, मीटिंग भया, जलूस निकला, लेकिन बमबाज़ी? बमबाज़ी तो वही की वही! वैसी की वैसी! और गुंडेबाजी भी चलती ही रहेगी। एक दीनू बाबू चला गया, तो दूसरा दीनू बाबू आ जावेगा।'

भवानी बाबू, दीनू बाबू की मातमपुर्सी के लिए उनकी बीवी के यहां पहुंचे।

'दसवें तक न सही, तीन दिन का सूतक लगे इतना रिश्ता तो था ही। हज़ार हो, उनका रिश्तेदार था। ऐसी विपदा में एक बार भी नहीं आता, ऐसा भला हो सकता था? हां, बहुरिया, दीनू को कितना-कितना समझाया था कि सम्हलकर चलाकर, भइये, सम्हलकर चलाकर! मगर उसने कहां सुना? उस पर से वह जहां जाता था, वह तो पाप की जगह थी....'

दीनू बाबू की बीवी काली किनार की कोरी साड़ी के आधे घूंघट से, भवानी बाबू भी तरफ तीखी निगाहों से घूरकर देखती रही।

'ख़ैर, मैं देखता हूँ, चीर-फाड़ के बाद, जितनी जल्दी हो सके....'

उसी समय, पराजित पूर्व कांग्रेस (ई) सदस्य, मोहनलाल बाबू, अपने दल-बल सहित कमरे में दाखिल हुए।

'आप फिक्र न करें। सब हो जायेगा। आपको एक बार थाने जाना होगा, भाभी जी।'

'क्यों? रपट लिखाने? रपट लिखाकर क्या होगा? इससे तो बेहतर है इन्तज़ार कर लेवें। मानव को आ लेने दें। बाप का क्रिया-कर्म तो वोही करेगा। वह जैसा कहेगा, वही करेंगे और हां, भवानी बाबू से कहें, वे तसरीफ ले जायें। मुझसे बर्दाश्त नहीं हो रहा है। देवर जी!'

भवानी बाबू ने फिर भी पीछा नहीं छोड़ा।

'माया को ख़बर दे दी?'

दीनू बाबू की पत्नी ने तीखी आवाज़ में जवाब दिया! बाप का राग-रंग देखकर ही, अपने बच्चों को हम बहुत सालों पहले ही अपने बाप के घर रख आयी थी। बेटी, अब राजी-खुशी बेगुसराय में अपनी गिरस्ती में मगन है। ईहां वो क्या देखने-सुनने

आवेगी? आप जाइये। हां, एक बात सुन जाइये, हमारा असार बुरे रस्ते चला गया, इसी से उसे अइसी मौअत मिली। अइसी मौअत भगवान दुस्मन को भी ना दें।'

'अभी तुम शोक-ताप की हालत में हो, बहुरिया, अब ज्यादा कुछ नहीं बोलेंगे।'

'ज्यादा ना बोलें, तभी भला है। मोरा बेटा है न।'

मोहन बाबू बोल उठे, 'उससे ऐसी बातें न करें, भाभी जी, मुसीबत हो जायेगी।'

'काहे, अब का ऊ मानव को भी मारेगा?' दीनू बाबू की पत्नी ने पट् से सवाल किया।

'नहीं, मैं इतनी दूर तक नहीं सोच रहा हूँ।'

'देवर जी, चलो, बेटा नहीं आया, तो न सही आने से मना कर दें उसे। मुंह में आगी हम दे दूंगी। मुसीबत में सब चलता है। उस पर से ख़ून-जखम की मउवत! हम कलकत्ता जाकर सराध करूंगी।'

'और यह घर?'

'सब बेच दूंगी, देवर जी! ईहां अब किसके भरोसे रहूंगी? ऊंहा विधानसभा में ज़मीन ख़रीदी भयी है, किसी तरह एकाध कमरे का घर खड़ा कर लूंगी। अब ईहां नाहीं रहूंगी। आप ही सब इन्तिजाम कर दें।'

टाउन में दहशतभरा सन्नाटा! दीनू बाबू की अर्थी पर, मोहनलाल बाबू के अलावा, और किसी ने माला नहीं चढ़ायी। ज्ञानी के सातों कुल में कोई अपना या सगा है, इसकी किसी को भी जानकारी नहीं थी। उसका दाह-संस्कार पुलिस ने ही कर दिया। दीनू बाबू का दाह करके, उसकी बीवी कलकत्ता चली गयी।

दीनू बाबू का मकान मोहनलाल बाबू ने ही ख़रीद लिया। मानव कलकत्ता में ठेकेदार था। उसने विधाननगर में घर बनवा लिया।

उसने अपनी मां से कहा, 'बप्पा क्या कम महान् थे? उनका बेटा होने के नाते मुझे कितना बिज़नेस मिलता है, जानती हो?'

इस तरह टाउन से दीनू बाबू का नाम मिट गया। भवानी बाबू की नज़रों में तपन का मान-सम्मान काफी बढ़ गया।

अब समूचा टाउन तपन से आतंकित रहने लगा। खुद मां-बाप तक अपने बेटे के खौफ़ से कांटा बने रहते थे।

सिर्फ रेवा खासी गुमान में रहती थी। मां ने कहा, 'रेवा कहती है, अब वह यहां नहीं रहेगी।'

'कहां जायेगी?'

'यह उसीसे पूछ लो।'

'वह कहां है?'

रेवा आकर खड़ी हो गयी। ना, उसके चेहरे-मोहरे पर डर-भय का नामोनिशा तक नहीं था, बल्कि कोई और ही भाव था। तपन वह भाव पकड़ नहीं पाया।

'तू कहां जायेगी?'

'श्यामल को दवा की दुकान पर नौकरी मिल गयी है।'

'किस कम्पनी में?'

'कम्पनी छोटी है।'

'कहां?'

'ऑफिस कलकत्ता में है। काफी घूमना होगा।'

'उससे तू ब्याह करेगी?'

'रजिस्ट्री करके आयी हूँ।'

'अब विवाह भी निपटाकर जा।'

'नहीं, श्यामल ने कहा है, अगर मुझे उसके पास जाना है, तो सबकुछ छोड़-छाड़कर जाना होगा। इस घर से वह किसी तरह का नाता-रिश्ता नहीं चाहता; किसी का आना-जाना भी उसे पसंद नहीं है।'

'इत्तनी बड़ी बात?'

'हां, मैं भी नहीं चाहती, दादा।'

'तू? तेरी ये मजाल?'

'क्या करोगे तुम? मारोगे? चलो, मार डालो।'

तपन बेतरह आहत हो उठा, मैं तुझे मारूंगा, तूने यही सोचा?'

'और क्या सोचूं—?'

'मैं तेरा बड़ा भाई हूँ।....'

'मैं वप्पा, मां, तुम....किसी को नहीं चाहती। बारह साल की उम्र से गैरों का दिया खा-पहनकर गुज़ारा कर रही हूँ। मेरी देखरेख किसने की? अब मुझे मेरी घर-गृहस्थी चाहिये, रुपये-पैसे नहीं चाहिये, दादा।'

'अच्छा? मेरे रुपये तुम्हें नहीं चाहिये?'

'मुझे किसीके भी रुपये नहीं चाहिये।'

'ब्याह का कागज़ किसके पास है?'

'मेरे पास!'

'रजिस्ट्री कब हुई?'

'जिस दिन भरत मर गया—'

'अच्छा?'

'मैं किसी और जगह, मान-सम्मान के साथ जीना चाहती हूँ। मेरा यहां दम घुटता है....। अगर तुम मुझे रोकोगे, तो मैं फांसी लगाकर जान दे दूंगी।'

तपन ने लम्बी उसांस छोड़ी।

'नहीं, तुझे यह करने की क्या ज़रूरत है?'

'सूकू-बूकू यहां से क्यों चले गये, तुम्हें समझ नहीं आया?'

'समझता हूँ। ख़ैर, तू जा! तू जिसमें खुश रहे, वही कर! कलकत्ता में कोई घर किराये पर ले लेना....'

'क्यों? बस्ती में भी तो आखिर इन्सान ही रहता है?'

'श्यामल से मैं बात न करूं? कुछ भी न कहूं?'

'क्यों बात करोगे? मेरी उम्र बाइस है, उसकी सत्ताइस! एक तुम ही नहीं जानते थे, वर्ना टाउन में सभी लोगों को ख़बर है कि हम विवाह कर रहे हैं।'

'मैं यहां रहता कहां था, जो जान पाता? ख़ैर, श्यामल से कहना कि वह टाउन में आते-जाते ज़रा सावधान रहे। भवानी बाबू उसे पसन्द नहीं करते।'

'एक बार वह यहां से निकल जाये, फिर वह पलटकर कभी नहीं आयेगा।'

'दोनों एक साथ मत जाना। लोग जान जायेंगे। मैं अगर इस घर से चला जाऊं, रेवा, तो क्या कोई सुविधा होगी?'

'मैं तो चली ही जाऊंगी।'

रेवा दो दिन बाद ही चली गयी। ना, उसने साड़ी-गहने, कुछ नहीं लिये। बस, शान से सिर उठाये चली गयी।

मां ने कहा, 'गिरस्ती वे दोनों खुद बसा लेवेंगे। मैंने अपनी कमाई के रुपयों में से दो सौ रुपये उसके हाथ पर रख दिये थे।'

रेवा का हाव-भाव व्यवहार, तपन के लिए जबर्दस्त तजुर्बा था। उसने महसूस किया, एक ही घर में रहने और पलने-बढ़ने के बावजूद, वह अपने और समूचे घर से तीखी नफरत करता हुआ बड़ा हुआ। उसने अपने भाई-बहन के बारे में कभी नहीं सोचा। वैसे भवानी बाबू ने पहली बार जब उसे रुपये दिये थे, उसने अपनी मां से यह ज़रूर कहा था कि रेवा और सूकू-बूकू को ले आओ।

लेकिन अब जाकर तपन को अहसास हुआ कि रुपये देने से ही राव कुछ नहीं हो जाता। धीरे-धीरे वह और का और हो गया यानी बिल्कुल बदल गया। ख़ैर, और का और हो जाने के अलावा, उसके लिए और कोई राह भी नहीं थी।

लेकिन, उसके भाई-बहन ने इस बदलते हुए तपन की लायी हुई सुविधाओं पर मुग्ध होकर, किसी और तरह की ज़िन्दगी चुन ली।

दादा, जब सच ही दादा यानी बड़ा भाई बना रहे, तो उसके रौब-दाब और गर्मी में बाकी भाई-बहन फल-फूल उठते हैं।

लेकिन तपन के भाई-बहन ऐसे नहीं निकले। सूकू रानाघाट चला गया। रेडियो-मरम्मत और इलेक्ट्रिक सामानों की उसकी दुकान छोटी ज़रूर थी, मगर अच्छी चल पड़ी थी।

बूकू बनगांव में, बांगलादेश से लाये हुए कपड़े वगैरह बेचता था। मां भी जाकर बेटों को देख आयी थी।

रेवा चली गयी। जरूर श्यामल ने ही उससे कहा होगा कि वह अपने अतीत का

सारा परिचय धो-पोंछकर आये।

हां, वह ऐसा कह सकता है। चम्पक और श्यामल जेल से लौट आये थे। लेकिन मलय ने चम्पक का ख़ून कर डाला था।

चम्पक का रचा-गढ़ा प्रेस-कर्मचारी-यूनियन, अब श्यामल चलाता था। श्यामल अब यूनियन छोड़कर चला जायेगा।

मां ने कहा, 'और क्या उपाय? सुधीन बाबू के दल के छोकरे, अब सारी जगह फैल गये हैं। वे लोग सभी यूनियन पर पहले हाथ साफ करेंगे।'

'सेक्रेटरी कौन बना?' तपन ने धीरे से पूछा 'तीर्थ! सुधीन बाबू की पाट्टी करता है। मौत हमलोगों की हुई। श्यामल होता, तो....'

'क्या करता?'

'हमारा, अस्पताल की कर्मचारी सेविका औरतों का भी एक यूनियन बन जाता....'

'तुम तो अब वहां नहीं जाओगी न?'

'दूसरी-दूसरी औरतों को तो भला होता। मैं भी....घर में बैठी-बैठी समय कैसे गुजारूं? अब तो रेवा भी चली गयी।'

'तो बेटों के पास चली जाओ।'

'तपन, एक बात कहूं?'

'क्या?'

'सूकू अपनी दुकान, ज़रा बड़ा करना चाहता है—'

'और बूकू क्या चाहता है?'

'जिसके साथ वह बिज़नेस करता है।' उसी की बहन के साथ ब्याह करना चाहता है। अभी तो खुद ही जला-जलाकर अपना खाना पकाता है।'

तपन ने अपनी कनपटियों की नस कस कर दबा ली।

'अगर उनका मन कहे और उन्हें कोई एतराज न हो, तो बताना, कितना ख़र्च लगेगा, रुपये मैं दे दूंगा।'

'एतराज काहे करेंगे?'

'नहीं करेंगे? चलो, अच्छा है! तुम दोनों का ब्याह कर दो, मां! तुम्हारे लिए भी आने-जाने की जगह हो जायेगी और श्यामल लोगों के घर से उसका पता-ठिकाना लेकर, कभी-कभार रेवा को भी देख आना।'

'तुझे तो कोई आपत्ति नहीं है न?'

'आपत्ति क्यों होने लगी? रेवा ने तो कुछ ग़लत नहीं किया, कुछ ग़लत भी नहीं कहा और श्यामल मुझ जैसा नहीं है! वह इन्सान जैसा इन्सान है।'

मां चुप!

'अपनी फिक्र, तुम खुद करो, मां! मैं हद से हद रुपये दे सकता हूँ। इसके

अलावा और कुछ नहीं कर सकता।'

'तोरे बप्पा कहते थे....'

'बप्पा की बात मत करो। बप्पा ने कब, किसके बारे में सोचा, जो मैं उनके बारे में फ़िक्र करूं?'

'हां, सो तो सच है।'

'बीवी अस्पताल में नौकरानी बनी रही, बेटी पराये घर में रसोईदारिन बनी रही, उस अन्दाज़ से तुम्हारे बाकी बेटे-बेटी तो सचमुच इन्सान ही बने, मां।'

तपन मन ही मन बुदबुदाया—तुम्हारे लिए! तुम्हारी वजह से! तुमने जो भी किया, सब सही था। मैंने जो कुछ किया, सब ग़लत!

'मां—'

'क्या?'

'तुम्हारा भी चले जाने का मन नहीं करता?'

'न्ना! तेरा तो कोई नहीं रहा।'

'मेरे लिए नहीं जा पातीं?'

'चार-चार कमरे, वही सांय-सांय-सन्नाटा बना रहता है। सारा कुछ जैसे निगलने को आता है।'

'तुम चाहो, तो बेटों के पास रह सकती हो। मैं रुपये पहुंचा दिया करूंगा।'

'ना, तपन, तेरे लिए फिकर होती है।'

'मेरे लिए? मैंने किसी दिन भी तुम्हारी फ़िक्र नहीं की, तुम मेरी फ़िक्र करती हो?'

'हां, करती हूँ! मेरी औकात नहीं थी, इसलिए तेरे लिए कुछ कर नहीं पायी—'

तपन विस्मित निगाहों से अपनी मां को निहारता रहा। कामकाज करते-करते रस्सी की तरह ऐंठा हुआ पुख़्ता और कठोर तन-बदन! बेहद कुरूप चेहरा! झरे हुए बालों की वजह से चौड़ी हो आयी मांग में सिन्दूर—यह औरत उसकी फ़िक्र करती है?

तपन ने सिर हिलाया। अब यह सब सोचना कतई संभव नहीं है। तपन की बीच की ज़िन्दगी अगर स्वाभाविक होती, तो शायद इस बारे में सोचा जा सकता था।

'तेरा बप्पा अगर सचमुच इन्सान होता, तो अब तक तुझे भी कोई न कोई नौकरी मिल गयी होती।'

नौकरी? तपन ने भवानी बाबू से एक अदद नौकरी ही तो मांगी थी।

'कहीं बाहर जायेगा?'

'देखूं! सुनो, बाहरवाले कमरे में कोई मत सोना। पिछवाड़े के कमरे में मैं सोऊंगा।'

तपन सिगरेट ख़रीदने के लिए बाहर निकल गया। दुकानदार जान-पहचान का था। तपन ने रुपये देने को हाथ बढ़ाया।

दुकानदार ने सिर झुकाकर कहा, 'रुपये रहने दें।'

'मतलब?'

'रुपये देने की ज़रूरत नहीं।'

तपन समझ गया, सिर्फ दुकानदार ही नहीं, टाउन के तमाम लोग सच्ची बात जान गये हैं। दीनू बाबू अब नहीं रहा। भवानी बाबू ने झंडा बदल लिया। तपन अब टाउन का बॉस है। तपन को याद आ गया, बॉस या उसके चेले-चामुंडों को सिगरेट या चाय के पैसे देने की ज़रूरत नहीं पड़ती। वे लोग बाज़ार से, टाउन से 'तोला' यानी 'हफ़्ता' वसूल करते हैं। जन साधारण को रौंद डालते हैं, पैरों तले कुचलकर मार डालते हैं।

दुकानदार ने तपन के मुंह पर जैसे थप्पड़ जड़ दिया हो। तपन ने कहा, 'पैसे लिया करो! अगर कोई मस्तानी करे; बिना पैसे चुकाये पैकेट उठा ले, तो मुझे बताना।'

दीनू बाबू नहीं रहे। अब शायद तपन ने ही टेकओवर किया है। लेकिन इसका यह मतलब हरगिज नहीं है कि वह अपने गैंग के साथ समूचा टाउन रौंदता फिरेगा और 'हफ़्ता' वसूलता फिरेगा।

तपन उस वक़्त भी नहीं जानता था कि अभी उसने टेकओवर किया है, कुछेक सालों बाद, फिर इसी तरह का टेकओवर दुहराया जायेगा। राजनीतिक झंडे तले, जो लोग भी शामिल होंगे, सभी 'बॉस' बन जायेंगे। तपन को अभी भी यह जानकारी नहीं थी कि वे लोग जन-जीवन पर कितना तीखा शोषण करेंगे; लोगों को आतंक की कैसी भीषण छाया में उतार देंगे। तपन को उन दिनों भी यह अन्दाज़ा नहीं था कि लोग आज 'समाज-विरोधी' शब्द से किस क़दर नफ़रत करने लगे हैं। वे लोग राजनैतिक नौजवानों की भक्ति करते हैं। समाज-विरोधी और राजनीतिक लड़कों में विभाजक-रेखा एक दिन घुल-मिल जायेगी, इस हक़ीक़त का भी उसे अन्दाज़ा नहीं था। उसे नहीं पता था कि राजनैतिक स्तर के निचले तबके में सैंकड़ों-हज़ारों समाज-दुश्मन आ मिलेंगे।

बहरहाल, भविष्य तो नज़र नहीं आता।

तपन ने खुद ही महसूस किया वह घोर पापी और निकृष्ट गुनाहगार है। जो शख़्स नेता के कहने पर ख़ून करता है, उसे किराये के क़ातिल के अलावा और क्या कहते हैं?

वैसे तपन यह हक़ीक़त भी जानता था कि वह खुद कभी इस जाल से नहीं निकल सकेगा।

दीनू बाबू कहा करता था, 'हम में से कोई भी विस्तर पर लेटा-लेटा नहीं मरेगा। यह लाइन ऐसी ही होती है।'

दो

भवानी बाबू ने कहा था कि वह उससे कलकत्ता में मिलेगा।

'ओ सी बता रहा था, कुछ धर-पकड़ भी होगी।'

'वह तो होगी ही। समाज-विरोधियों का दमन करो, यह तो हम लोगों ने ही कहा है।'

'फिर क्या होगा?'

'तुम्हें इससे क्या? तुम इसकी फ़िक्र न करो।'

तपन का यह पूछने को मन हुआ कि इस धर-पकड़ से आप भी बाहर हैं, आप भी बाहर हैं, फिर पुलिस किस समाज-विरोधी को पकड़ेगी?

लेकिन उसने ऐसा कोई सवाल नहीं किया। समय नहीं है। अभी वह समय नहीं आया।

'दीनू का केस सुना?'

'अब क्या सुनना है?'

'जगद्दल में बमबाज़ी करके आया था। वे लोग ही उसे मारकर रखे गये हैं।'

'लेकिन यह तो सच नहीं है।'

'दीनू को मरना ही था। तुम इस बारे में कुछ मत सोचो। अपने मन को खुला रख, तपन! ऐसे-ऐसे काम करने भी पड़ते हैं और भूल भी जाना पड़ता है। अब काम की बात, सुन–'

'कहिये–'

'जब कलकत्ता आओगे, तो सारी बातें विस्तार से होंगी। लेकिन, एक बात अभी से कह रखना ज़रूरी है। श्यामल को जाने देकर, तुमने अच्छा नहीं किया।'

'श्यामल ने रेवा से ब्याह कर लिया है। इसके अलावा, यहां वह जो सब यूनियन, अलां-फलां करता था, अब वह सब भी नहीं कर सकेगा।'

'हां, वह सब तो ख़ैर नहीं कर सकेगा। ब्याह कर लिया उसने?'

'हां! मैंने शादी का कागज भी देखा है।'

'देखो! तुम्हारी बहन है....'

तपन समझ गया, भवानी बाबू से चाहे जितना भी हेलमेल हो, दिल खोलकर बातें करना, सुरक्षित नहीं है।

उसने कहा, 'मैंने उसे डरा-धमका दिया है? अब वह टाउन में क़दम नहीं रखेगा।'

'तुम्हारी बहन का कितना अच्छा, कितना बेहतर विवाह हो सकता था।'

'उन दोनों में बचपन से ही....'

'ओ, लव था? यानी प्यार? अच्छा है, प्यार करना तो बहुत अच्छी बात है।'

भवानी बाबू हंस पड़ा! बीच-बीच में भवानी बाबू ऐसे ही हंस पड़ता था! ऐसे पलों में तमाम काल्पनिक बातें किया करता था, जिन पर वह कम से कम उस वक़्त विश्वास भी करता था।

'देखो, मेरी तरह ब्रह्मचारी बने रहकर कौन ज़िन्दगी गुज़ार सकता है? घर में लक्ष्मी मैं भी लाया था, आग में जलकर, वह विदा हो गयी। हां, दूसरे ब्याह की उमिर थी मेरी! वैसे भी मर्द बच्चे के लिए ब्याह की कोई उम्र नहीं होती। अगर मैं चाहता, तो दूसरा ब्याह भी कर सकता था। लेकिन मैंने सोच देखा, अब ऐसा नहीं हो सकता। मोरी अउरत को तुम लोगों ने नहीं देखा....'

'देखा है, बचपन में देखा है! वे पूजा मंडप में जाया करती थीं। हमारी सरस्वती पूजा के लिए चंदा देती थीं....'

'हां, धर्मप्राण जीव थी। होती भी क्यों नहीं! कित्तने बड़े घराने की बेटी थी और कैसे घर में ब्याहकर आयी थी....'

'जी—'

'ख़ैर, छोड़ो, इसलिए तो मैं पब्लिक लाइन में चला गया। इस दीनू का घर, आखिर मोहनलाल ने ही ख़रीद लिया—'

'जी, सुन चुका हूँ—'

'इत्तने दिनों का ही उसका दाना-पानी था, उठ गया। ख़ैर, इस दीनू से मैंने कितनी-कितनी बार कहा; कित्तना समझाया था....'

टाइगर, मलय और तपन खामोश! इस बात के जवाब में क्या कुछ नहीं कहा जा सकता था?

'हीरक का 'पॉसपेट' है....भविष्य है! उसे सिखा-पढ़ा लिया जाये, तो....'

'आप जैसा कहें....'

'कलकत्ता में बैठकर बात होगी। यहां एक ही लाइन को आधी-आधी बांटकर चलना होगा। नया ज़माना है। किसी नयी नीति की ज़रूरत पड़ेगी। मैं सब बता दूंगा। दीनू की बहुरिया की कीर्ति सुनी? वह तो रानी रासमनी बन गयी है।'

'कैसे?'

'रसोइदारिन, दैया-नौकरानी, दरवान, डराइवर —सब्बको दू-पांच हजार रुपइय्ये

टिकाय दिहिस! कहने लागी, वो सब बड़े विश्वासी लोग थे। दीनू की बहू की 'रच्छा' करते थे।'

'वे लोग गये कहां?'

'सब खिसक लिये। उन सबको हटाय दिया, और क्या? दीनू की सारी कीर्ति कहानी वे लोग जानते थे।'

तपन इन्तज़ार करता रहा।

'क्यों, भई, तुम खास खुसी नज़र नहीं आ रहे हो? मूड खराब हो गया?'

'नहीं, ज़रा सर भारी है।'

'हां, तो परसो टाइगर के साथ चले आना। टाइगर गाड़ी की 'सब्बिस' कराने तो जायेगा ही!'

'कब आऊं?'

'सुबह-सबेरे चले आना। वहीं खा-पी लेना। अरे, भाभी क्या बिना खिलाये छोड़ेगी? ऐसे ही छोड़ देने वाली जीव वह नहीं है।'

तपन बाहर निकल आया। भवानी बाबू के अपने सब भाई कहां हैं, कोई नहीं जानता। टाइगर ने ही बताया, भवानी बाबू ने कलकत्ता के भवानीपुर में जिसे घर खरीदकर दिया है, वह रेणु भाभी, असल में लाइन की औरत है। भवानी बाबू उसे उठा लाये और अर्से से उसे यहीं रख छोड़ा है, उनकी दो बेटियां भी हुईं, भवानी बाबू ने ही उनका शादी-विवाह किया। इसमें भी कोई शक़ नहीं है कि भवानी बाबू की ज़मीन-जायदाद उन्हीं दोनों को मिलेगी।

तपन ने पूछा, 'तुमने इतना कुछ कैसे जाना?'

'जैसे वे मेरी सब्ब कुछ भी ख़बर रखते हैं, हम भी उनकी एक-एक ख़बर रखता हूँ। इसे कहते हैं—इन्स्योरेंस! मैं उनकी सब ख़बर जानता हूँ, यह बात वे भी जानते हैं। वही मेरा इन्स्योरेंस है। जो शख़्स सारी बातें जानता है, वह सबको बता भी सकता है। उसकी तकदीर में झट से भरत की नियति नहीं लिखेगा। आजकल वक़्त बहुत मंदा है। दादा, सब लोग, सबकी ख़बर रखते हैं।'

'तुम यह सब मुझे क्यों बता रहे हो?'

'तुमसे एक विनती है—'

'यह तुम क्या कह रहे हो?'

'हमको छुराबाज़ी सिखा दोगे?'

'टाइगर!'

'छुरा....क्या बात है इसकी?'

'तुम तो बन्दूक चलाते हो न?'

'हां, मगर छुरा, उससे कहीं बढ़कर है।'

'किसी ज़माने में मैं रोहनलाल के साथ काफी घूमता-फिरता था। यहां से

सियालदह तक छुरा फेंककर, वह खेल दिखाता था। उसकी बेटी खड़ी रहती थी। रोहनलाल बोर्ड की तरफ निशाना लगाकर छुरा फेंकता था।

'वही खेल दिखाते थे?'

'दवेल दिखाता नहीं था, सीखता था।'

वह मन ही बुदबुदाया—खेल तो ख़ैर, अभी भी दिखा रहा हूँ।

'भवानी बता रहा था तुम ऑल राउंडर हो। तुम चेम्बर भी चलाते हो? तुम्हारा चेम्बर एक बार चला नहीं कि सब पार!'

'लाइन में रहने के लिए, टाइगर....और फिर मैं इस टाउन की सड़कों पर बचपन से ही गुंडागीरी करते हुए बड़ा हुआ हूँ।'

'मुझे सब खबर है! ख़ैर, यह बात याद रखना।'

'हां, अभी तो काफी वक्त पड़ा है।'

'तुम गार्ड बिना ही घूमते-फिरते रहते हो?'

'इरानी दीनू बाबू का गार्ड ही था न।'

'ख़ैर, वह तो तकदीर में जो लिखा हो। लेकिन समझ-बूझकर, होशियारी से चला जाये, तो मुसीबत नहीं आती। भवानी' दा पर नक्सलों ने कम 'एटेम्प्ट' नहीं किया.... कम कोशिश नहीं की....'

'हां, कहते तो तुम ठीक ही हो। अच्छा, मैं चलता हूँ।'

समझ-बूझकर चलने से क्या मुसीबत नहीं आती? कब, किस पर मुसीबत टूट पड़े, किसे पता है। अचानक ही रेवा चली गयी, इसीलिए तो तपन को आज श्यामल, चम्पक की याद आ रही है। जेल में पुलिस के अत्याचार से चम्पक के कन्धे की हड्डी टूट गयी थी। उसे अस्पताल नहीं ले गये। उसका इलाज भी नहीं कराया। उसका बांया हाथ बिल्कुल झूल गया था। टाउन में लौटकर, उसके बाद भी चम्पक ने प्रेस कर्मियों का यूनियन किया।

उन लोगों ने दिन में दस रुपये का पगार पाने के लिए हड़ताल कर दिया। घर लौटते हुए, रास्ते में चम्पक को मलय ने ही मार डाला।

चम्पक की अर्थी के साथ, छोटी-सी ही सही, काफी सम्मानित शव-यात्रा निकाली गयी थी। उसे लाल कपड़े में लपेटा गया था। उसके पीछे छोटी-बड़ी ग्यारह प्रेसों के कर्मचारी, श्यामल, सौरभ वगैरह भी गये थे। तपन दूर से ही देखता रहा।' इस टाउन के जितने सारे लड़के गिरफ्तार हुए थे, उनमें से काजल की तो उन्हीं दिनों उत्तरबंग में हत्या हो गयी। काजल के घरवाले टाउन छोड़कर कहीं और चले गये। काजल की बहन, गौरी भी कितने ही दिनों जेल में क़ैद रही। सुना है, अब वह कलकत्ते के किसी कॉलेज में पढ़ाती है।

चम्पक के साथ स्वाति का ब्याह होनेवाला था। लेकिन बाद में स्वाति ने सौरभ से ब्याह कर लिया।

एक, श्यामल बच रहा था। वह भी चला गया।

अब तपन उन लोगों के बारे में क्यों सोचता है? किराये का गुंडा किराये का ख़ूनी उन लोगों की क्यों याद करता है? इतने सबके बावजूद, श्यामल ने रेवा से विवाह कर लिया, यही तो अचरज की बात है! मुमकिन है, रेवा बच जाये। उसे किसी और तरह का स्वस्थ जीवन नसीब हो जाये।

घर में मां उसके लिए खाना लिये बैठी थी।

'सिर्फ तरकारी और बैंगन के भुर्ते से खाना खा लेगा?'

'कौन? मैं? आराम से खा लूंगा। लेकिन, तुम जगी रहकर, बैठी मत रहो, मां, जाओ, सोने जाओ।'

अब घर में रहना-सहना छोड़ना होगा। घर में रहकर, मां से इन्तज़ार कराना ठीक नहीं है। जब तपन नहीं होगा, तो बेटों से उसका रिश्ता फिर जुड़ जायेगा। मां उनके साथ फिर रहने लगेगी।

आज जिस कमरे में वह सोया हुआ था, वह कमरा रेवा का था। कमरा काफी व्यवस्थित और साफ-सुथरा। शेल्फ में इतिहासमाला, भूगोल, परिचय, अंग्रेजी ग्रामर की किताबें।

'रेवा क्या पढ़ाई करती थी?'

'हां, पढ़ती थी न! स्कूल में पढ़ने का मौका तो नहीं मिला। घर में ही पढ़कर, परिच्छा देने का मन था उसका।'

'अब श्यामल उसे पढ़ा लेगा।'

'श्यामल ही तो उसे बढ़ावा देता रहता था, तभी तो.....'

'और ये सिलाई-पुराई, टेलरिंग की किताबें?'

'टेलरिंग पढ़ने जाती थी न! ब्लाउज़ तैयार करना भी सीख गयी थी। कहती थी, एक मशीन मिल जाती, तो मैं भी कमा-धमा सकती थी। मैं भी उससे यही कहा करती थी।'

तपन को इन सबकी कोई ख़बर नहीं थी।

'रेवा ये सब बातें किया करती थी?'

'करती नहीं? बचपन से ही वह मुझे जी-तोड़ मेहनत-मजूरी करते देखती आयी थी। मैं भी ज़रा लिखी-पढ़ी होती, तो नर्स का काम भी सीख सकती थी। औरत होकर भी, खुद अपनी मेहनत से कमाये-खाये, इससे अच्छी बात और क्या हो सकती है? कितने ही रोगियों की सेवा की है मैंने।'

मां के कामकाज के बारे में तपन की धारणा काफी निचले स्तर की थी। उसकी मां अपने काम के बारे में इतना गौरव महसूस करती है, यह बात भी तपन नहीं जानता था।

'तुम्हें मशीन चलाना आता है?'

'मुझे कहां से आता? मशीन खरीदने का मन ज़रूर था, मगर औकात ही नहीं थी। उन दिनों नहीं ख़रीद पायी। अब तो ज़िन्दगी ही खत्म होने को आयी। आंखों से भी धुंधला दिखने लगा है।'

'आशीष बाबू के यहां अपनी आंखों की जांच करा लो, मां।'

'इत्तने बड़े डॉक्टर हैं वे! अस्पताल में ही....'

'अस्पताल में तो ढंग की मशीनें वगैरह भी नहीं हैं।'

'ठीक है, चली जावेंगी।'

'तुम्हारा और क्या मन करता है, मां?'

'और कोई इच्छा नहीं, तपन! वे बच्चे ठीकठाक ही रहेंगे, मुझे मालूम है। तू भी ठीकठाक रहे, बस, यही....'

'मैं ठीक रहूंगा, मां।'

न्ना, तपन को अब हट जाना चाहिये। मां अपने आखिरी दिन, शांति से गुज़ारे।

'तपन!'

'हां, मां—'

'तू अगर कोई व्यवसाय या कारोबार कर लेता....'

'अब यह मुमकिन नहीं है, मां! मैं नष्ट हो चुका हूँ। मुझसे तुम कोई सवाल मत करो।'

अगले दिन गाड़ी पर सवार होते ही, तपन को अहसास हुआ, टाइगर की निगाहों में अब उसके प्रति कोई और ही सम्मान झलक उठा है। समूचे रास्ते वह उससे बार-बार पूछता रहा—तपन' दा पानी पीओगे? तपन' दा चाय लाऊं।

भवानीपुर के गोपाल बैनर्जी रोड में तिमंज़िला मकान! पुरानी ईंटों की मजबूत गंथनी! दूसरी मंज़िल के बरामदे में टॉली का शेड! गेट खोलते ही, टुकड़ा भर बागान पर नज़र पड़ जाती थी। घर के दरवाजे पर दरवान! बराम्दे में कोलैप्सिबल गेट।

टाइगर दबी-दबी आवाज़ में फुसफुसाया, 'इस घर का 'अलाम' सिस्टम ज़बर्दस्त है। ऊपर की घंटी बजाओगे, तो हर कमरे में घंटी बज उठेगा। बड़े चौकन्ने होकर रहते हैं, वर्ना चलेगा कैसे?

दरवाजे के पार, बराम्दे में ही अंगरक्षक! तपन और टाइगर जिस कमरे में बैठे, उस कमरे की खिड़की पर लोहे की जाली! नीले रंग का कांच! विशाल कमरा! एक कोने में मेज़-कुर्सी! कई एक सोफे!

टाइगर ने कहा, 'भवानी' दा की अपनी कुर्सी ऊपर है।'

चप्पल चटखाते हुए भवानी बाबू नीचे उतर आये।

'यहां क्यों? ऊपर चलो! दूसरी मंज़िल बिल्कुल मेरी है! तीसरी मज़िल में भाभी की गृहस्थी है।'

दूसरी मंज़िल के कमरे की साज-सज्जा बिल्कुल एक जैसी! लेकिन दरवाजे पर

कोलैप्सिबल गेट! कमरे की दीवारों में गंथा हुआ, क़तार-दर-क़तार लॉकर!

'क्यों, भई, क्या देख रहे हो, तपन?'

'अच्छा ही तो है।'

'यह सब तक़दीर से होता है! तक़दीर चाहिये इसके लिए! जानते तो हो, रेस का नशा, सर्वनाशा नशा है। रेस के मैदान में बिल्कुल फकीर हो जाने के बाद, शरीफ खानदान के लड़के ने यह विशाल सम्पत्ति, चार कट्ठे ज़मीन पर खड़ा यह तिमंज़िला मकान, तीस साल पहले, मुझे 'मटगेज' कर दिया। रेहन में रखा यह घर, वह कभी छुड़ा ही नहीं पाया। कलकत्ते में दो-दो मकान, फिलिम का बिजनेस, सब कुछ उसने घोड़ों के पीछे उड़ा-पड़ा दिया। जैसे यह ज़मीन-जायदाद आयी, वैसे ही चली भी गयी।'

'हां, तो बताइये–'

'बताऊंगा! बताऊंगा! पहले मेरा बागान तो देख लो! वराम्दे से ही नज़र आ जायेगा। जवा, गेंदा, अतसी, गुलदाऊदी, करबी, हरसिंगार, बेल-पत्ता–हर तरह के पेड़-पौदे मौजूद हैं। कौन-सा पेड़ नहीं है? छत पर ठाकुर जी का कमरा! भाभी ने लक्ष्मी-जनार्दन की प्रतिष्ठा की! पूजा के सारे फूल मौजूद हैं! टाउनवाले घर 'में कभी दुर्गोत्सव भी होता था, मेरे बप्पा के ज़माने में! लेकिन, अब....! सबकुछ यहीं....!'

दो-दो नौकरानियों के हाथ में नाश्ते की प्लेट के साथ भाभी जी कमरे में दाखिल हुईं, जिसके बारे में टाइगर ने बताया था कि वह लाइन की औरत हैं। तपन को लगा, यह औरत ज़रूर अभिनेत्री रही होगी। गोरा रंग! गोलगाल चेहरा! मक्खन जैसी कोमल देह! दूधिया रंग की गरद सिल्क की साड़ी और सोने के जेवरों से ढंकी हुई! भौंहें तराशी हुईं! बालों में कलफ!

'ज़रा मुंह जुठार लो–'

पूरी, तरकारी, खीर, मिठाई!

'इतना सारा?'

'यह सब मेरे ठाकुर जी का परसाद है! दोपहर को भी निरामिष ही मिलेगा। इस घर में आमिष खाना नहीं आता। देवर जी का जब मन होता है, बाहर से खा आते हैं। खाना शुरू करो, तारक! इनका नाम तो हमें पता नहीं–'

'आपका नाम तपन है।'

'वाह! कैसा सलोना चेहरा है! इसको तो अपना दामाद बना लेने का मन होता है। लेकिन अब क्या उपाय? गिन-गूंथकर हुइ बिटिया है। दामाद इनो भी राजपुत्तर हैं। दिखावेंगी, उनकी फोटू दिखावेंगी।'

भवानी बाबू ने हड़बड़ी मचायी, 'लो, खाओ, खाओ! बहुत काम पड़ा है।'

'आप नहीं खायेंगे?'

'अभी सुबह ही, सुधीन बाबू के साथ....'

'और थोड़ी-सी पूरियां मंगावें?' भाभी ने पूछा।

'नहीं, नहीं, अब और नहीं खा सकूंगा।'

'अरे! इत्तने में ही? देवर जी जब तुम्हारी उमिर के थे, तो....'

'अब कोई इतना नहीं खाता! तुमने खाया?' भवानी बाबू ने पूछा।

'मैं? अभी? सबेरे दूध-मिसरी के अलावा हम खाती क्या हैं? दुपहरिया को मुट्ठी भर! खा-खाकर ही तो ऐसी हालत भयी है। बेटी हमको मसूरी लै गयी। वह हम चल ही नहीं सकती थीं।'

'अरे, तो योग-व्यायाम किया करो–' भवानी बाबू ने कहा।

'रहने दो! रहने दो! इस उमिर में योग-व्यायाम! अरे, मुटापे की धात है, सो मुटिया रही हैं। अब मुटापा रोकने की कोसिस बेकार है।'

'अरे, तो ज़रा काम-काज किया करो! ज़रा काम-धाम किया करो, ज़रा सचल रहो–'

'हाय गो बप्पा! घर का काम हम ज़िन्दगी में नाही किये! मोसे घर-गिरस्ती का काम नाहीं होवेगा। सचल तो रहती हूँ। हमेसा बाहर आती-जाती हैं। फिलिम-ठेठर देखती हैं, यह सब क्या घर बैठे होता है? तुम ठहरे कामकाजी मानस, काम करते हो। मोरी बात छोड़ दो।'

पता नहीं क्यों तो वह महिला, तपन को काफी जानी-पहचानी लगी। लेकिन इस वक़्त उसे किसी हाल में कुछ याद नहीं आ रहा है।

'अच्छा, अब हम चलती हैं। तुम लोगन अपने कामकाज की बातें करो। देखो, यहां सब कुछ निरामिष मिलेगा, तकलीफ तो नाहीं होगी तुम्हें?'

'नहीं, नहीं तकलीफ़ कैसी?'

'तुमने तो बहुत बार खाया है हमारे यहां। हम इनसे पूछ रही थी।'

'नहीं, कोई तकलीफ नहीं होगी–' तपन ने जवाब दिया।

'खासा खबसूरत चेहरा है। घर में सब लोग हैं?'

'जाओ, अब ज़रा उधर का भी ध्यान करो–' भवानी बाबू ने कहा, 'हमें काम करने दो! कुछ काम की बातें करनी हैं।'

'सो तो ख़ैर, होगा ही! काम ही न रहे, तो मरद की ज़िन्दगी में भला कुछ रह जाता है? तुम ही बताओ?

भवानी बाबू की रेणु भाभी, गजगामिनी चाल में कमरे से बाहर निकल गयीं।

अब जाकर तपन को सब कुछ याद आ गया। जिस गैरेज में टाइगर की जीजा की साझेदारी है, वहां भवानी बाबू की गाड़ी भी किराये पर चढ़ी है। वहीं इस महिला को एक दिन उसने गाड़ी में बैठी हुई देखा था। उनकी आंखों पर काला चश्मा चढ़ा था।

'दरवज्जा बंद कर दो, टाइगर! तपन से कुछ ज़रूरी बातें करनी हैं। क्यों, भई, तपन, इतने गंभीर क्यों हो?'

'मैं भला हंसमुख कब था, भवानी' दा?'

'भवानी' दा' कहा करो—टाइगर का यही निर्देश था। वैसे भवानी बाबू 'दादा' पुकारा जाना, पसंद करता है। टाइगर ने यह भी बताया था कि बातों की उलझाने में वह उस्ताद आदमी है। उससे जब भी बात करो, सम्हलकर बातें करना ज़रूरी है। चूंकि उसे लच्छेदार, गोलमोल बातें करना नहीं आती थीं, इसलिए दीनू बाबू फंस गया।

तपन को समझ में नहीं आया कि इस वक़्त वह क्या करे कि भवानी बाबू को यह पूरा-पूरा विश्वास हो जाये कि वह पूरी तरह भरोसेमंद आदमी है? खुशामद करना तपन को ख़ास आता नहीं था और जिस आदमी की बात पर उसने ख़ून किया. वह और तपन एक-दूसरे पर भरोसा करेंगे, यह भी कैसे सोच लिया जाये? यह तो नितान्त अवास्तविक और असंभव बात है।

'तुमने कुछ सोचा है, तपन?'

'मुझे क्या सोचना है?'

'सोचोगे नहीं? तुम लोग नौजवान ख़ून हो! तुम्हीं लोग तो नये-नये आइडिया सोचोगे! तरह-तरह के नये आइडिया।'

'ख़ैर, आपका तजुर्वा बहुत ज़्यादा है।'

'अभी बहुत सोच-समझकर, सम्हलकर चलना होगा। नयी सरकार है....'

'एक बात पूछूं?'

'हां, हां, पूछो न!'

'सुधीन बाबू लोग किसी और तरह की राजनीति करते थे। यूनियन के चुनाव में वे लोग ही जीतते थे। लोगों का उनको काफी समर्थन भी मिला है, यह बात तो राह चलते जाहिर है। वे लोग हमारे....मेरा मतलब है, आपके लोगों के कामकाज का समर्थन क्यों करने लगे? आप लोगों को वोट में हराकर, वे लोग सत्ता में आये हैं। देख तो रहा हूँ। आग लोग कितने खुश हैं।'

जवाब में भवानी बाबू की आंखें, करुणा से नरम हो आयीं।'

'पलिटिस करते हो...जिसे कहते हैं, राजनीति....फिर भी चाल नहीं समझ पाये?'

'राजनीति मैंने नहीं की, भवानी' दा! वह तो चम्पक करता है।'

'वह तो फूट गया। गया काम से।'

'काजल भी राजनीति करता था।'

'ये सब बातें छोड़ो तो! अब काम की बात पर आओ! हां, मैं उसका विरोधी था, अब मुझे अपनी ग़लती समझ में आ रही है--'

'यह बात क्या वे लोग मान लेंगे?'

'वे सब अभी भी सीधे-सादे लोग हैं। वे लोग हमें कहां पकड़ पायेंगे? अभी पक्के नहीं हुए न, चक्कर की समझ नहीं है उन्हें।... वे लोग यह देखना चाहते हैं कि उन लोगों का समर्थक कौन है, कौन नहीं।'

'तो फिर आप....?'

'मैं भी उन्हीं लोगों का समर्थक हूँ।'

'अब आप हम लोगों को....मुझे....किस तरह इस्तेमाल करेंगे? मैं तो वह राह जानना चाहता हूँ।'

'समझ-बूझकर चलना होगा। यह सच है कि सुधीन बाबू चुन लिये गये। लेकिन यूनियन में लालटू बाबू की भी काफी इज़्ज़त थी। लालटू बाबू ने चुनाव भले न जीता हो, मगर वह पहले भी चुनाव में खड़ा होता था, उसे वोट भी मिलता था। सो, यह बात तो गांठ बांध लो कि उन दोनों में सत्ता की लड़ाई तो जारी रहेगी।'

'यह तो उन लोगों का मामला है।'

'उनमें अगर एकता होती, तो हमारा फंक्शन करना मुश्किल होता। उन दोनों में मतभेद बना रहे। इसी में हमें फ़ायदा है।'

'यानी जो-जो चल रहा था, वह सब चलता रहेगा?'

'क्या नहीं चलेगा, बताओ? कांग्रेस यूनियन में रहेगा, रामधारी सहाय! अब सुधीन बाबू तो पहले जैसा यूनियन कर नहीं पायेंगे। अब लालटू बाबू जितना कर सकेंगे, करेंगे।'

'और आप?'

'मैं जो था, वही रहूंगा। लालटू बाबू के यूनियन में फिलहाल मैं नहीं जा रहा हूँ। बाद में, सलाहकार तो बन ही जाऊंगा। लेबर लाइन में, मेरा तजुर्बा जो है।'

हां, लेबर-स्ट्राइक को गैर-क़ानूनी घोषित करने में हड़ताल-तोड़ू, स्ट्राइक नाकामयाब करने का तजुर्बा! भवानी बाबू अगर मंच के नेपथ्य में भी रहें, तो भी मिल-मालिकों का फ़ायदा है।

'अब कुछ न कुछ तो सोचना ही होगा, तपन! बाज़ार में नायलन धागा घुस जाये, तो जूट भला कितने दिनों टिकेगा? मैं तुम्हें अभी से बता दूं, कल-कारखाना लाइन में दुर्दिन बस, आया ही समझो! आज नहीं, तो कल! सरकार भले कोई भी हो, काम तो उसके अमले ही करेंगे न! वे लोग क्या रातोंरात गरीब की भलाई में जुट जायेंगे? धत्त्!'

'यह आप क्या कह रहे हैं? कल-कारखाना इलाका है।'

'पावर....मेरा मतलब है, इलेक्ट्रिक चाहिये यानी बिजली। मजदूरों को नाराज़ करना, नहीं चलेगा, तभी तो मिल-कारखाना मालिकों का सारा कारोबार चलता रहेगा। वे लोग, इन्सानों का पेट भरने के लिए तो कारखाना चलाते नहीं। मुनाफे के लिए चलाते हैं। सिर्फ एक नक्सली से डर कर। कितने लोगों ने अपना-अपना लाव-लश्कर समेट डाला, याद है?'

'फिर?'

'भई, कुछ-कुछ अच्छा होगा, कुछ-कुछ बुरा! तुम्हें तो राजनीति....यानी पालिटिस में पड़ने की ज़रूरत नहीं है। दीनू नहीं रहा। अब तुम बॉस हो! बस, यही बात याद रखो।'

'लेकिन, आपके रहते....'

'मैं चिरकाल पीछे-पीछे रहूंगा। जब दीनू था, सबने दीनू को देखा। मुझे तो देखा नहीं! और मैं अब ज्यादातर कलकत्ता में ही रहूंगा। पॉलिटिस कलकत्ता में ही होगी। अब यहां बैठे रहना गेंहुअन सांप जैसा काम है।'

हां, यही सच है। दीनू बाबू को देखा जा सकता था। दीनू-बाबू का एक चेहरा था, दीनू मस्तान! दीनू ख़ूनी! दीनू काली पूजा में सबके साथ मिलकर, धूमधाम से जश्न मनाता था। दीनू बैरैक-मुहाल में जाता था; दारू पीकर घर लौटता था। दीनू नेताजी दिवस पर बच्चों की परेड कराता था। दीनू मस्तान पालता था। टाउन क्लब में फुटबॉल खेलनेवाले लड़कों को, दीनू कलकत्ता ले जाकर, बड़े-बड़े मैच दिखाता था। दीनू बेचेहरा नहीं था, वह दिखायी देता था। वह ख़ून-मांस का इन्सान था।

रक्त-मांस के इन्सान की ही तो छाया भी नज़र आती है। छाया तो काया के संग ही चलती है न! इरानी दीनू की छाया था। वह भी नज़र आता था। वही दोनों एक दिन पड़े हुए भी नज़र आये थे। रक्ताक्त, ख़ून में नहाये हुए! दीनू की कोई फौज नहीं थी, मगर चेहरा था!

भवानी बाबू चिरकाल ही पीछे-पीछे बना रहेगा।

वह शख़्स तो बेचेहरा है! उसकी कोई छाया भी नहीं है। वह खुद ही अपनी छाया तैयार करता है; खुद ही चारों तरफ बिखेर देता है। उसकी छाया सर्वगामी है।

असल में भवानी बाबू गणित के नियम से चलता है। सुधीन बाबू और लालटू बाबू उसके विपक्ष में थे। लाल झंडा पार्टी ! रामधारी सहाय अगुआ था, कांग्रेस पार्टी का यूनियन करता था।

आज भवानी बाबू, सुधीन बाबू के समर्थक हो गये हैं। लेकिन रामधारी भी उसमें शामिल रहेगा। उन दोनों में एकता बनी रहे, भवानी बाबू नहीं चाहते। फिलहाल तो वे इसके विरोधी थे। हो सकता है, किसी दिन यह आवाज़ उठायें—नेता-नेता समझौता कर लो। वह समझौता गुप्त रहेगा। लेबर मरेंगे, तो मरे।

लेकिन वह समय शायद अभी नहीं आया! इसका सही सभय नहीं आया।

अभी तो तपन है! भवानी बाबू के नक्शे में वह किस भूमिका में रहेगा?

'क्या सोच रहे हो, तपन?'

'कोई ख़ास बात नहीं!'

'देखो, यह सोच-विचार का जिम्मा तुम मुझ पर छोड़ दो, तो! तुम काम के लड़के हो, काम किये जाओ—'

'दीनू बाबू ने भी यही किया था—'

'धत्त्! धत्त्! उसकी बात भला कोई इन्सान सोचता है? उसका तो अपने चरित्र पर ही 'कंटोल' नहीं था। अगर होता, तो वह बैरेक में आता-जाता? जब ऐसी बीवी घर में हो ? अरे, भइये, मुझ जैसा 'बम्हचारी' मिलेगा कहां? मोरी बीवी मर गयी, हमने दूसरा

बियाह नहीं किया।'

'हां, अपनी तुलना, आप खुद हैं, भवानी' दा!'

'अब मुझे क्या करना है?'

'नक्शा समझ लो! टाइगर, चुल्लू के कितने ठेके, इस वक्त चालू हैं?'

'सोलह!'

'हरिजन बस्ती की वसूली कैसी है?'

'अच्छी है।'

'वहां के दो चुल्लू बंद कर दो। सोलह को घटाकर दस पर ले आओ। वह जो छः कमल हैं न, लोग-बाग की नज़र बस उन्हीं पर हो, बाकी दस भी क़बूल कर लेंगे। हां, तपन, जब वे चुल्लू उजाड़ने लगो, तब ज़रूर दल-बल समेत जाना! उजाड़ते वक़्त माइक पर बोलना—'भरत वाशफोर का सपना था, हरिजन मुहल्ले में चुल्लू नहीं चलेगा। हम लोगों ने उनका वह सपना सच कर दिखाया।' इसी तरह धीरे-धीरे बाकी सब भी उजाड़ देना! हां, पुलिस लेकर जाना! जुए के मामले में भी ऐसा ही करना। असल में, अब भरत तो रहा नहीं। सो, हरिजन मुहाल के तमाम लड़कों को शराब और जुए में खींच लाओ। उन लोगों को स्वाद मिल जायेगा, तो वे सबके सब बह-बिला जावेंगे। हमारे लड़के निकम्मे हो जायें, यह तो कोई बात नहीं हुई। उन्हें काम न दे सकूं, एकदम बेकार कर दूं? वैसे लड़के भी ख़ास कहां हैं? जाओ, देखो, कौन हाथ लगता है? रह गये बैरेक के घर! टाइगर ही उसकी देखभाल करे—'

'बैरेक भी बना रहेगा?'

भवानी ज़रा झुककर बैठ गया

'क्या कहते हो, तपन? आठ-दस औरतों का सवाल है। वे बिचारी भला कहां जायेंगी? उनको अगर निकाल बाहर किया, तो लोग उन्हें चीरकर खा नहीं जायेंगे? वे लोग भी भला खायेंगी कहां से? उनका गुज़ारा कैसे होगा? अबला जात, बिचारी जायेंगी कहां? यह तो धरम नहीं हुआ।'

'आठ-दस जन नहीं, भवानी' दा, करीब तीस औरतें....'

'एक ही बात है! यहां वे औरतें ज़रा 'पोटेक्शन'....सुरक्षा में रहेंगी। तुमने शायद देखा हो, उन लोगन के लिए एक सिलाई-इस्कूल भी खोल दिया गया है, ताकि कुछ काम-काज सीखकर भले रस्ते पर चलें। कोसिस तो की, बिरादर, लेकिन सत्पथ पर चलनेवाली माल ये लोग नहीं हैं। उनमें से कोई औरत ऐसी नहीं है। सबको मज़ा मिल चुका है। तुमने उस स्कूल की हालत देखी?'

'नहीं, मुझे नहीं मालूम। मैंने तो उस स्कूल में कभी क़दम भी नहीं रखा।'

'इसके अलावा, घरों के नीचे कुछ दुकान-पाट भी तो हैं....'

'हां, दारू की दुकान....'

'देखो, भइये, नीतिवागीश बनने से कोई फ़ायदा नहीं। हां, कह सकते हो कि

यह बुरा है। लेकिन मेरे या तुम्हारे 'बुरा' कहने से यह मामला बुरा नहीं हो जाता। यह तो समुच्च देश...समुच्ची दुनिया में चल रहा है। इसके अलावा, सीधी-सीधी बात यह है कि जिस युवा-फौज को हम इत्तना भरोसा देकर लाया हूँ, उन लोगन को अचानक सड़क का भिखारी तो नहीं बना सकता न? उन सबको फुटपाथ पर तो नहीं बैठाल सकता। उन लोगन को रखना होगा। तुम समझ नहीं रहे, किसी न किसी दिन वे सब काम आयेंगे।'

'वह तो टाइगर ही देखेगा—'

'देखेगा, ज़रूर देखेगा। तुम डटकर बइठे रहो। सब तरफ नज़र रखो। बम्वा है, थानू है, रंगीन है, मलय है! लेकिन उन सब पर अगर हमला हुआ, तो तुम देख लेना। तय कर लेना कि तुम्हें क्या करना है। एक 'फॉन्ट'....एक मोर्चे की तुम्हें ज़रूरत पड़ेगी।'

'फ्रॅन्ट तो खै़र, चाहिये ही....'

लेकिन कुछ भी क्या विश्वास योग्य होगा? तपन को तो टाउन ने पहचान लिया है। जिस बंदे को थाने का दारोगा अपने करीब बिठाकर चाय पिलाता है; 'तपन बाबू' कहकर खातिर करता है। उस पर भला कोई भरोसा करेगा? टाउन की छाती पर ही जिसने तीन-तीन हत्याएं की हों, थाना तो उसी की खातिर कर रहा है। तपन अब चाहे दुकानदार बन जाये या कारोबारी, लोग उसे 'फ्रन्ट' का ही जानेंगे-मानेंगे कि वह फ्रंट का है। असल में तपन किराये का ख़ूनी है, मर्डरर!

'क्यों? कोई तरकीब दिमाग़ में आयी?'

'मेरा तो किसी भी मामले में ख़ास....'

'सुनो, कॉन्ट्रैक्टरी करो! ठेकेदारी!'

'किस चीज़ की ठेकेदारी?'

'ज़मीन....घर-मकान....लैन्ड डेवलपमेंट।'

'कहां?'

'मेरा मकान काफी भीतर पड़ जाता है। मोहनलाल के साथ....दीनू के घर के आउट हाउस में...'

'मेरे पास कैपिटल....पूंजी कहां है?'

'मोहनलाल का दस....तुम्हारा छः। कैपिटल 'इन्वेस' तो हम करूंगा! पूंजी हम लगाऊंगा। उसमें सूकू बाबू भी रहेगा। उसे ज़मीन-जमा की समझ है। 'कोरट' में तीन-पांच करके, आंख में धूल झोंककर निकल आना, उसके बांये हाथ का खेल है! बिल्कुल उस्ताद आदमी है! इसके अलावा, मलय, थानू और रवि भी साथ रहें। उन लोगों के साथ बखरे में....साझे में कामधाम करो। 'फर्ज़ करो, ज़मीन में 'पैफिट'....मुनाफा हाइ है, तो उनको भी थोड़ा-बहुत दे-मिलाकर खाओ! इसमें हमारा भी एक 'कट' है, मगर वो हम नहीं लूंगा, क्योंकि ज़मीन डेवलप करके, घर तो हम खड़ा करूंगा।'

'लेकिन मोहनलाल बाबू तो....?'

'कांग्रेस हैं? तो क्या हुआ? भीतर ही भीतर समझौता हो जावेगा न? कौन जाने, वो लोग दुबारा सत्ता में लौटेंगे या नहीं? यह भूलने से भी तो नहीं चलेगा न कि मोहन का भाई, नन्दलाल म्यूनिसिपैलिटी का चेयरमैन है।'

'यह कारोबार चलेगा?'

भगवान बाबू एकदम से भगवान का अवतार वन गया। उसने भविष्यवाणी की। अगले आठ सालों में ही उसकी बात सच्ची साबित होगी।

'यही एक धंधा खूब चलेगा? लोगों को आख़िर ज़िन्दा रहना है या नहीं? आजकल के वक़्त, हम तुम लोगन की कम्पनी के जरिये दस लाख रुपय्ये की 'पापट्टी'....जायदाद खरीदूंगा, दस साल बाद उसका मोल हो जावेगा करोड़ रुपैय्या। यह कलकत्ता इतने लोगन को थामे नहीं रख सकेगा, उगल देगा। आदमी जगह-जगह 'पापट्टी' खोजेगा। अभी यह बात समझ में नहीं आ रही है, लेकिन एक ज़माना ऐसा आवेगा कि पूरे के पूरे घर-मकान में रहना-सहना ख़त्म हो जावेगा। सब फ्लैट खरीदेंगे। हम तो बम्बई जाकर देख आया हूँ न!'

'मुझे भी कुछ कहना है—'

'हां-हां कहो न! अरे, भइये, झाड़कर खांसो तो सही!'

'अलग रहने-सहने के लिए, मुझे एक जगह चाहिये।'

'अभी तो आउट हाउस में ही रहो। देखना, तीन साल के अन्दर-अन्दर तुम अपना मकान खड़ा कर लोगे।'

'बैरेक के घरों के किसी भी मामले में मैं नहीं रहूंगा।'

'हर वक़्त नहीं रहना होगा, लेकिन वह बड़ी सुरक्षित जगह है। अगर कभी तुम्हें भी उस टाउन में 'शेल्टर' लेने की ज़रूरत पड़ गयी....तुम्हें पनाह चाहिये....तो उस जैसी जगह और कहां मिलेगी? और भइये तपन, अभी तुम्हारी उमिर कम है, ख़ून गरम है...यह भी तो सोचो! तुम 'ऐक्शन' करते हो....'

'ऐक्शन? मैं?'

'अच्छा? तो तुम यह समझे बैठे हो कि नक्सलपंथियों का काम ही 'ऐक्शन' है? यह बात ठीक नहीं है। तुम लोगों का काम भी ऐक्शन है।'

'नहीं! चम्पक और मैं क्या एक हैं? चम्पक ने कभी क़त्ल नहीं किया। क़त्ल वह खुद हो गया।'

'और तुम क़त्ल करते हो लेकिन अब तुम्हें कोई छू भी नहीं सकता।'

'ख़ैर, छोड़िये! काम की बात करें—'

'जानता हूँ, हम जानता हूँ, तुमको बड़ी हमदर्दी है, वर्ना बहन को श्यामल के साथ ब्याह देते? ख़ैर, अच्छी बात है, हमदर्दी है, तो रहे! हां, तो हम कह रहे थे, तुमने जो किया, मोटी बात पर किया! अब तुम, बैठे रहो। टाउन में हमारे लड़कों को 'पोटेक्शन' दो। यह भी देखना तुम्हारे जिम्मे होगा कि सब अपने-अपने कारोबार के

रुपैय्यों में से थाने का हिस्सा ठीकठाक पहुंचाते रहें। फिजूल का मार-दंगा....बलवा न हो, यह भी देखना।'

'कैसे? आप मुझे फ्री-हैंड देंगे? इख्तियार देंगे?'

'यह कैसी बात? हम जादा लिख-पढ़ नहीं पाये। वैसे पढ़ाई का मौका ज़रूर था। लेकिन इस वजह से कउनो परेसानी ना भयी। सीधी-सादी बात मोरी समझ में आती है, घुरपेंच की बातें हम नहीं समझते।'

'मैं सीधी बात ही कर रहा हूँ। कुछेक कारोबार बंद करने होंगे। दुकान, बाज़ार में पैसे न देकर सामान उठा लेना, हफ़्ता वसूली, पैड्लरों को तंग करना, रास्ता-घाट में औरतों की खींचताना....औरत उठा ले जाना.....यक सब काम बंद करने होंगे, क्योंकि इन करतूतों की वजह से पब्लिक दुश्मन बन जाती है। पिछले दिनों यह सब काफी बढ़ गया था।'

'यह तो बहुत अच्छी बात है, तपन! यह हुई न, पॅलिटिस के समझदार लड़के की बात! चलो, मैंने तुम्हें फ्री-हैंड दिया। ख़ासकर, औरतों की बेइज़्ज़ती। न्ना, यह सब ज़रूर से जरूर बंद करना होगा। बंद कर दिया तो हमारा ही सुनाम होगा। सुधीन बाबू को भी समझ में आ जावेगा कि हम लोग नये ढंग से चलना चाहते हैं।'

'लेकिन उन लोगन को तो इसकी आदत पड़ चुकी है।'

'तो वह आदत तोड़-फोड़ दो। खुद भी ठीकठाक रहो। दीनू ने कभी कहा था कि टाउन से वह लाइन उठा देवेगा। दारू को न खुद हाथ लगाऊंगा, न औरों को हाथ लगाने दूंगा। रख पाया अपनी कसम?'

'हम लोगों ने तो उसे हमेशा दारू में चूर देखा—'

'अरे, तुम लोग तो अभी कल के छोकरे हो! तुम लोगन ने तो दीनू की मां को भी नहीं देखा। बड़ी तेज़-तर्रार औरत थी। अपने छोटे बेटे पर ज़रा जादा खिंचाव था। यहीं रहती थी। दीनू कुपथ पर चला गया, इस बात को लेकर बहुरिया, सास को बात-बात में ताना सुनाती थी; खूब-खूब लताड़ती थी—'तुम ही लाड़-प्यार देकर उसकी बुद्धि 'भरष्ट' किये हो। हां, वह खूब-खूब सुनाती थी। उसका हक़ बनता था। कम बड़े खानदान की बेटी थी? बियाह में बाप ने सोने का मुकुट दिया था। काफी कहने-समझाने के बाद भी, जब बेटे को सुधार नहीं पायी, तो 'ऐसे कुपुत्तर का मुंह नहीं देखूंगी —यह कहकर, वह बड़े बेटे के पास चली गयी। बड़ा बेटा तो बहुत पहले ही निकल गया था और सीदपुर में उसने अपना घर बनवा लिया। उसका वकालत का धंधा काफी फल-फूल रहा था। लेकिन बड़ी बहू, सास को ख़ूब-ख़ूब सुनाती थी। बिचारी बुढ़िया काफी दुःख झेलकर मरी।'

भवानी बाबू अनमना हो आया।

'दीनू को क्या कम गर्मी थी? बम बांधते-बांधते हाथ उड़ गया। बड़े-बड़े नेता उसकी ख़ैरीयत पूछन आये। वही मानस जब मर गया, तो कोई उसकी मातमपुर्सी को

नहीं आया।

भवानी बाबू ऐसी भंगिमा में दीनू के बारे में कह रहा था, मानो दीनू बाबू स्वाभाविक मौत मरा था। मानो तपन ने उसका ख़ून नहीं किया। तपन की आंखें लाल हो उठीं। भवानी बाबू क्या उसे खोंचा मारकर परख रहा है? 'सिगरेट पीओगे? पीओ न।'

'ना! सिगरेट मैं कम ही पीता हूँ–'

'ख़ैर, तुमने काफी विश्वासी काम किया है। हम भी नमकहराम नहीं हूँ! रुपइय्ये तुमको मिलेंगे। अगर चाहो, तो अपने भाइयों को भी बुला लो।'

तपन मन ही मन बुदबुदाया–'उनका तो नाम भी अपनी जुबान पर न लायें। वे लोग यहां से हट गये। भगवान करें, वे सही सलामत रहें।'

यह बात तपन अगर अपनी जुबान से कह देता, तो भवानी बाबू को यह ख़बर हो जाती कि आजकल तपन को अपने भाई-बहनों के बारे में काफी माया-मोह जाग उठा है।

उसने कहा, 'न्ना! उन लोगों से मेरा रिश्ता भी क्या है? मैं तो कभी का घर-द्वारहीन हूँ।'

'यह तो मैं जानता हूँ, लेकिन तुम्हारी मां आती-जाती रहती है!'

'इसीलिए तो मैं घर छोड़ना चाहता हूँ।'

'विवाह करने की सोच रहे हो?'

'कौन? मैं?'

तपन ईषत हंस पड़ा और उसने सिर हिला दिया।

'अन्दर ही अन्दर घुटकर मर रहे हो, तपन! बियाह करना तो अच्छी बात है। एकाध अपना सगा होना अच्छा है। यूं अकेले-अकेले....'

लेकिन वह अकेला कहां है?

'अन्दर ही अन्दर घुटकर मर रहे हो, तपन! बियाह करना तो अच्छी बात है। एकाध अपना सगा होना अच्छा है। यूं अकेले-अकेले....'

लेकिन वह अकेला कहां है? आठ साल पहले तपन जहां था, वहां आज नहीं है। अब वह कोई और तपन बन गया है। रेवा के विवाह ने उसे गहरी सोच में डाल दिया है। अब उसने अपनी मां, रेवा, सूकू, बूकू के बारे में सोचना शुरु किया है। वह मन ही मन बार-बार ईश्वर से प्रार्थना करता है, उसकी छाया उन लोगों के जीवन पर न पड़े।

'सुनो, इन लफंगों को शहर से खदेड़ दो। यह कमबख़्त सबजू....'

'सबूज कोई ख़तरा नहीं है, भवानी' दा!'

'अरे, भइये, उसी दादा का ही भाई है न!'

'देखूंगा....'

तपन क्या देखेगा? सबूज तो बचपन से ही लफंगा है! स्कूल से भाग खड़ा होता था; घर में चोरी करता था। वह श्यामल का भाई बिल्कुल नहीं लगता। सबूज को तपन

आखिर क्यों खदेड़े? तपन समझ गया कि भवानी बाबू चाहते हैं कि जो लोग तपन जैसे कमजोर हैं, उनसे बदला लेकर, वह सुनाम ख़रीदे।

'श्यामल कहां है, तुम जानते हो?'

'न मैं जानता हूँ, न जानता चाहता हूँ!'

'देखो, सख़्त हाथों से अगर लगाम नहीं पकड़ोगे, तो ये नक्सल दुबारा सिर उठावेंगे। यह बड़ा भयानक रोग है।'

तपन मन ही मन एकदम से मनाने लगा, वे उठायें, सिर उठायें, हहराकर टूट पड़ें। भवानी बाबू पर संभास का क़हर बरसा दें।

'तुमको अइसी लाइन दिया है, भइये, कि अगर समझ-बूझकर चलें, तो आराम से कमा-खा लोगे। रुपइय्ये तो अब माटी में फल रहा है, बिरादर! बस, तुम्हें ज़रा हंसी-खुशी रहना पड़ेगा, और क्या?'

'जी-हां!'

'इतने फिक्र की क्या बात है, भई? जब हम तुम्हारी उमिर के थे....'

'देखता हूँ.....'

'तुम्हारे नाम कोई एकाउंट है?'

'नहीं—'

'ख़ैर, एकाउंट हो भी तो क्या फ़ायदा? ऐसा करो, बिजनेस 'मैनेजमेन' का जिम्मा तुम मोहन बाबू पर छोड़ दो। कम्पनी 'ज्वायन' नाम में रजिस्ट्री होगी। फिलहाल, कुछ दिनों के लिए तुम एकाउंट खोल लेना। बाद में तुम्हें खुद लगेगा कि घर के अन्दर लोहे के सेफ में रुपइय्ये रखना ज़्यादा भला है।'

तपन ईषत् हंस पड़ा।

'चलिये, सीख जाऊंगा। रुपइय्ये नहीं थे, तो कुछ जानता भी नहीं था। अब रुपइय्ये होंगे, तो रखना भी सीख लूंगा। लेकिन एक बात बतायेंगे?'

'क्या?'

'भरत, दीनू बाबू, इरानी—इन लोगों की हत्या के मामले में पुलिस कोई ऐक्शन क्यों नहीं ले रही है?'

भवानी बाबू की निगाहें एकदम से बदल गयीं।

'ख़ूनियों को धरा नहीं जा सका। वे लोगन फ़रार हैं। केस तो अभी ओपेन है। कभी भी गिरफ़्तार हो सकते हैं! पुलिस उन्हें पकड़ भी सकती है। यह भी कह सकती है कि इत्तने दिन खोजने पर भी नहीं मिले। तुम अगर ठीकठाक चलते रहे, तो केस दबा ही रहेगा। दीनू के मामले में उसकी बहुरिया ज़रूर कोशिश कर सकती थी। मोहनलाल ने ही भरोसा नहीं दिया। उसके एक बेटा भी तो है, बिचारी डर गयी। रह गया इरानी, उसके लिए भला कौन सोचनेवाला है?'

'हां, यह तो सच है।'

'देखो, उल्टा-पल्टा मत सोचो। अख़बारों में भी अभी कोई कुछ नहीं लिखेगा। बाद में क्या होगा, कौन जानता है?'

'तपन ने एक लम्बी उसांस फेंकी।'

'न-हीं, उल्टा-पल्टा भला क्यों सोचूंगा?'

'सोचने का जिम्मा मेरा! सोचूंगा हम, तुम बस, काम किये जाओ। अब तुम ईहां बइठो। हम ज़रा नहा आवें। खा-पीकर तुम रवाना हो जाना। 'बातरूम' जाओगे न, चले जाओ। बराम्दे की दाहिनी तरफ ही, 'बातरूम' पा जाओगे।'

भवानी बाबू कमरे से बाहर निकल गया। अब जाकर, टाइगर ज़रा हिल-डुलकर, ज़रा चुस्त होकर बैठ गया। हैरत है, इतनी देर से वह न तो कुछ बोला था, न हिला-डुला था।

टाइगर ने कहा, 'तुमको मैंने इतना-इतना चेताया था कि सावधानी से बातचीत करना। लेकिन तुमने नहीं सुना—'

'हो जायेगा, टाइगर, सब हो जायेगा। सब सीख जाऊंगा।'

'बैरेक-घरों से तुमको बहुत नफ़रत है?'

'देखो, मैं कुछ काम कर सकना हूँ, कुछ काम नहीं कर सकता।'

'चलो, मेरे लिए तो अच्छा ही है।'

'तुम भी तो यही चाहते थे।'

'बिज़नेस इज़ बिज़नेस, बॉस! वैसे तुम तो असली जगह पहुंच गये, उस्ताद! मेरी बात सुनो, तो अपने पास चेम्बर भी रखा करो। चलो, ठीक है, वापसी में बात करेंगे।'

तपन बाथरूम में चला गया। वहां उसने हाथ-मुंह पर पानी के छींटे मारे। इस वक़्त वह अपने को जाल में फंसा हुआ कोई जन्तु महसूस कर रहा था। जाने कब तो भवानी बाबू ने उसे ख़रीद लिया था....जाने कब....? जाने कब?

कभी उसका भी बचपन था। मैदान में भरत के बापू, धानू के हाथों तैयार की गयी पतंगें उड़ाया करता था। क्लब की दुर्गापूजा में वह वालन्टियर बनता था। चम्पक, श्यामल और सौरभ के साथ मिलकर। कभी क्लब के फंक्शन में 'पंचनदी की तीर पर...' उसने कोरस में आवृत्ति की थी। वह सब क्या और किसी शख़्स के जीवन में घटा था?

बाथरूम की खिड़की से बाहर क़तार-दर-क़तार घर-मकान नज़र आते हुए! घर-मकानों का जंगल! कलकत्ता शहर भी तो एक जंगल है। इस जंगल में श्यामल और रेवा कहां हैं?

नहीं, तपन नहीं जानना चाहता, बिल्कुल भी नहीं जानना चाहता। वे दोनों राजी-खुशी, सही-सलामत रहें।

श्यामल ने अच्छा किया। तपन नाम, जब एक संभास बन चुका है, तो उस नाम के साथ, वह कोई रिश्ता-नाता क्यों रहने दे? तपन ने जो-जो किया, वही-वही करतूत

अगर श्यामल करता और अगर वह श्यामल की बहन से विवाह करता, तो जो कुछ श्यामल ने कहा, वही-वही तपन भी कहता। तपन बाथरूम से बाहर निकल आया।

टाइगर ने कहा, 'बैठो, बुलायेगा।'

तपन कागज़ उलटता-पलटता रहा। बंगला अखबार, फ़िल्मी अखबार, एक टेलीफोन डायरेक्टरी।

टाइगर ने कहा, 'देख लो, फोन मौजूद है, लेकिन डायरेक्टरी में नाम नहीं है। रेणु भाभी का फोन है, डायरेक्टरी में उसका नाम भी है।' यह मकान देखा है? ऊपर से नीचे तक जयपुरी मार्बल जड़ा हुआ। दरवाज़े, खिड़की, घर का रूप-रंग बाहर से एक तरह! ऊपरी मंज़िल की शान-शौकत और ज़्यादा।

खाने के लिए बगल के कमरे में जाना पड़ा। संगमरमर की मेज़, कांसे की चमचमाती थाली की चारों तरफ कटोरियां!

'कोई तैयारी नहीं की, यह मोरे ठाकुर जी को भोग लगाया हुआ परसाद है।'

'आप नहीं खायेंगी?'

'मेरे खाने में देर है।'

भवानी बाबू ने कहा, 'कई-कई बार नहाती है न! पूरे चार बार नहाती है। उसके बाद, यह नहीं खाना, वह नहीं खाना....'

'अब क्या करूं, भइये, जनम से ही मुटापे का धात् है। अब लोभ करने से भला ज़िन्दा रह सकती है।'

पुलाव, सादा भात, पूरी, मूंग की दाल, पांच क़िस्म की भजिया, केले के मोचे का चॉप, छेना की सब्जी, आलूदम, चटनी, खीर और बड़ी-बड़ी मिठाइयां।

महिला के सहृदय आवाज़ में कहा, 'सारा खाना असली घी-तेल में बनाया है। बेखौफ खाओ–

भवानी बाबू ने हय्-हय् करके, सारा खाना सपोट डाला।

'मांस-मछली न हो, तो मज़ा....चलो, लाओ, दो चॉप तो दो ज़रा...'

'स-ब हभ बनायी हैं। पहले हमें कुछ नहीं आता था। उसके बाद खाने की किताब देख-देखकर....'

खाना-पीना निपटाकर, वे लोग दुबारा बैठक-कमरे में आ गये। भवानी बाबू ने सेफ खोलकर, एक मोटा-सा लिफाफा निकालकर, तपन को थमा दिया।

'पूरे दस ही हैं। यह तुम बैंक में रख देना।'

वापसी में टाइगर ने कहा, 'श्यामल का नाम ले-लेकर, वह तुम्हें बजाकर परख रहा था। इस आदमी को कितने ही दिनों से देखता आ रहा हूँ न! सब समझता हूँ।'

'श्यामल के बारे में मैं क्या जानूं?'

'तुम नहीं जानते, उसे इस बात पर भरोसा नहीं है। तुम्हारी बहन, बेहद शरीफ लड़की है, बॉस! रास्ते-घाट में उसे देखा है न!'

'क्यों, परिचय हुआ था?'

'बाप रे! तुम्हारी बहन के साथ मैं बात करूंगा? वैसे वे लोग आखिर गये कहां?'

'मुझे नहीं मालूम! और सुनो, टाइगर, मैं अपने घर और परिवार के बारे में कोई बात नहीं सुनना चाहता। मेरे साथ उन लोगों का कोई रिश्ता-नाता नहीं रहा। हां, उस घर में रहता जरूर हूँ, अब नहीं रहूंगा।'

'तुम्हारा तो अपना मकान भी होगा।'

'पता नहीं। अच्छा, रुपये तुम्हें भी तो कम नहीं मिलते, अपना घर-वर क्यों नहीं बनवाया? और इतनी-इतनी शराब क्यों पीते हो?'

टाइगर ने गर्दन झटककर, अपनी एक हथेली उलट दी! यह सब निराशा की अभिव्यक्ति थी।

'रुपइय्ये? समझ लो, थोड़ा-सा इन्वेस्ट किया है, बाकी उड़ा-पड़ा देता हूँ। रहा घर? घर तो बप्पा ने बनवा ही लिया है। वहां मां-बप्पा रहते हैं। बहन का ब्याह हो जायेगा, तो बहनोई भी वहीं रहेगा। हम तीनों भाई तो इस लाइन में आ पड़े। मां-बप्पा समझते हैं, सब समझते हैं। वे लोग यह कहते फिरते हैं कि बेटे बिज़नेस कर रहे हैं।'

'तुम्हारे बप्पा कुछ करते-धरते हैं?'

'कीड़े मारनेवाली दवा के डीलर हैं। कभी-कभी मन करता है कि मैं भी ब्याह कर लूं, घर बनाऊं, सेट्ल कर जाऊं। लेकिन, अब यह नहीं होने का। इस लाइन में आने के बाद, सब कुछ टेम्पोररी होता है। स्थायी कुछ भी नहीं रह जाता। अब एक हेवी-ट्रक ख़रीदने का मन है। कलकत्ते से पंजाब तक माल लाया-ले जाया करूंगा। पंजाब के मध्य प्रदेश! बढ़िया बिज़नेस है। मेरे हाथ की लकीरों में, चालिसवें साल में एक महाग्रह भी है–'

'अरे, यह तो और भी अच्छा है।'

'लेकिन अंटी में रुपये हों, तब न! भवानी' दा को देखो, कैसे आराम से बटोर-समेटकर चला रहे हैं! बीवी मर गयी, तो उनकी जान बची। इस बीच देखा न, यह महिला....काफी दिनों की हैं। मगर अब परमानेंट हो गयी हैं। यह महिला उन्हें 'देवर जी कहकर बुलाती है और उसकी दोनों बेटियां भी जानती हैं कि वही बाप है। मगर फिर भी उसे 'काका'-'काका' कहकर इतराती हैं। देखना, यह भवानी' दा बिस्तर पर पड़े-पड़े ही टें बोल जायेगा।'

'तपन हंस पड़ा।'

'और हम लोग?'

'देवी मइया की भोग चढ़ जायेंगे। क्यों? इसमें कोई शक है? देखना, हमारे बीच बीच ही गैंग-बार'.....'गिरोह युद्ध' छिड़ जायेगा, बॉस! दीनू बाबू को तुमने टपका दिया, इसीलिए तुम 'बॉस' बन गये। ख़ैर, छोड़ो, भवानी' दा 'जैसा कहें, वैसे ही चलना बेहतर है। तीर्थ लोग तो किसी का भी भरोसा नहीं करते। ख़ैर, चलता है, चलता रहे। पल्टी

तो किसी दिन खाना ही है।'

'देखते हैं। तीर्थ बेहद ज़िद्दी लड़का है, कामकाजी भी।'

'पुलिस में सिर्फ तुम ही नहीं, तुम, मैं, मलय—सबका खाता खुला हुआ है। जिस दिन भवानी ' दा को ज़रूरत पड़ेगी, उसी दिन धरा देगा।'

'देखते हैं!'

'ऐसे, मुंह पर ही ये चाहिये-वो चाहिये न कहा होता तो बेहतर था। लेकिन, लगता है, तुम्हें अपनी जान से खास माया-मोह नहीं है।'

'मोह-माया होता, तो भी क्या मेरी जान, मेरी हाथों में होती?'

'देखना, तुम पॉपुलर हो जाओगे, बॉस! टाउन में मस्तानी और हफ़्ता-वसूली बंद कर दी, तो....'

'यह बेहद ज़रूरी है, टाइगर! भवानी बाबू के लिए नहीं, हम सबके लिए! पूरे टाउन को पिनकाये रखना ग़लत है! कौशलगत् भूल है। हमें यह तो पता नहीं होता कि हमें कब 'शेल्टर' की ज़रूरत पड़ जाये। लोग-बाग़ भला कहें, शरीफ कहें, ऐसे कुछ काम करना बेहद ज़रूरी हैं।'

'तुम्हारी बात शायद सच है। लेकिन अब तो इसी की आदत पड़ चुकी है।'

'मैं यह आदत छोड़ दूंगा। लेकिन तुम भी.....टाउन के आस-पास से लड़कियां मत उठाना।'

'जो जिस लाइन में है, अपने भरसक, अपना काम करेगा। लेकिन, लड़कियों को क्या उठाने की ज़रूरत पड़ती है? वे लोग ख़ुद चली आती हैं।'

'यह बात याद रखना।'

'अच्छा! बातचीत भी अब 'बॉस' जैसी होती जा रही है।'

सच तो यह था कि तपन बॉस होना नहीं चाहता था। बॉस होने का उसका कोई इरादा भी नहीं था। इसके बावजूद बॉस बनने के लिए जो-जो करना पड़ता है, वह करता गया।

तीन

आख़िरकार तपन 'बॉस' हो गया।

मां को रुपये थमाते हुए, उसने पूछा, 'तुम्हारा बेटा अपनी दुकान बड़ी करना चाहता है, और भी क्या कुछ करना चाहता है, इन रुपयों से उसका कुछ होगा?'

'कुछ क्यों, बहुत कुछ होगा।'

ख़ैर, बहुत कुछ होना, स्वाभाविक था! उस ज़माने में भी रुपयों की थोड़ी-बहुत क़ीमत बच रही थी। चूंकि बांया फ्रन्ट सत्ता में आ गया था, इसलिए आम लोगों में पर्याप्त जागृति आ गयी थी। हाथ में रुपये पाकर, मां खुश-खुश ही नज़र आयी। मां क्या समझती नहीं थी कि ये रुपये कहां से आ रहे हैं?

तपन की हालत दस्यु रत्नाकर की तरह थी, जिसे परिवार के सभी लोगों ने साफ सुना दिया था—'हमारा प्रतिपालन करना तुम्हारा कर्त्तव्य है। यह तुम कैसे करोगे, यह हम नहीं जानना चाहते।'

'सूकू ये रुपये क़बूल तो कर लेगा?'

'करेगा! रुपये दूसरा कोई, भला क्यों देने लगा?'

'अपनी दुकान खड़ी कर ले। ब्याह करना चाहता है, ब्याह कर ले। उन सबके लिए कुछ भी तो नहीं कर पाया मैं। फिर भी अगर वह अपने पैरों पर मज़बूती से खड़ा हो जाये, तो बेहतर!'

मां ने एक उसांस भरी!

'हां, वे लोग गरीबी में गुज़ारा करना जानते हैं। लड़की भी भली है, मेरा मतलब है, काफी घरेलू है। अब सुख-शांति से रहें। मियां-बीवी अगर समझ-बूझकर चलें, तो गिरस्ती में सुख-शांति बनी रहती है।'

छोटी-सी दुकान! छोटा-सा घर। एक अदद किरासिन स्टोव! रसोई-पानी का मामूली-सा सरंजाम! सूकू में कैसी असम्भव क्षमता है! सिर्फ ये मामूली-से सामान और एक अदद घरेलू-शांत लड़की का बल पाकर वह सुखी हो सकेगा।

बेहद साधारण, सरल रेखा जैसा जीवन। जैसा घर भरत की बहन चमेली का है। जगमग, साफ-सुथरा कमरा; ईंटों के सहारे ऊंचा किया गया तख़्तपोश! तख़्तपोश के नीचे

बर्तन-भांडे! चमेली, दुबली-पतली, ज़रा नाटे क़द की औरत थी। लेकिन अपने पति और बच्चों में परम सन्तुष्ट गृहिणी!

लेकिन अब वह सुख-सन्तोष उजड़ गया होगा। उस छोटे-से गरीब घर-द्वार में भरत के ख़ून के निशान जो झलक उठे हैं। तपन ने ही उन लोगों का सुख-चैन छीन लिया।

भरत ने भी इससे ज़्यादा सुख नहीं चाहा था। रेवा और श्यामल ने भी तो, इससे ज़्यादा कुछ की कामना नहीं की थी। दुनिया में इन मामूली उपकरणों के सहारे, कितने आराम से जीया जा सकता है, यह बात तपन ने पहले कभी महसूस नहीं की थी।

अस्पताल में ड्यूटी करते हुए, किसी मरीज़ के घरवाले रुपयों की बख़्शीश के साथ-साथ अगर साड़ी भी नज़र करते थे, तो मां बेतरह खुश हो जाती थी। उसकी खुशी देखकर गुस्से के मारे तपन के सीने में आग लग जाती थी। बप्पा अगर किसी दिन बिना दारू चढ़ाये लौटता, तो भी मां खुश हो जाती। भरत की थाली में अगर किसी दिन टुकड़ा भर मछली भी नसीब हो जाती थी, तो सूकू-बूकू का चेहरा चमक उठता था।

तपन ने उन सब का मोल नहीं समझा। अब समझा भी हो, तो भी उसके लिए लौटने की कोई राह नहीं है। तपन क्या अपनी ज़िन्दगी पर लगे पिछले दाग़ मिटा पायेगा?

मां ने कहा, 'रेवा लोग मजे में हैं। वे दोनों कलकत्ता में....'

तपन मानो डर गया।

'मत बताओ, मां, वे दोनों कहां हैं, मुझे मत बताओ। टाउन में भी उनका नाम अपनी जुबान पर मत लाना। तुम नहीं जानती, मां, श्यामल पर भवानी' दा भयंकर गुस्सा है। उनके बारे में मुझे कुछ मत बताओ। मैं नहीं जानना चाहता। सिर्फ इतना भर मुझे बताती रहना कि वे दोनों राजी-खुशी हैं; सही-सलामत हैं।'

मां खामोश हो गयी।

'मैं भी अब घर में नहीं रहूंगा, मां!'

'कहां जायेगा?'

'इसी टाउन में ही! मगर कहीं और...'

'क्यों? घर में क्या....?'

'यहां रहना ठीक नहीं होगा। मैं....मैं आया-जाया करूंगा; तुम्हें देख जाया करूंगा। तुम फिक्र मत करो। रुपये तो कमा ही रहा हूँ। तुम डॉक्टर को अपनी आंख दिखा लो, चश्मा बनवा लो। अब बैंक में एक एकाउंट भी खुलवा लो। घर में रुपये रखना सुरक्षित नहीं है।'

'तुझ पर कोई ख़तरा है, तपन?'

तपन ने मां की तरफ देखा। फिलहाल तो उस पर कोई खतरा नज़र नहीं आ रहा है, लेकिन 'तपन' नाम अब धीरे-धीरे 'दहशत' का पर्याय बन जायेगा! अब वह और

ख़ौफ़नाक बन जायेगा! ख़तरा तो उसके मां-बाप पर आनेवाला है। मां को वह यह मुश्किल सवाल कैसे समझाये? मां नहीं समझेगी।

'नहीं, मां, खतरा-वतरा कोई नहीं है। लेकिन यह बात सभी जानते हैं कि इस घर से मन से मेरा कोई रिश्ता-नाता नहीं है। ख़ैर, लोग यही सोचते रहें, यही भला है। मेरे किसी काम के साथ मेरे घर के लोग नहीं जुड़ेंगे।'

'तू....कहीं और क्यों नहीं चला जाता?'

'अपने से मैं कहां तक भाग सकूंगा? अब तुम मेरी फिक्र मत किया करो, मां।'

'अरे, बेटा, सिर्फ कहने भर से क्या फ़िक्र ख़त्म हो जाती है?'

तपन के लिए ये सारी बात पहेली-सी दुर्बोध जान पड़ी। तपन अपनी मां तक पहुंच क्यों नहीं पा रहा है? उसकी बातें, उसकी समझ में क्यों नहीं आ रही हैं? तपन का यह कहने का मन हुआ कि—मैंने कब तुम्हारी फिक्र की है, जो तुम मेरी फिक्र कर रही हो?

तपन ने कहा, 'जो सोचने से कोई फ़ायदा नहीं, वह सोच-सोचकर क्या करोगी, मां? सुनो, तुम खोज करो, कोई काम करनेवाली बाई मिल जाये। अब तो ज़्यादा काम करने की ज़रूरत भी नहीं है।'

'अच्छा, खोजूंगी।'

'सूकू से कहना, रुपये जैसे-जैसे मिलेंगे, उसे देता रहूंगा। और रुपये दूंगा। बूकू को भी दूंगा।'

तपन का 'बॉस' हो उठने के मामलों पर, टाउन के लोगों की कड़ी नज़र थी। सुधीन बाबू की जगह लालटू बाबू ही स्थानीय नेता बन गये। बड़े नेता का तो हर वक़्त मिलना मुश्किल है। स्थानीय नेता तो ऊपर महल और निचले तबके के लोगों के बीच, सम्पर्क का जंक्शन स्टेशन होता है।

लालटू बाबू का दफ़्तर उनके घर पर ही था। फिलहाल तो यही इन्तज़ाम पक्का हुआ था। दस सालों में अब नया दफ़्तर बनकर तैयार हुआ था। फिलहाल, उनके मकान में ही पहली अन-ऑफिसियल मीटिंग आयोजित हुई।

नौजवान लड़कों में तीर्थ, अभीक, बाबुल, सोमजित, वगैरह नेता बन गये।

तीर्थ उम्र में कुछ बड़ा था। वैसे वह चम्पक, तपन, श्यामल का ही सहपाठी था। स्वभाव से वह धीर-स्थिर, समझ-बूझकर बात करनेवाला। मामूली से मामूली बात भी वह ज़रा रुक-रुककर, सोच-सोचकर, भारी आवाज़ में करता था। अभीक का ख़्याल था कि नेता बनने के सारे लक्षण ही तीर्थ में मौजूद हैं।

बाबुल कमोबेश कामकाजी लड़का था। वह खुद आगे बढ़कर कोई काम नहीं करता था, मगर जो काम उसे सौंप दिया जाता था, उसे पूरा करने में जान लड़ा देता था।

सोमजित काफी खुशदिल, मधुर स्वभाव का लड़का था। भावुक बंदा! संस्कृति

में ही उसकी खासी दिलचस्पी थी। विलक्षण माउथ ऑर्गन बजाता था।

तीर्थ ने कहा, 'इस टाउन को किसी शर्त पर भी समाज-विरोधियों से मुक्त नहीं किया जा सकता, लालटू' दा! दीनू बाबू गया, तो तपन आ गया।'

अभी बिल्कुल सीधी-सपाट बातें करने का अभ्यस्त था।

उसने कहा, 'दीनू बाबू को उठाया भी तो था भवानी बाबू ने।'

'तुम कहना क्या चाहते हो?' लालटू बाबू ने पूछा।

'भवानी बाबू ने इस वक़्त सुधीन' दा के चुनाव मदद की, यह कैसी बात हुई? हम लोगों ने उसकी मदद ली ही क्यों?'

'इन्सान बदल भी तो जाता है। भवानी को भी अपनी ग़लती का अहसास हुआ होगा।'

'अब वह मोहनलाल के साथ धंधे में उतरनेवाला है।'

'ख़ैर, राजनीतिक मैदान में विरोध करो। अपना संगठन बढ़ाओ, ताकत बढ़ाओ। इस राज्य के अधिकांश उद्योगपति ही कांग्रेस को वोट दिया करते थे। सबको अगर हम दुश्मन समझें और उन्हें छांट दें, तो राज्य का आर्थिक विकास कैसे होगा?'

'इसलिए क्या खूनी और गुंडों को लेकर चलना होगा?'

'देखो, समाज-दुश्मनों को साथ लेकर चलना होगा, यह तो मैं जीते जी नहीं कहूंगा। लेकिन, तुम लोग गुंडा तो हो नहीं। इस पल, अगर उनके विरोध में उतरे, तो टाउन में दुबारा बमबाज़ी हो जायेगी।'

'पुलिस पर ज़ोर डालिये कि वह ऐक्शन ले।'

सोमजित ने हाथ उठा दिया।

'धीरे, बंधु, धीरे, रातोंरात कुछ नहीं बदलनेवाला! पुलिस तो रुपैय्ये खाती है। दुर्नीतिबाज़ और समाज-विरोधी तथा राजनीतिक नेता-इन लोगों की हिदायत पर चलती है। 'ऐक्शन लो–' यह कहने भर से क्या वह ऐक्शन लेगी? चम्पक के मामले में ऐक्शन लिया उसने? भरत के मामले में भी नहीं लिया। चम्पक' दा के लिए हमने भी अपनी तरफ से कुछ नहीं कहा।'

'अब चम्पक का जिक्र क्यों?'

'जेल से निकलकर उसने तो कोई नक्सली हरक़त नहीं की। हमें यह दावा करना चाहिये था। हां, भरत के संदर्भ में हमने किया–'

'तुम्हारा क्या ख़्याल है, चम्पक को किसने मारा?'

तीर्थ बोल उठा, 'हम लोग किसी और प्रसंग पर चले गये हैं। चम्पक का ख़ून दीनू बाबू ने कराया था, मतलब मलक के जरिये....'

'वह तो भवानी बाबू का फ्रन्ट है।'

'और भरत तथा दीनू बाबू की हत्या की तपन ने।'

'वह भी भवानी बाबू का फ्रन्ट है....'

लालटू बोल उठे, 'और एक बात, अभीक, ख़ून के मामले में साक्षी-सबूत, प्रमाण मिलने के बाद, मेरा मतलब है, उसके बाद ही किसी को ख़ूनी कहा जाता है। वैसे इस बारे में, ज़्यादा बातें करना ठीक नहीं है। मेरा मतलब है, सही वक़्त अभी नहीं आया है।

तीर्थ ने आश्वस्त किया, 'हम लोग सतर्क रहेंगे, सिर्फ देखेंगे। समाज-विरोधी करतूतें अगर बढ़ गयीं, तब आन्दोलन छेड़ेंगे।'

अभीक ने कहा, 'अब आये राह पर! नथिंग लाइक गण-धुलैय्या!'

सोमजित ने पूछा, 'मैं क्या तपन से बात करूं?'

'ना–' लालटू बाबू गरज उठा, 'तपन क्या अब पहलेवाला तपन रह गया है?'

'उसके पास दम-ख़म था। वैसे उसमें दम-खम था, तभी तो भवानी बाबू ने उसे तैनात किया। वही भवानी बाबू हमारे हिमायती बन गये हैं, बस, यही बात नैतिक रूप से क़बूल नहीं कर पा रहा हूँ। ख़ैर, मैं चला, मुझे ज़रूरी काम है। नन्दिता गाना सीखकर, निकलने ही वाली होगी और बाजार का वह रास्ता बेहद जघन्य है।'

'तो फिर बैठे-बैठे गपिया क्यों रहे हो?'

'मैं चलता हूँ, लालटू' दा! तीर्थ ' दा मैं चला–'

उसके बाहर जाते ही अभीक ने कहा, चल, 'अपुन भी चलें। यह जगह अच्छी नहीं है। इस रास्तें से एक नहीं, कई-कई लड़कियां लौटनेवाली हैं।'

सोमजित दूर से ही गर्जन-तर्जन सुन रहा था। उसके बाद ही, उसकी निगाह विशाल भीड़ पर पड़ी।

'नन्दिता....!' आवाज़ देते हुए, वह आगे भी बढ़ आया।

तपन ने जाने किसे तो पकड़ रखा था और बेभाव पीट रहा था। उसका दबा-दबा, क्रुद्ध गर्जन भी सुनायी दे रहा था।

'और दो-एक हाथ लगा दिया न, तो तुम मर जाओगे, इसीलिए छोड़े दे रहा हूँ।' वह गरज रहा था।

अगले ही पल आगे दुबारा हुंकार लगायी, 'स्टेशन से टाउन आते हुए सरे बाज़ार में, बस-स्टैंड पर तुम लड़कियों पर फिकरे कसोगे, उनका पीछा करोगे, उनकी बेइज़्ज़ती करोगे, अब वह ज़माना गया। जब तक मैं हूँ, यह सब हरगिज़ बर्दाश्त नहीं करूंगा। यह बात तुम औरों को भी बता देना!' वह लड़कियों से मुखातिब हुआ, 'आप लोग जाइये! बेख़ौफ होकर जाइये! अब अगर किसी दिन भी, किसी ने भी, लड़कियों की कैसी भी बेइज़्ज़ती की, तो मैं उसे देख लूंगा।'

समस्त जनता में ख़ामोशी!

'जाइये, आप लोग जाइये! यह आप लोगों का टाउन है, आप निडर होकर आयें-जायें, बिना डरे-सहमे राह चलें। टाउन में औरतों का मान-सम्मान समेत चलना फिरना अनिश्चित हो गया था न? मैं इस टाउन का चेहरा बदल दूंगा।'

रंगीन के होंठ और नाक दब-कुचल गये थे। पुलिस की वैन आ पहुंची। ओ सी नर्वस!

'क्या हुआ, तपन बाबू?'

'जो हो रहा था, उसे 'ईव-टीज़िंग' कहते हैं। लड़कियों से छेड़छाड़! अब यह नहीं होगा। कोई, रंगीन को अस्पताल ले जाओ, भई!'

भीड़ में से ही जाने किसने तो कहा, 'ऐसी बुरी मार, भला कोई मारता है?'

'यह तो कुछ नहीं मारा। मैं तपन हूँ। मैं अगर मारता, तो यह ज़िन्दा बच जाता? इतने दिनों तक यह लोफर रंगीन मनमानी करता रहा। लेकिन अब, यह क्या, किसी ने भी अगर लड़की को छेड़ा, तो सज़ा के लिए तैयार रहें।'

ओ सी ने पूछा, 'इसे गिरफ़्तार कर लूं?'

'कर लें—'

'उसके बाद?'

'इसके आधे बाल मुंड़वाकर छोड़ दें। नॉर्थ बंगाल के एक एस पी ने यही किया था—'

तपन वहां से चल दिया। सोमजित की आंखों में सवाल!

तपन ने उसकी तरफ देखा ही नहीं!

टाइगर उनके साथ चलता रहा।

'आज से ही शुरू कर दिया?'

'शुभस्य शीघ्रम्!'

'सोमजित, अभीक तो दंग रह गया।'

'यह तो शुरुआत है अभी! जित्तने दिनों खींचा जा सके! कल सबके साथ बैठना होगा। सबको नक्शा समझा देना होगा। चलो, एक बार थाने का भी चक्कर लगा आयें।'

तपन को देखकर ओ सी चकरा गया, अन्दर ही अन्दर कहीं सहम भी गया।

'आपने आने की तकलीफ क्यों की?'

'रंगीन कहां है?'

'अस्पताल में ड्रेस कराने गया है।'

'इस क़िस्म के ऐक्शन, मैं और भी कर सकता हूँ। शायद हमारे लड़के भी थाने आयें, मतलब आप ही उनको लेकर आयेंगे। लेकिन, याद रहे, थाने में नो टॉर्चर ऑन देम! उन पर किसी किस्म का ज़ोर-जुल्म न हो। मैं फिर आगाह कर रहा हूँ, नो टॉर्चर! समझ गये?'

'बिल्कुल समझ गया।'

'आप लोग भी कुछेक बातें अच्छी तरह समझ लें। जब-तब निर्दोष लोगों को पकड़कर, उन्हें परेशान न करें। चौबीस घंटों के अन्दर, केस लॉक-अप से निकालकर कोर्ट में पेश करें। उसके बाद, लॉक-अप में हत्या या लॉक-अप में आत्महत्या भी अब कम हो जाना चाहिये।'

'आप तो आवाक् किये दे रहे हैं, साहब!'

'देखिये, मैं जाने के लिए नहीं आया, टिके रहने के लिए आया हूँ। जितने दिनों मैं बना रहूंगा, उतने दिनों सारे कामकाज, सारे कारोबार इसी तरह चलेंगे। आप लोग भी खुश रहेंगे। लेकिन, सभी को ही अपने कामकाज और कारोबार के पैटर्न भी थोड़ा-बहुत बदलना होगा। थाने के बारे में पब्लिक के मन में ख़ासी नफ़रत है। आप लोग तो इसे कम करने आये हैं न, कम करते रहें। साथ ही थोड़ा-बहुत पब्लिक सर्विस भी तो करते रहें, ताकि पब्लिक भी खुश रहे। हमारी पब्लिक तो पुलिस को ज़रा-सा हिलते-डुलते भी देखती है, तो एकदम से खुश हो जाती है।'

'जी, याद रखूंगा।'

'रंगीन जब लौटे, तो उसे घर भेज दीजियेगा।'

'भेज दूंगा! आप इत्मीनान से जायें।'

तपन ने टाइगर से कहा, 'तुम भी चले जाओ। मैं अकेला ही चला जाऊंगा।'

'रास्ते में अंधेरा है–'

'तुम भी तो अकेले लौट रहे हो! फिलहाल, मुझे कुछ नहीं होनेवाला! अभी मैं कुछ दिनों जमा रहूंगा।'

'देखो, होशियारी से रहना।'

तपन का यही एक काम, पूरे टाउन को बेतरह उलट-पुलट गया।

अभीक ने कहा, 'यह काम तो हम लोगों को करना था, तपन ही आराम से करके निकल गया?'

सोमजित ने कहा, 'तपन ने कभी, किसी दिन भी शराब नहीं पी। औरतों के मामले में भी कभी गलीजपन पर नहीं उतरा।'

नन्दिता ने कहा, 'हुंह : इससे कहीं ज़्यादा निन्दनीय....कहीं ज़्यादा भयंकर काम किया है। फिर भी मैं कहूंगी, हम सब उसी की वजह से बाल-बाल बच गये। इसके अलावा, उसकी ख़ासी पर्सनैलिटी भी है! काफी रोबीला व्यक्तित्व!'

'ख़ैर, सो तो है! हमेशा से ही रहा है।'

नन्दिता ने दुबारा कहा, 'मुझे उन लोगों का बिल्कुल विश्वास नहीं है। यह उसके स्टन्ट के अलावा और कुछ नहीं है।'

'मगर, यह स्टन्ट आखिर वह कर क्यों रहा है?'

'चलो, देखते हैं–' सोमजित ने कहा!

दीनू बाबू के मकान का रूप-रंग ही बदल गया। आउट-हाउस में एक बड़ा-सा होर्डिंग झूल गया--वसुन्धरा! ज़मीन-भूमि विकास और सुलभ दाम में गृह-निर्माण करे। सुनने में आया कि--यह भवानी बाबू की स्वर्गीया पत्नी के नाम शुभ किया गया है। बोर्ड के प्रेसिडेंट मोहनलाल बाबू, तपन मैनेजिंग डाइरेक्टर!

मलय ने कहा, 'मैनेज करेगा। दुबारा चलायेगा। नक्शा अच्छा है।'

सूकू बाबू ने कहा, 'भई, भवानी में दम-खम है, यह तो कहना ही होगा। उसकी बहुरिया क्या आज मरी है? अहा! जैसे साक्षात दुर्गा मइया! वह उसे आज तक नहीं भूला। उनकी एक तस्वीर भी होती, तो और अच्छा होता।'

आउट-हाउस का आकार-प्रकार भी कुछ छोटा नहीं था। जब दीनू बाबू के अच्छे दिन थे, तो यहां आठ-दस लोग रहा करते थे।

शूकू बाबू ने कहा, 'सारा कुछ फर्निश किया जा रहा है, तपन, चलकर अपना कमरा तो देख लो।'

उस दु-मंज़िले घर के पिछवाड़े के बाग़ से एक सीढ़ी, सीधे दूसरी मंज़िल तक चली गयी है। कवर्ड बराम्दा! तीन-तीन कमरे! एक बाथरूम!

तपन ने जवाब दिया, 'मेरे लिए वह कोनेवाला कमरा ही ठीक रहेगा। बाथरूम संलग्न है। खिड़की पर जाली होनी चाहिये। चौकी तो ख़ैर, वहां है ही। दीवार में आलमारी भी जुड़ी हुई है। बस, एक मेज़-कुर्सी हो जाये, तो काम चल जायेगा।'

'और कुछ नहीं?'

'और क्या?'

'भई, गॉडरेज की एक आलमारी तो चाहिये ही। ऐसा करो, तुम ऊपरवाली पूरी मंज़िल में रहो। तुम्हारे लोग-बाग़ भी तो होंगे।'

'पता नहीं कित्तने दिनों में पूरा होगा।'

'यही कोई हफ़्ते भर में।'

शूकू बाबू ने सिर हिलाते हुए कहा, 'दीनू कहा करता था कि वह अपना बड़ा मकान छोड़ देगा, यहीं रहेगा। सिर्फ वह और उसकी बीवी! लेकिन, देखो, इन्सान सोचता कुछ है और होता कुछ और है।'

शूकू बाबू ने पलटकर तपन की तरफ देखा।

'वैसे जीवन है, तो मृत्यु भी है। हर किसी की उम्र नापी-जोखी है। मेरी तो एक बेटी है। जन्मपत्री-शुभ मुहूर्त देखकर उसका ब्याह किया, बेटी तीन सालों में ही विधवा हो गयी! उसका एक बेटा था—विभाबसु दत्त! शायद तुमने भी यह नाम सुना हो।'

'फुटबॉल खेलता था?'

'फुटबॉल खेलता था, तैरता था, स्कूल में हमेशा अव्वल आता था। मेरा यथासर्वस्व उसे ही मिलना था। उधर, जेठू-काका के भी कोई औलाद नहीं था। एकमात्र वही था, हमारे वंश का चिराग़। उसी के पैर में प्रेक धंस गया, वह धनुषटंकार का शिकार हो गया और उसने दम तोड़ दिया। मैंने उसे कभी याद किया?' शूकू बाबू ने लम्बी उसांस भरी।

थोड़ा ठहरकर, उन्होंने दुबारा कहना शुरू किया, 'अब बेटी तो बिल्कुल पागल-द्दागल है। बीवी ने बिस्तर पकड़ लिया। लेकिन, अब मैं फिक्र नहीं करता। बस, अपना काम किये जा रहा हूँ। इतनी सारी खायेगा कौन, पता नहीं। जगत्तारण मठ में रुपये दान कर

दिये। वहां एक कमरा मुझे मिलेगा। वहीं चला जाऊंगा।'

'और आपका वह भाई, मुकुट बाबू?'

'अर्से से हमने एक-दूसरे का मुंह तक देखना बंद कर दिया है। जो कुछ मिलना भी है, उनके बेटों को मिलेगा। ख़ैर, तकदीर में जो बदा हो—'

बेटी विधवा! नाती मृत! शूकू बाबू आखिर किसके लिए, अभी भी भवानी बाबू को मदद दिये जा रहे हैं? इसलिए कि उनके पास रुपये-पैसे आते रहें? लेकिन और ज़्यादा रुपयों की उन्हें क्या ज़रूरत है? शूकू बाबू की बेटी बेहद सलोनी और लवण्यमयी थी! थोड़ी-बहुत पढ़ाई भी की थी। काफी खर्च-पत्तर करके, शूकू बाबू ने किसी दौलतमंद के, दमे से जर्जर बेटे से, अपनी बेटी का ब्याह रचाया। दामाद उम्र में भी काफी बड़ा था। उन्होंने बेटी का ब्याह ऐसे आदमी से क्यों किया?

'अब हम सोचता हूँ। मंडल डॉक्टर से मेरी बेटी का 'लव' हो गया था। अगर हम उसी डॉक्टर से उसका वियाह कर देते, तो क्या अच्छा होता? तब हम नाहीं समझे थे। हमारे खानदान में 'लव-मैरेज' किसी ने नाहीं किया। और, देखो....उन दोनों की जन्मपत्री भी मिल गयी थी! ख़ैर, छोड़ो, सात दिन बाद ही आफिस का उद्घाटन किया जावेगा।'

'हम लोग ज़मीन तो बेचेंगे, मगर ज़मीन है कहाँ?'

'भवानी बाबू और मोहनलाल ने सालों पहले नवले-चंडीघाट पंचायत में पूरे साठ बीघे धान-ज़मीन ख़रीदी थी। ख़रीद में हमने ही मदद की थी। यह तो बहुत पहले ही अन्दाज़ा हो गया था कि यही गवरमिंट आवेगी और यह भी पता चल गया था कि ये लोग आये, तो ज़मी-जमा रखने नहीं देगी।'

'वह तो रेल-लाइन किनारे....'

'बेशक, रेल-लाइन के किनारे है। नवलेचंडीघाट शहीद नकुल विश्वास का गांव है, स्वदेशी ज़माने में, जिसे फांसी हो गयी थी।'

'इतनी सारी ज़मीन आखिर थी किसकी?'

'ज़मीन किसके पास होती है? चंद ज़मीन्दारों के पास! थोड़ी-बहुत किसानों के पास। लेकिन चला जायेगा, स—ब चला जायेगा, क्योंकि जालसाज़ी से ख़रीदा गया था।'

'उसके बाद?'

'उसके बाद क्या? अब ज़मीन डेवलप करो, घर-मकान की ज़मीन के तौर पर बेचो।'

'कोई ख़रीदेगा भी?'

'ख़रीदेगा नहीं, मतलब? कचरापाड़ा, नैहाटी फल-फूल रहा है। यह टाउन भी किस क़दर फैल गया है। बस, पास ठीक से फेंकना होगा। 'पॉसपेक' बहुत बढ़िया है! भविष्य में फ़ायदा ही फ़ायदा! पूरब में नेशनल हाइवे पश्चिम में रेल-पथ।'

'वहां से तो कोई सम्पर्क—माध्यम ही नहीं है—'

'तुम अखबार नहीं पढ़ते? वहां स्टेशन बनाने के लिए लोग-बाग़ दबाव डाल रहे हैं। सो, स्टेशन भी हो जायेगा। बस, दिल्ली में कांग्रेस ज़रा एक बार दुबारा लौट आये।'

'दुबारा लौटेगी?'

'बे-शक! वे लोग नहीं आयेंगे, तो कौन आयेगा? भारत को आज़ाद किसने कराया? कांग्रेस ने! और किसने?'

'पता नहीं....?'

'यहां ये लोग रहें, वहां वे लोग, वहां शहीद नकुल नगर स्टेशन बन जायेगा। आने-जाने की बात करते हो? जहां चाहो, रेल से पहुंच जाओ। कलकत्ता डेढ़ घंटे का रास्ता। हाइवे पर, एक के बाद एक, बस ही बस। इसके अलावा झील भी है। गवरमिंट आराम से वहां फिशरी करे! मच्छी मारे! ज़मीन काट-काटकर प्लाट बनाओ और बेचो। मेरी बात पर यक़ीन करो, तपन, इन्सान अगर थोड़ी खुली-खुली जगह में पहुंच जाये, तो सच ही जी जाये।'

'लेकिन, ज़मीन डेवलप कौन करेगा?'

'वसुन्धरा कम्पनी! हाउसिंग आजकल विशाल समस्या है। कलकत्ता जाओ, तो देखो, टॉलीगंज, जादवपुर, गॉल्फग्रीन में गवरमिंट ने कितने बड़े-बड़े टाउन खड़े कर दिये हैं। अब गवरमिंट ही ज़मीन खरीदेगी और कलकत्ते में आस-पास हाउसिंग तैयार करेगी। उसकी हवा यहां भी लगेगी।'

'टाउन में भी ज़मीनें लेंगे?'

'स्टेशन के मैदान-पार, सरकार की ख़ास ज़मीन है। वहां सरकार खुद ही हाउसिंग करेगी। लेकिन जहां-जहां 'पापट्टी' मिलेगी, ज़मीन मिलेगी.....टाउन के उत्तर में कुसुमपुर है....वहां-वहां....वह सब तुम हम पर छोड़ दो....'

'मुझे इन सबकी बिल्कुल ही जानकारी नहीं है।'

'जानकारी होगी कहाँ से? देखो, बुरा मत मानना, हमका ग़लत भी मत समझना। जिस मानस के पास जमी-जमा होता है, घर-दुवार होता है, वही इसका मोल समझता है। तुम्हारे पास नहीं था, इसलिए तुम नहीं जानते...। अब, देखना, तकदीर में हुआ, तो तुम्हारे पास भी धन-दौलत होगी। 'कथायित' पढ़े हो कभी?'

'नहीं, कथामृत पढ़ने का अभी वक़्त नहीं हुआ।'

'अरे, भइये, 'कथायित' हर कोई पढ़ सकता है। पढ़ देखना! ठाकुर परमहंस बोले हैं--रुपया मट्टी, मट्टी रुपया! देवता जो ठहरे! अब माटी छूते ही, झनाझन रुपइय्या! इस काम में जो भी उतरा, लाखों-लाखों रुपइय्ये पीट रहा है। कमाई से लाले-लाल हो रहा है। कलकत्ता को ही लो! आजकल कलकत्ता में बड़ी-बड़ी कोठियां, बड़े-बड़े मकान खड़े हो रहे हैं, फ्लैट बिक रहा है। हमारे साला के एक सम्बन्धी हैं—तलापात्तर! तीन भाई मिलकर कोऑपरेटिव बनाया और बंगालियों के लिए मिडिल क्लास हाउसिंग कर रहे हैं! कित्ता बड़ा आफिस खोल लिया है। भवानी को भी

बुद्धू-बक्काल मत समझो। आजकल गुंडागर्दी के बजाय व्यवसाय में ज्यादा रुपइय्ये बरसते हैं।'

तपन का यह पूछने का मन हो आया कि अगर यही बात है, तो चुल्लू का कारोबार क्यों चला रहे हैं? बैरेक-घर क्यों रख रहे हैं?

'तुम्हारा काम है, अगर कहीं हो-हल्ला या हंगामा हुआ, तो उसे बंद करना।'

तपन मन ही मन बुदबुदा उठा—ऐसा न हो, तो बेहतर है।

'लेकिना, सवाल यह है कि तुम्हारे साथ रहेगा कौन?'

'गार्ड? वह मैं देख लूंगा।'

'देखो, विश्वासी आदमी लेना! जिसे लाओगे, उसे ही कम्पनी में कोई न कोई पोस्ट देना होगा। मोहनलाल तुम्हें सब समझा देगा।'

वैसे तपन को नहीं लगा कि मोहनलाल बाबू उससे घनिष्ठ होकर, उसे कामकाज समझाना-सिखाना पसन्द करेगा। दीनू बाबू की हत्या हो जाने के बाद, कुछ दिनों वे काफी सक्रिय हो उठे थे। उसके बाद, भवानी बाबू के साथ उनकी साठ-गांठ हो गयी। वैसे साठ-गांठ क्या सुधीन बाबू के साथ भी नहीं है?

राजनीति में क्या होता है, क्या नहीं होता, कौन बता सकता है?

'रंगीन काफी भड़का हुआ है।'

'ठंडा हो जायेगा—'

तपन ने टाइगर से कहा, 'हमें एक बार बैठना चाहिये। हम एक-दूसरे के साथ मिलकर चल पायेंगे या नहीं, यह समझना बेहद ज़रूरी है।'

'यह बैठक क्या यहां होगी? या किसी न्यूट्रल जगह में?'

'अभी से न्यूट्रल जगह खोजने लगे, टाइगर? अभी भी हमारे बीच कोई जंग नहीं छिड़ी—'

'यहीं आओगे?'

'और कहां?'

'वे लोग अब तुमसे डरने लगे हैं।'

'सुनो, यही जगह बेहतर है! शाम ढलने के बाद! तब यहां कोई नहीं होगा। तुम लोग अगर चाहो, तो मेरा ख़ून कर सकोगे और पीछे की सीढ़ी से उतरकर गायब हो सकोगे।'

'यह सब आलतू-फालतू क्या कह रहे हो?'

'भवानी बाबू ने जो-जो कहा, वह तो बोलना ही होगा। वैसे कहने-सुनने का यह काम भवानी बाबू भी कर सकता था।'

'ठीक है, मैं उन लोगों से कहता हूँ।'

'हां, बातचीत से पहले, वे लोग अपना-अपना धंधा शुरू न करें—'

'हर किसी का यही ख़्याल है कि तुम्हारे ही हिस्से में सबसे बड़ा मुनाफ़ा आया

है।'

तपन मन ही मन बुदबुदाया—'मैं यह सब कुछ नहीं चाहता। बस, मैं एक और मौका चाहता हूँ। मैं अपनी तरह से यहां से खिसक सकूं।'

उसने कहा, 'अगर मेरे वश में होता, तो मैं इसी वक़्त यहां से खिसक लेता, टाइगर!'

'क्यों? थक गये?'

'शायद! लेकिन, अब मैं अपने हाथ में कहां रहा!'

'तुम्हारा तो इस लाइन में आना ही ताज्जुब की बात है।'

'नहीं, और कुछ मैं बन भी नहीं पाता।'

हां, तपन जैसे शख़्स के लिए कोई और नतीजा निकलता भी नहीं। गुस्सा! भयंकर गुस्सा, उसे आग की तरह जलाता रहता। ज़िन्दा रहने के लिए ज़मीन खोजते-खोजते, मिट्टी टटोलते-टटोलते, आखिरकार यह नतीजा निकला।

'बात करता हूँ उन लोगों से।'

'तुम कहां रहोगे?'

'भवानी' दा के यहां, और कहां?'

'तब तो भेंट होगी ही! लेकिन जल्दी करो! बेहद ज़रूरी है यह मामला! रंगीन क्या अब भी जला-फुंका बैठा है?'

'हां, थोड़ा-बहुत तो है! उसका पब्लिक-इन्सल्ट जो हो गया! सरे-आम बेइज़्जती! लेकिन थाने में जाकर, तुमने हमारे बारे में बात की, रंगीन को अस्पताल से घर पहुंचाने को कहा—यह बहुत बड़ी बात है, बॉस!

'पुलिस हमारे लड़कों को तंग करे, यह क्या मैं मान लूंगा?'

'इसीलिए तो मैं तुम्हें 'बॉस' कहता हूँ! बॉस लोगों के अलावा, हमारे बारे में और कौन सोचता है? भवानी' दा ने ही मुझे जेल से छुड़ाया। दीनू बाबू ने तो उस बार मलय को....'

'चम्पक के वक्त न?'

टाइगर चुप!

तपन की मुट्ठियां कस गयीं।

'तुम्हारा फ्रेंड था....शरीफ लड़का था...टाउन में तो अब नक्सल रहे नहीं, वर्ना मलय को....इसके बावजूद मलय डर गया।'

'हां, पुलिस ने पनाह ही दी थी—'

सिर्फ इसी बात का ख़्याल आते ही, दीनू को ख़ून करने के मामले में, तपन का अपराध-बोध, कुछेक पलों के लिए, हल्का हो आता है, वर्ना भरत, दीनू, इरानी....हर वक़्त उसकी छाती पर भारी बोझ बनकर सवार रहते हैं।

'अच्छा, तो फिर चला जाये! घर तो तुम्हें अच्छा मिल गया है, लेकिन वहां सुरक्षा

कम है! ख़ैर, तुम अकेले तो रहोगे नहीं।'

'तुम लोग क्या करोगे?'

'मैं, मलय, थानू, बम्बा वगैरह भवानी बाबू के घर ही....'

'और रंगीन?'

'बस्ती में ही रहता है! तीन नम्बर में!'

'ब्याह-शादी की है?'

'नहीं, बस, किसी को रख छोड़ा है! उस औरत को अपने पहले पति से एक बेटी भी है! लेकिन, रंगीन, अपनी जान से जायेगा।'

'क्यों?'

'उस औरत का पति जेल में है। पिछली बार, रेल-लाइन पर वह जो मार-पीट हुई थी....? घमासान मचा था? कालो की हत्या हो गयी.... उसी सिलसिले में!'

'वो गज्जू?'

'हां, हां, गज्जू ही! कुछेक साल बाद, वह जेल से निकलेगा तो सही! अभी तो अपने बीमार होने का वास्ता देते हुए, लगातार अपील पर अपील करता जा रहा है। सज़ा हुई थी, सात साल की। चार साल गुज़र गये। अब वह किसी भी दिन रिहा हो जायेगा। अपनी बीवी-बच्ची, घर-द्वार क्या रंगीन के जिम्मे छोड़ देगा? रंगीन तो अभी भी रुपये-पैसे नहीं देता। वह औरत मुझसे शिकायत करने आयी थी। मैंने भगा दिया। मैंने कहा—जो समझना-बूझना है, रंगीन से ही समझो। वह उसका घर दख़ल किये बैठा है, वहां दूसरी-दूसरी औरत लाता है....'

'इन सबका फैसला कौन करेगा?'

'वह तो मां के ही हत्थे चढ़ेगा। तुम्हें तो पता है, तीन नम्बर कैसी जगह है! हमेशा पार्टी-पार्टी में भीतरी झगड़ा लगा ही रहता है। लेबर, ठेकेदार, साहूकार—सभी तो बैठे हैं वहां!'

'ख़ैर, छोड़ो! अब चलता हूँ!'

सीढ़ियों से नीचे उतरते-उतरते, टाइगर ने कहा, 'मैं सोच रहा था, अकेले-अकेले तुम वहां रहोगे कैसे? तुम्हारी जगह, अगर मैं होता, तो भूत-प्रेत के डर से ही मर जाता।'

'तुम भूतों से डरते हो?'

'खू-ब! लेकिन रेणु भाभी ने मुझे ताबीज लाकर दिया है। जब तक बांह पर बंधी है, आफत-विपदा पास भी नहीं फटक सकती।'

'भूत वगैरह कुछ नहीं होता, टाइगर! मरेहुए इन्सान के हाथ में कोई ताकत नहीं होती!'

'तुम भी न....क्या बात करते हो? मुझे अच्छी तरह मालूम है। दीनू बाबू के घर में, उसकी बीवी पूजा-पाठ किया करती थी। अब सब बंद हो गया। भवानी बाबू के यहां तनवाहयाफ़्ता पुरोहित आता है, घंटी बजाकर, फूल-जल चढ़ा जाता है। यह भवानी बाबू

न, हर तरह से गुरु आदमी है। और, हां, शूकू बाबू से भी होशियार ही रहना।'

'उनसे भी....?'

'वह आदमी ज़मीनों के मामले में कोर्ट-कचहरी धोकर पी गया है। किसी भी वक़्त, चुटकी बजाकर, सौ साल के कागज़ तैयार करके, कोर्ट में दाखिल कर सकता है।'

'चलो, देखते हैं! सारा कुछ तो युद्ध ही युद्ध है!'

राह चलते-चलते, तपन सोचता रहा। इस बार, एक मोटर सायकिल ख़रीदना ज़रूरी है। चलने-फिरने में आसानी होगी। उसकी सोच का सिलसिला जारी रहा। अब तो घर लौटने के दिन भी ख़त्म होने को आये। उसके लिए जाने की कोई जगह नहीं रहेगी, यह हालत असहनीय भी हो सकती है।

घर लौटते ही, मां ने ख़बर दी, 'सबूज आया था।'

'क्यों?'

'तुझसे कोई बात करना थी–'

'उससे कहना, यहां न आया करे। कह देना, मैं खुद ही उससे मिल लूंगा।'

'देख, उसके साथ-कुछ मत करना...'

'उसे? यानी सबूज को? उसके साथ मैं क्या करूंगा? तुम डरो मत। मैं वादा करता हूँ, उसके साथ कुछ नहीं करूंगा।'

'वह कलकत्ता गया था! अच्छा, तू खाने तो बैठ! मैं बताती हूँ–'

'तुम भी खा लो न! बापू ने खा लिया?'

'वह मानस तो आजकल रात आठ बजे लौटता है। खा-पीकर नौ बजते-बजते सो जाता है।'

'चलो! देर से ही सही, अक्ल तो आयी।'

'काश, यह अक्कल पहले ही आ जाती....'

'ऐसे ही चला करें, उनसे कह देना–'

'अब कुछ कहने-सुनने की ज़रूरत नहीं। चल, हाथ-मुंह धो आ–'

इस शहर में अभी भी पानी भरपूर आता है। म्यूनिसिपैलिटी काफी पुरानी है, पानी का इन्तज़ाम भी पुराना! टाउन का टाउनत्व बस, इतना ही! वर्ना रास्ता-घाट पर, कूड़ा-कर्कट, सड़कों की बत्तियां–ये तमाम व्यवस्था धीरे-धीरे लुप्तप्राय है! पानी की टंकी, तपन के घर के करीब ही है। पुराना मुहल्ला है! पानी का कनेक्शन देने की शुरुआत इसी तरफ से होती है। तपन लोगों को पानी अभी भी मिल जाता है। मां बताती है कि अस्पताल तक में, भारी के जरिये पानी मंगाना पड़ता है। सुनने में आया है कि अस्पताल में अब डीप-ट्यूबवेल बिठाया जायेगा।

तपन ने मुंह-हाथ धोया। पैंट की जगह लुंगी पहन ली। मां उसकी तरफ एकटक देखती रही! तपन का चेहरा किस क़दर सौम्य और भद्र नज़र आ रहा था! कौन कह सकता है कि यह लड़का मर्डरर है?

'आ, खाने बैठ!'

'अपना भी खाना ले आओ न!'

इससे पहले, यूं भद्र तरीके से आसन बिछाकर, मां-बेटे ने एक साथ कभी खाना नहीं खाया था। मां खाना पकाकर रख देती थी और सुबह-सवेरे काम पर निकल पड़ती थी। जब उसने काम शुरु किया था, तो दिहाड़ी में उसे पांच रुपये मिलते थे। वह अपना खाना साथ ले जाती थी। तपन, सूकू, बूकू अपना-अपना खाना खुद परोसते थे। बूकू ने जब स्कूल छोड़ दिया, वही जूठी जगह पर पोंछा लगाकर, बर्तन मलकर रख देता था। बापू सुबह-सबेरे से खांसना शुरू कर देते थे और रात के वक़्त तो वे नशे में टुन्न रहते थे। मां पर चींखते-चिल्लाते रहते थे—ऐसी दाल और आलू के भुर्ते से, भला कोई खाना खा सकता है?

'जाओ न, उस चूना गली में, और-और रुपये ढाल आओ और घर लौटकर, गरजते-हुंकारते, समुच्चा मकान सिर पर उठा लो! इसके बाद तो दाल भी नहीं जुटेगी।'

'मछली कहां है?'

'बाज़ार में! बेटों तक को तो किसी दिन मछली नसीब नहीं होती।'

'तो कमाकर लाये न! तब जी भरकर भकोसा करें।'

'तुम्हें लाज नहीं आती?'

बस, इसी बात पर मल्ल-युद्ध शुरू हो जाता। वैसे तपन के बापू ने उन्हीं दिनों मैट्रिक पास किया था। अगर उनका मन या बुद्धि साथ देती, तो जूट-मिल में चट्‌ से नौकरी मिल जाती, बेटों को भी नौकरी में लगा सकता था। टाउन में अनेक लोगों ने यही किया। उन दिनों मौका भी था।

तपन वगैरह जब बड़े हुए, तो देश के बंटवारे के बाद, टाउन, इन्सानों का जंगल बन चुका था, बंगाल के उस पार के लोग, अपने बाल-बच्चों को स्कूल-कॉलेज में पढ़ाते थे। हां, जीविका जुटाना मुश्किल हो आया था। पूरी की पूरी, एक समूची नौजवान पीढ़ी के लिए, देश में कहीं जगह नहीं थी। बापू अगर भलेमानस होते, तो मुमकिन है तपन अमानुष नहीं होता। अब बापू के अमानुष होने के बावजूद सूकू-बूकू छोटे-मोटे आम इन्सान तो बन ही गये। लेकिन, यह सारा हिसाब-किताब मिलाना, किस क़दर मुश्किल है।

मां अपना भी खाना परोसकर ले आयी।

'तुम सिर्फ दो ही रोटियां खाती हो?'

'हां, बहुत वर्षों से—'

'ऐसा भी तो नहीं है कि तुम नियमित रूप से दूध, मछली, अंडे खाती हो! अपनी खुराक ज़रा बढ़ाओ। अभी तो कितने दिन ज़िन्दा रहना है, कौन जाने! जब तक जीना है, स्वस्थ और चुस्त रहना होगा। तुम्हारी उम्र कितनी हुई है।'

'तुझसे बीस साल बड़ी हूँ, अब हिसाब कर ले।'

'तब तो पूरे पचास साल की भी नहीं हुई, मां, अभी कुल अड़तालिस साल की हो।'

'तू फिकिर ना कर! अब खावेंगी-पीवेंगी।'

'देखो, मैं रोज-रोज खाना खाने तो आऊंगा नहीं! घर का सारा मामला तुम ही देखना। कोई नौकर रख लो। बाज़ार-सौदा वही ला दिया करेगा। अच्छा-अच्छा खाना खाओ।'

मां ने एक लम्बी उसांस छोड़ी।

'मैं सब कर लूंगी। बस, तू सम्भलकर रहना।'

'तुम मेरी फ़िक्र न करो! मैं ठीक ही रहूंगा।'

'मेरे खियाल से तो....'

'जानता हूँ! तुम मेरी मां हो, इसलिए टाउन के सभी लोग तुम्हें किसी और ही निगाह से देखते हैं। वैसे मैं भी देखूंगा, तुम्हारे लिए कोई इन्तज़ाम किया जा सके। वक़्त आने पर, तुम्हें ख़बर करूंगा। सूकू-बूकू से कह रखना, वे दोनों भी खोज करते रहें, कोई सुविधाजनक घर मिले, तो मैं तुम्हारे नाम से ख़रीद लूंगा। हां, उनसे कह देना, तुम्हारा जो कुछ भी है, सब उन्हीं दोनों को मिलेगा।'

'कह दूंगी। एक बात है, रे....'

'क्या?'

'सबूज बता रहा था कि रेवा और उसका दूल्हा राजी-खुशी हैं। वे दोनों कहां हैं, यह नहीं बताया। वह काजल की बहन, गौरी के यहां ठहरा है। कमरा भी उन्हीं लोगों ने दिया है। सौरभ और स्वाति भी गये थे। उन लोगों ने मिलकर, छोटा-मोटा जश्न मनाया। गौरी, रेवा को जाने कौन-सी ट्रेनिंग में भर्ती करनेवाली है।'

'यह तो बहुत अच्छी ख़बर है! रेवा के लिए, मैं कुछ भी तो नहीं कर पाया। चलो, सौरभ लोगों ने कुछ तो किया। वैसे भी, वे लोग जिस क़िस्म के इन्सान हैं, उन्हें तो यह सब करना ही था। एक मैं ही ऐसा अमानुष निकला कि रेवा का नाम तक अपनी जुबान पर नहीं लाता।'

'ख़ैर, जुबान से न सही, तू उनकी फ़िक्र तो करता ही है।'

'रेवा या श्यामल का नाम तक लेने का हक़ मुझे कहां है, मां? अरे, फिर तुमने सब्जी डाल दी—'

'आलू-बड़ी! तुझे बेहद पसन्द है न?'

'अच्छा, मां, तुम्हारा घर....मतलब तुम्हारा मायका थोड़ा-बहुत पढ़ा-लिखा था। तुम्हारी बातचीत सुनकर तो यही लगता है।'

'हां, बेटा, पढ़े-लिखे तो थे...मैं ही उनकी इज़्ज़त नहीं रख पायी....अपनी ज़िन्दगी भी...अब क्या बताऊं तुझे?'

'तुम पढ़ाई करती थीं?'

'पांचवी किलास तक! उसके बाद, घर-गृहस्थी की सारी जिम्मेदारी, मेरे कन्धों पर।'

'चलो, छोड़ो, अब उठ जाओ। सबूज से मैं बात कर लूंगा! उसके लिए डरने की कोई बात नहीं है।'

'मेरे दिल में डर उसी के लिए है।'

'फिलहाल डरने की कोई बात नहीं।'

मां फिर ख़ामोश!

'मर्डरर की मां होकर उसी टाउन में ही जीना, चलना-फिरना बेहद मुश्किल है। तुम फ़िक्र न करो, मां! मैं देखता हूँ', किसी और जगह तुम्हें ले जाकर बसा सकता हूँ या नहीं। जहां मैं मौजूद नहीं हूँ, जहां मैंने कोई ऐक्शन नहीं किया, वहां शायद तुम चैन की सांस लेकर, ज़िन्दा रह सकोगी।'

मां ने जूठे बर्तन समेट लिये।

रात बिस्तर पर लेटकर, मशहरी खोंसते हुए, तपन की उंगलियों से कोई चीज़ टकरा गयी।

गुलाबी रंग के कागज की पुड़िया! उसमें बेल-पत्र, जवाफूल की पांखुरियां, बेल-पत्र में लगा हुआ सिन्दूर! उस कागज का रंग, उस पर, प्रेस में छपा हुआ 'मां तारा' शब्द, तपन बचपन से ही पहचानता था।

'संकटा काली स्मरेन्निता भय-त्रास विनाशिनी—'शनि और मंगल को सम्पूर्ण भक्ति-भाव से देवी मइया की पूजा अर्पित करने से, प्राणों की रक्षा होती है। रोगभय, क्षतिभय और चौसठ रूपों में विपदा की आशंका दूर होती है। देवी-मइया की यह पुस्तिका खरीदिये और साक्षात् फल-लाभ का आश्चर्यजनक वृत्तान्त का पाठ करें।'

संकटा काली टाउन का एक प्राचीन स्तम्भ विशेष है। देवीमूर्ति के आविष्कार की कहानी प्राचीन बुजुर्ग जानते हैं। श्मशान के रास्ते में संकटा काली के मन्दिर में आज भी काली पूजा में बकरे की बलि चढ़ायी जाती है। अनगिन लोग मन्नत करते हैं। अतीत में, चंद सालों पहले, तपन नामक एक खुराफाती-ऊधमी लड़का, अपनी सालाना परीक्षा से पहले, संकटा काली को पूजा अर्पित करता था। पास होने के बाद, दुबारा पूजा चढ़ाने और दर्शन के लिए आता था।

दीनू बाबू भी कितनी ही बार वहां पूजा करने आते थे। चम्पक के ख़ून हो जाने के बाद भी उन्होंने धूमधाम से देवी मइया की पूजा की थी।

'मन्नत माना था, पूजा देने आया हूँ।' उन्होंने कहा था।

मां ने भी पूजा की, ज़रूर उसने कोई मन्नत भी मांगी होगी। तपन की छाती पर मानो एक घूंसा पड़ा। बेटे से कहने या उसे मनाने की हिम्मत नहीं पड़ी, इसलिए यह पुड़िया उसके सिरहाने रख गयी है। लेकिन संकटा काली क्या करेगी, मां? तपन का मन हुआ कि वह मां से लिपटकर उसे सांत्वना दे। लेकिन, जो स्वाभाविक आचरण, ज़िन्दगी

में उसे कभी नहीं किया, वही अब कैसे करे? मां को तो यह भी नहीं बताया जा सकता कि पत्थर की संकटा काली के मुक़ाबले ख़ून-मांस के भवानी बाबू कहीं ज़्यादा क्षमतावान हैं।

संकटा काली की पूजा करके, किसकी, कब, कौन-सी विपत्ति टली है? यह बेहद संकट का समय है, मां, भयानक संकट का समय! इसके बावजूद तपन ने, मां का रखा हुआ फूल, जतन से सहेज लिया।

मां की आंखों में निरंतर डरा-सहमा उद्वेग, कातर निगाहें, पूजा के ये फूल—सारा कुछ तपन को कहीं से कमज़ोर करने लगा। तपन अगर कमजोर पड़ गया, तो वह फेल हो जायेगा। इसलिए अब जल्द से जल्द यह घर छोड़ देना।

तपन कुर्सी पर बैठ गया!

मलय, टाइगर, रंगीन, थानू और रवि, चौकी और कुर्सियों पर बैठे हुए।

टाइगर ने कहा, 'बॉस, बैठने का इन्तज़ाम चकाचक होना चाहिये। हमारा बॉस....और उसके पास उठने-बैठने का ढंग का कमरा न हो?'

'बैठने का कमरा, नीचे बन तो रहा है।'

'ऐसा सिम्पल....साधारण-सा कमरा! तुभ क्या मिशन में पले-बढ़े हो?'

'इन्सान मैं बन कहां पाया?'

'ख़ैर, छोड़ो, अब काम की बात करो।'

'देखो, हमें एक बात अच्छी तरह समझ लेना होगी कि अब राजनीति बदल चुकी है। अब पहले का नेम-नियम नहीं चलने का!'

'थानू ने सवाल किया, 'ये लोग क्या सब कुछ बदल देंगे?'

'हम पर वे लोग खुश नहीं हैं। खुश होने की कोई वजह भी नहीं है।'

'तो क्या हमें उन्हें खुश रखकर चलना होगा?'

'हमें अपने कई रंग-ढंग बदलने होंगे। उस दिन की घटना से, रंगीन नाराज है। हो ही सकता है। लेकिन, टाउन में लड़कियों-औरतों की बेइज़्ज़ती, उनसे बेअदबी मैं हरगिज़ बर्दाश्त नहीं करूंगा। इन चंद मामलों में अगर हम समझ-बूझकर चल सकें, तो लोग हमें ज़िन्दा राक्षस नहीं समझेंगे।'

'और क्या?'

'बताता हूं, मलय! तुम लोगों के व्यक्तिगत मामलों में मैं कुछ नहीं कहना चाहता। लेकिन, बाज़ार-दुकान से 'हफ़्ता' वसूलना, बात-बात में आम लोगों से मार-पीट—यह सब मैं होने नहीं दूंगा।'

'हम लोग क्या साधु-संन्यासी हो जायें?'

'ना! तुम लोग, तुम लोग ही रहोगे। और यह भवानी' दा की हिदायत है। टाइगर जानता है। कम से कम छः चुल्लुओं का ठेका बंद करना होगा; हरिजन मुहाल के दो, बाज़ारतला का एक, अस्पताल के करीबवाला एक! बच रहे दो, वह तुम लोग

सोच लो!'

'इससे क्या होगा?'

'जो-जो चुल्लू आम जनता की नज़र में है, वे सब अगर बंद हो गये, तो जनता भी ख़ुश होगी। तीर्थ लोग भी तो यही चाहते हैं।'

'फिर हमारे पास रह क्या गया?'

'चुल्लू तैयार कराओ, चालान दो! बाज़ार तो ख़ासा बड़ा है! फिर असुविधा कहां है?'

'वो हरिजन मुहाल....?'

'भई, जिसे नशे की लत है, वह तो वहां पीने जायेगा ही। मुद्‌दे की बात यह है कि हमें अपने व्यवहार, तौर-तरीके में बदलाव लाना होगा।'

'हंगामा तो इसके बाद भी हो सकता है।'

'हंगामा हुआ, तो मैं देख लूंगा। अगर हम इसी तरह चलते रहे, तो हंगामा क्यों होने लगा?'

'और क्या?'

'देखो, पांव से पांव अड़ाकर इधर-उधर गैंग-फाइट, गिरोह-युद्ध मत शुरू कर देना। थानों ने भी आगाह किया है, समझ-बूझकर चलें। मुझे इतना ही कहना है, बस!'

'रंगीन ने कहा, दीनू बाबू के जीते-जी ऐसी बातें किसी ने नहीं कहीं।'

तपन ने धीमी आवाज़ में जवाब दिया, 'लेकिन दीनू बाबू अब नहीं रहे, रंगीन!'

'वह तो तुम्हें भी मदद देता था।'

'नहीं, मैं दीनू बाबू का आदमी नहीं हूँ, कभी था भी नहीं! यह जान लो, तब बात करो।'

'मैं तुम्हें 'बॉस' नहीं कहूंगा।'

'मत कहो!'

'मैं तुम्हें किसी दिन भी–'

'मर्डरर के अलावा और कुछ मत समझना! यह समझने को मैं कह भी नहीं रहा हूँ। लेकिन, यह समझ लेने को ज़रूर कहता हूँ कि मर्डरर, सिर्फ मर्डर करता है।'

'इसका जवाब मैं आज नहीं, किसी और दिन दूंगा।'

'बेशक! सुनने लायक बात हुई, तो ज़रूर सुनूंगा।'

टाइगर ने दरयाफ़्त किया, 'बातचीत ख़त्म?'

'हां! बेशक ख़त्म!'

'सभा भंग हो गयी।'

'सूकू बाबू ने नयी कम्पनी खोली है, पूजा किया है! लो, सब प्रसाद खाओ।'

'सन्देश मिठाई है?' थानू ने पूछा।

'तपन' दा, अपना बॉस तो माल चढ़ाता नहीं! लेकिन फ़िक्र क्यों करते हो?

आज हम पिलाऊंगा, तुम लोगों को! मिलिटरी रम! लेकिन अपने सीने पर हाथ रखकर, एक बात ज़रूर कहूंगा, भवानी ' दा कहो, दीनू ' दा कहो, इतना करीब बुलाकर हम-तुम लोगों से किसी ने भी बात नहीं की–'

'रुक जाओ, मैं तो यह सोच रहा हूँ कि तपन का अकेले रहना, ठीक नहीं है।'

'इन्तज़ाम हो जायेगा, मलय, तुम फ़िक्र मत करो।'

'तुम शिफ्ट कब कर रहे हो?'

'किसी दिन भी चला आऊंगा।'

टाइगर सबके लिए पानी ले आया। सबने पानी पीया। उसके बाद, सीढ़ियां उतरकर नीचे चले आये।

तपन ने भी कमरा बंद किया और नीचे उतर आया।

उसने केयरटेकर को सूचना दी, 'मैं चलता हूँ–'

'पीछे का दरवाज़ा बंद कर दिया है?'

'हां, बंद कर दिया है।'

तपन बाज़ार की तरफ बढ़ चला। बंगला फिल्म, 'आरोही' दुबारा दिखायी जा रही थी। चाय की दुकान पर, दुःखी-दुःखी-सा चेहरा लिये, बेंच पर बैठा हुआ था। टाउन जितना बंटा-बिखरा, फैला हुआ था, उस अन्दाज़ में एक सिनेमा हॉल हरगिज़ काफी नहीं है।

'सबूज!'

'तपन ' दा, आप?'

'चल, इधर आ! तुझसे बात करनी है।'

सबूज विवश! मानो यंत्रचालित!

'चल, अपुन पार्क में बैठते हैं।'

बाजार से आगे, वह जगह धूल से अंटी हुई! फटे-चीथड़े कागज, कूड़े-कर्कट से भरी हुई! नन्द बाबू ने एलान किया था, वहां पार्क बनाया जायेगा। पार्क तो नहीं बन पाया, लेकिन लोग, उस जगह को 'पार्क' ही कहते थे।

'भयंकर गंदी है यह जगह!'

'लेकिन, ज़रा पब्लिक जगह में ही बैठें, वर्ना तुझे डर लगेगा।'

'चलो–'

वे दोनों उस मैदान में बीचोंबीच बैठ गये।

'अगर इस जगह पार्क बन जाता, तो बुरा नहीं होता।'

'पार्क बनायेगा कौन, तपन ' दा? इस टाउन को भला कोई प्यार करता है?'

'तू कोई बात करना चाहता था?'

'मुझे कोई काम चाहिये, तपन ' दा।

'मुझसे और काम?'

'हां, पढ़ाई-लिखाई तो कर नहीं पाया! ज़िन्दगी भर लोफरी ही करता रहा। अभी भी लोफर ही बना हुआ हूँ। क्या करूं? घर पर हाथापाई, गाली-गलौज। भइया को देखो और मुझे देखो! टाउन में टिकट ब्लैक करके, आखिर कितने पैसे कमा लेता हूँ?'

'तीर्थ से कहकर देख न! सुधीन बाबू से कहकर, वह अगर तुझे कहीं घुसा सके....'

'तीर्थ' दा? वे तो भइया के खिलाफ पार्टी में राजनीति करते हैं। जेल से निकलकर, उसने तो भइया से भी बातचीत नहीं की। होमगार्ड के काम के लिए, होमगार्ड में आदमी लिये गये! उन्होंने कैरेक्टर-सर्टिफिकेट....चरित्र-प्रमाणपत्र मांगा। मुझे यह सर्टिफिकेट कौन देने लगा, बताओ?'

'अपने भइया से नहीं कहा?'

'भइया क्या करेगा? उसका तो खुद ही....'

'तू कौन-सा काम कर सकता है? वैसे, चेहरा तो ख़ासा रोबीला बना लिया है।'

'तुम लोगों ने इतनी बड़ी कम्पनी बनायी है....'

'तेरे जैसे, कितने लड़के हैं, सबूज?'

'वह तो अनगिनत हैं।'

'नहीं, नहीं, जिन पर भरोसा किया जा सके....'

'हम सात-आठ लड़के, आपस में गहरे दोस्त हैं।'

'दारू-वारू तो नहीं पीता?'

'नहीं, नहीं, छिः! छिः!'

'तेरा गुज़ारा कैसे होता है?'

'गुज़ारा हो कहाँ रहा है?'

'देखूंगा, सबूज! ज़रूर देखूंगा! लेकिन अगर नौकरी मिल जाये, तो खूब मन लगाकर काम करना होगा।'

'नौकरी अगर तुम्हारे यहां ही....'

'नहीं, सबूज, मेरे यहां नहीं....'

'उस दिन रंगीन को तुमने धो दिया, लोग-बाग़ काफी चकित हैं, तपन' दा।'

'तू तो उन छोकरों के साथ नहीं मिलता-जुलता?'

'नहीं, मुझे डर लगता है।'

'देखता हूँ! तब तक ये कुछ रुपये रख ले।'

'अरे, यह तो पूरे सौ रुपये का नोट है।'

'शर्ट-पैंट ख़रीद ले। ब्लैक करना छोड़ दे। वह भला काम नहीं है।'

'ज़रा, देखना, तपन' दा!'

'हां, हां, ज़रूर देखूंगा।'

'बीच-बीच में मन होता है, कुछ कर बैठूं।'

'मालूम है! कभी मेरा भी मन होता था–'

सबूज की ठुड्डी में एक दाग! रंग मैला! आंख-मुंह सलोना! श्यामल से काफी कम मिलता-जुलता! सबूज की हालत, तपन जानता है। किन्हीं दिनों तपन भी यूं ही जला-फुंका रहता था। इसीलिए तो भवानी बाबू उसके आगे टोप फेंक सका। भवानी बाबू, सुधीन बाबू के साथ जनसभा करने वाले थे। तपन को लोग मर्डरर कहेंगे।

'चल, अब उठा जाये।'

'अगर एकाध नौकरी मिल जाती, तो ऐसे ढेरों लड़के हैं, तो लफंगे बनकर गुमराह नहीं होते। कोई भी उनकी इज़्ज़त नहीं करता। जाने कब, घर में क्या किया था, मेरी मां अभी तक मुझे 'चोर' कहती है।'

'तेरी एक दीदी भी थी न?'

'सगी नहीं, चचेरी दीदी! असल में सब एक जैसे होते हैं, तपन' दा! दमदम में उसके दूल्हे की दवाओं की अच्छी-भली दुकान है। कितने ही डॉक्टर, कितने ही नर्सिंग होम से उनकी जान-पहचान है। मां ने उनसे खुद विनती की, मुझे कोई नौकरी दिला दें। मैंने भी दीदी से कहा–'और कुछ नहीं, तो दुकान में झाड़ू-बुहारू का काम ही दे दो।' दीदी का साफ जवाब था–'तेरा स्वभाव मुझे मालूम है। मेरी दुकान में तू चोरी करेगा।' ख़ैर, उनकी बात छोड़ो, तपन' दा। भइया राजनीति करता था, बस, तभी से उसने कभी इधर का रुख नहीं किया।'

'तुम लोगों का चलता कैसे है?'

'मैं, मां और भइया थे, तो भइया–सब एक ही कमरे में रहते हैं। बाकी दोनों कमरे किराये पर चढ़ा दिया है। आम के पेड़ तले, एक बंदे ने पान की दुकान लगा ली है! बड़ी मुश्किल से गुज़ारा होता है, वर्ना मेरी मां लड़कियों को स्कूल पहुंचाने-लाने का काम करती?'

'अच्छा, चल, अब उठें। रात होती जा रही है तेरे बारे में कुछ करता हूँ। तेरी मां-भाई तो एतराज नहीं करेंगे? मेरे साथ रहने में, उन लोगों को तो आपत्ति नहीं होगी?'

'कौन, किसका सगा होता है, तपन' दा? यूं भी कामधाम में लग गया, तो भइया शायद खुश ही होंगे?'

'भाभी नाराज होगी?'

'मैं उन लोगों के यहां जाता ही कितनी बार हूँ? अगर नौकरी नाहीं मिली, तो चोरी-छिनताई पर उतरना होगा। यही काम करते हुए, प्रीतम पकड़ा गया और लोगों के हाथों बेधड़क पिटाई खाकर, बिचारे ने दम तोड़ दिया।'

'प्रीतम कौन?'

'तीन नम्बर में रहता था। तीन नम्बर का पता है न, मारते-मारते मार ही डालते हैं।'

'ख़ैर, यह सब तू मत सोचा कर! मुझे सिर्फ एक ही फिक्र है, मेरे साथ काम

करते हुए, कहीं तू मुसीबत में न पड़ जाये।'

सबूज हंस पड़ा! उसके दांत बेहद झक्झक् सफेद!

'टेम्पोररी नौकरी दोगे, यही न? हम जैसे लड़के कभी पर्मानेन्ट हो भी नहीं सकते। हां, तुम कह सकते हो, चक्की के दो पाटन के बीच फंस गया हूँ। एकदम से प्रीतम भी नहीं बन सकता। मां भ्रद लोग, भद्र घर की रट लगाये रहती है, लेकिन यह तो सरासर झूठ है! बप्पा ड्रेसर था, अकाल में ही मर गया। भइया ट्यूशन करके पढ़ता रहा, घर छोड़कर चला गया; जेल काटकर लौट आया। मां एक तरह से स्कूल की दैय्या ही बन गयी! हम लोग कहां से भ्रद या शरीफ हैं? हां, चम्पक' दा के मां-बाप सज्जन लोग थे। चम्पक' दा की मौत के बाद, वे लोग टाउन छोड़कर चले गये। तीर्थ' दा हम जैसे लड़कों से सख़्त नफ़रत करते हैं। हां, सोमजित' दा भेंट होने पर एकाध बात कर भी लेते हैं। एक दिन उन्होंने मुझे सिगरेट भी पिलायी थी।'

'अच्छा, तू टाउन चला जा। जब जो ख़बर सुनना, मुझे बता जाना।'

'भवानी बाबू को भी सारी ख़बरें देना होती थीं। अगर नहीं देता था, तो वे डराते-धमकाते थे। लेकिन मैं तुम्हें सारी ख़बरें देता रहूंगा।'

'चल, अब उठें।'

'तुम्हारे साथ बैठकर, मैंने बातचीत की, यह सभी लोगों ने देखा। अब कल से लोग-बाग़ मुझसे भी ज़रा येऽ...करेंगे।'

'चल! चल! हो सकता है, कल ही तुझे साथ लेकर, कहीं निकलूं!'

'तपन' दा, नौकरी....?'

'कम्पनी चालू होने दे! वैसे आज से ही तू मेरे पे-रोल में शामिल हो गया! तन्खाह मिलेगी तुझे! अब काम देखकर, तेरी तन्खाह तय कर दूंगा।'

चार

'वसुन्धरा' कम्पनी इतनी जल्दी फल-फूल उठेगी, इसका टाउन को अन्दाज़ा नहीं था।

पूरा टाउन तपन पर बेहद चौकन्नी निगाह रखकर चल रहा था।

तीर्थ ने कहा, 'नन्दिता ने झूठ नहीं कहा था, यह उसका स्टंट ही है।'

सोमजित ने उसकी बात काटी, 'इसे तुम उसका स्टंट कैसे कह सकते हो, जबकि लोग-बाग़ खुश हैं?'

लोग सच ही खुश हो गये थे। तपन, सबूज, बुश, क्षिति और बूबू को लेकर, टाउन की इस छोर से उस छोर तक घूमता रहता था! तपन मोटर सायकिल पर होता था। बाकी लड़के सायकिल पर!

तपन ने भवानी बाबू से कहा, 'टू-व्हीलर पर जो खर्च आयेगा, वह मेरे रुपयों में से काट लीजियेगा। यह भी एक किस्म का इन्वेस्टमेंट है। टाउन के लोगों का गुडविल तो आखिर चाहिये न!'

'इसीलिए तुम सबूज को ले रहे हो?'

'पुराने रिक्रूट में, एक टाइगर को छोड़कर, आप और किस बंदे पर भरोसा कर सकते हैं? जो लोग औरतों से बेअदबी करते थे; उनसे छेड़छाड़ करने से बाज़ नहीं आते थे, उन्हीं लोगों को साथ लेकर, मैं यह कहता फिरूं कि इस टाउन में औरतें सुरक्षित हैं? जो लोग खुद चुल्लू का कारोबार करते हैं, उन्हीं लोगों को साथ लेकर ठेका उजाड़ने जाऊं?'

'इसमें तो तुम्हारा ही फ़ायदा है।'

'मैं कौन होता हूँ, भवानी' दा? आप ठहरे मेरे बॉस!'

'मैं चाहता हूँ, तुम बॉस बन जाओ।'

'बॉस तो बन ही जाऊंगा। लेकिन संभास न रचकर भी, शायद बॉस बना जा सकता है।'

'देखो, तुम्हें तो फ्री-हैन...खुली छूट दे ही दी है।'

'देखते रहिये, तीन नम्बर भी आपका फर्माबरदार हो जायेगा।'

'हाय-बाप! तुम कउन-स़ी मांद की बात कर रहे हो?'

'आप बस, देखते रहिये!'

'इन टू-व्हीलर के रुपये तुम क्यों दोगे?'

'वह सब उनको दे दूंगा।'

'गिफ्ट?'

'न्ना! इन्वेस्टमेंट! जिसे कुछ न मिला हो, वह थोड़ा-सा पाकर ही पिघल जाता है। यह मैं अपने को देखकर ही समझ गया हूँ। वह अहसानमंद हो जाता है। आप मुझे सड़क पर से उठाकर लाये थे, मैं आपका अहसानमंद हूँ न!'

'वेरी 'इन्टेलिजेन' बात की, तपन! देखना....'

'तीर्थ लोगों का मुंह भी थोड़ा बंद हो जायेगा। सुधीन बाबू के साथ आपकी साठ-गांठ है....मतलब मेलजोल है, इस बारे में उन लोगों के मन में कई-कई सवाल हैं, सब ख़त्म हो जायेंगे।'

'देख रहा हूँ, तुम्हें पॉलिसी की भी समझ है।'

'आपको देख-देखकर ही....'

'क्या समझे?'

'जिस तरह के ब्याह का जो मंत्र हो....। जब जैसा, तब वैसा! वर्ना गड़बड़ हो जाता है। इस लाइन में रहना है, तो आपको देख-देखकर ही तो सीखना होगा।'

'चलो, शुक्र है! तुम समझ गये! दीनू का तो कुछ सीखने में दीदा ही नहीं लगता था। सारा कुछ वह खुद हड़प जाना चाहता था।'

'क्यों? कट् नहीं देता था?'

'अरे, वह काफी लम्बा किस्सा है! ख़ैर, छोड़ो। जो चला गया, उसकी निन्दा नहीं करनी चाहिये। हां, तो मलय लोगों को अपने साथ नहीं रख रहे हो?'

'उन पर भरोसा नहीं होता, दादा, मैं सच कहता हूँ।'

'तुम्हारे लड़के तो टॉप हैं न?'

'वे तो हैं ही! जैसा मैं था! सीख जायेंगे।'

'यह भी कुछ बुरा नहीं कर रहे हो, तपन! टाउन यही समझेगा कि ये लोग समाज-विरोधी लोगों को कुचलने की कोशिश कर रहे हैं, पूरी तरह सफल नहीं हो पा रहे हैं।'

'हां, बिल्कुल सीधा-सा हिसाब है।'

'भले-भले लोग हमारी कम्पनी ज्वाएन कर रहे हैं। सारे लोग जाने-पहचाने हैं—?

'अच्छा....!'

'मसलन, बेलेडांगा के मिहिर बाबू! बहुत बड़े कॉन्टैक्टर हैं, जी! कलकत्ते में उनका आफिस है, केष्टोनगर में भी आफिस है! सिर्फ पासलडांगा में ही नहीं, कई-कई जगह स्वास्थ्य-केन्द्र खोला है; नेशनल हाइ-वे मरम्मत का काम करता है। उसे देखकर, तुम्हें अन्दाज़ा ही नहीं हो सकेगा कि वह किस दर्जे का मानस है! इस बार, सिलिगुड़ी

में सरकारी क्वाटर बना रहा है। रजत बाबू सिमेंट कन्टाक्टर है! अच्छी लाइन पकड़ी है। काफी बड़ा कोटा ऐंठ लिया है और दीदार पइसे पीट रहा है। अरुण सिंह तो राजा आदमी है। आगे स्टील का कोटा हथिया लिया है, हरदम रेल का काम पा जाता है। मोहनलाल के जेठू-भाई, सोहनलाल! इधर हमारे नॉर्थ बंगाल के जितने सारे रेल-स्टेशन हैं, सब काम उसे ही मिलता है!'

'ये लोग भी रहेंगे?'

'बे-शक्! रजत बाबू काफी चक्करदार मानस है! अरुण का घर बेलघरिया में है। बस, वही शहरी बाशिन्दा है! सोहनलाल तो कंचरापाड़ा में बैठा हुआ है।'

'उसकी तो कोई ट्रान्सपोर्ट कम्पनी भी है न?'

'अरे, काफी विराट ट्रान्सपोर्ट कम्पनी है! डनलप में! सभी कांग्रेस के आदमी हैं! सबके सब कांग्रेस में ही हैं! सारी सुविधाएं दिल्ली से ही वसूल कर लेते हैं। ये लोग न होते, तो भला मुझसे कुछ बन पाता? बच रहे सुधीन बाबू! तुमको एक सीधी-सच्ची, पते की बात बताऊं, तपन, तुम देख लेना। सुधीन बाबू लोग बराबर ही कांग्रेस के ऐंटी रहे, अभी रहेंगे। असल में रुपइय्ये किस धंधे में हैं, कहां हैं, इन लोगों में इतनी औकात नहीं कि यह बात समझ सकें। ये लोग भला-भला काम करने आये हैं, तो करें न! पता नहीं, ये लोग कित्तने दिन टिके रहेंगे, मगर तब तक हम लोग डेवलप करके निकल जावेंगे। जिन लोगन ने रुपये बना लिये हैं, वे लोग झंडा नहीं बदलेंगे। कांग्रेस में अभी भी काफी मधु है....'

'टाइगर का बहोत मन है....'

'जानता हूँ। वह एक हेवी-ट्रक चाहता है। माल ढोयेगा। इसके लिए रुपइय्ये चाहिये। बैरेक के घरों से भला वह कितना वसूल कर पायेगा? रुपइय्ये उसे मिल जाते। सोहनलाल ही दे देता। लेकिन टाइगर को यह बात समझ में आयी? हम उससे कहे—उसी के आदमी आदमी को तुम धनबाद में कुट्टी-कुट्टी काट आये। अब हमारे पास हो, इसलिए उन लोगों ने कउनी ऐक्शन नाहीं लिया। हां, उसके बाद, सोहनलाल की तरफ से हावड़ा में उसका काम भी कर आये। हमने ही बातचीत करा दी। लेकिन अपने पांव पर उसने खुद ही कुल्हाड़ी नहीं मार ली?'

'मुझे यह बात नहीं मालूम थी।'

'मैंने तुमको इसलिए बताया, क्योंकि तुम 'फेतफुल' लड़के हो। विश्वासी लड़के! तुम यह भी समझते हो कि यह बात सबको बतायी नहीं जा सकती।'

'आप लोग बता रहे थे कि चंडीघाट में आप काम शुरू करेंगे?'

'हां, टाउन, सैटेलाइट टाउन हो जायेगा। अगर यह कम्पनी खड़ी हो गयी, तो कलकत्ता में चारों तरफ जितने भी 'गवरमेंट हाउसिंग' बनेगा, उसमें भी हम काम करते रहेंगे।'

'आप वहां मकान बनवायेंगे?'

'हम सब बनवायेंगे! यह बात जान लो कि ज़मीन का दाम बढ़ता ही जाता है, घटता ही नहीं है। मैं झील के बिल्कुल सामने....एक छोटा-सा घर....बुढ़ापे में कहीं रहने का ठीया तो होना चाहिये न! यह घर तो भाभी के नाम कर दिया है! टाउन का वह मकान बेच दूंगा।'

'एक बात कहूं?'

'हां, हां, कहो न! संकोच की क्या बात है? रवि ठाकुर ने कहा है, संकोच की छटपटाहट, अपना अपमान है! जानता हूँ। मैं भी जानता हूँ। मेरे सब बड़े भाई काफी पढ़े-लिखे हैं। एक मैं ही अनपढ़-मूरख रह गया। हां, तो तुम क्या कह रहे थे?'

'टाउन बाज़ार की उस जगह पर नन्द बाबू तो पार्क नहीं बना पाये। उसे कम्पनी की तरफ से घेर-घारकर, उसकी साफ़-सफ़ाई करा दें, फूलों के कुछेक पौदे लगवा दें, एक नल भी बिठा दें और उसे टाउन को डोनेट कर दें। उस पार्क की देखरेख म्यूनिसिपैलिटी ही करेगी। इससे टाउन में कम्पनी की गुड़विल बढ़ जायेगी।'

'वाह, यह तो बड़ी अच्छी सलाह है। हां, यह बात अलग है कि ऐसी जगह में पार्क-वार्क नहीं टिकेगा। वहां मीटिंग शुरू हो जायेगी, जाना-नाटक दिखाया जायेगा—यही सब होगा। फिर भी देखते हैं! उन लोगों से बात करता हूँ। अब मैं अपने मकान का क्या करूंगा, जानते हो? अन्दाज़ा लगा सकते हो?'

'क्या करेंगे?'

'नर्सिंगहोम! डॉक्टर मल्लिक पीछे पड़ा है! उसको लीज़ दे दूंगा! साल-साल 'रिन्यू' करता रहूंगा।'

'टाइगर लोग कहां जायेंगे?'

'यह सोचना पड़ेगा। उन लोगन को भी तो हाउसिंग की समस्या है। हमने तुमसे कहा नहीं था कि हाउसिंग काफी बड़ा समस्या बन जायेगी?'

'शुरु-शुरु में ही क्या नवले चंडीघाट जायेंगे?'

'बाजार में एक साथ दो-दो 'पोज़ेक' छोड़ूंगा। स्टेशन के किनारे दस बीघा ज़मीन पर, एक जैसा चार-चार मकान! हर मकान चार-मंज़िला। हर मकान में बारह-बारह फ्लैट। आनन्द तलापत्तर पब्लिसिटी कर देगा, नक्शा तुम्हारे पास पहुंच जायेगा। देखना, काम का अइसा पहाड़ टूट पड़ेगा कि बाप-बाप करने लगोगे! आंखी के आगे अंधियार छा जावेगा।'

नर्सिंगहोम! नये टाउन में मकान! भवानी बाबू को और कितनी आर्थिक सुरक्षा चाहिये? उम्र तो साठ तक पहुंच गयी! भाभी और उनकी बेटियां आखिर कहां-कहां रहेंगी?

'अपने लड़कों को मैं स्टाफ में रख लूंगा।'

'हां, हां, रख लो न! उन्हें भी कुछ मिलता रहेगा, मिलता रहे! चार-चार लड़के, कुल मिलाकर दो हज़ार भी उन्हें मिलता रहे, क्या बुरा है?'

भवानी बाबू ने हाथ हिलाकर मानो यह जताया कि इन सब तुच्छ बातों में सिर भिड़ाने जैसी मानसिकता उनमें नहीं है।'

'तुम्हारे लिए भी हिस्सा धरा है! इस बावत शूकू और मोहनलाल को पता है। तुम इस बारे में फ़िक्र न करना—'

'नहीं करूंगा।'

ख़ैर, फ़िक्र करके भी तपन क्या करता?

इसके बाद, टाउन लौटते ही, तपन, सबूज और उसके साथियों को लेकर टाउन का चक्कर लगाने निकल गया।

वह दुकान, बाज़ार, हर जगह यह हिदायत देता फिरा कि कीमत लिये बिना, किसी को, कोई चीज़ मत देना। रुपये भी मत देना। अगर कोई तीन-पांच करे, तो वह बेखौफ़ होकर' उसे ख़बर कर दे।

उसने यह भी आगाह किया कि लड़कियों या औरतों से कोई बदतमीजी करे, तो सीधे उसकी रिपोर्ट की जाये।

इस क़िस्म की बातें टाउन में कभी, किसी ने नहीं सुनी थीं।

लेकिन हरिजन मुहल्ले से चुल्लू बेचने का अड्डा बंद करते ही, लोग-बाग चकरा गये। बाज़ारतला और स्टेशन के करीब भी दारू-ताड़ी का कारोबार भी उठ गया।

ओ सी ने कहा, 'भई, हमारे करने के लिए भी तो कुछ छोड़ दें।'

तपन ने जवाब दिया, 'टाउन की तरफ से, इस बारे में आपको सैंकड़ों शिकायतें मिली हैं। आपने कोई ऐक्शन नहीं लिया। क्यों नहीं लिया, इसकी वजह भी मैं जानता हूँ। अब आपको बता दूं, जिन जगहों में शराब की भट्टी मैंने उजाड़ दी, वहां भट्टी दुबारा न बने, आपलोग इस पर नज़र रखियेगा। मेरी तरफ से आपलोगों को सहयोग ही मिलेगा, विरोध नहीं!'

टाउन ने भी देखा, वे परिचित चेहरे, अब कहीं नज़र नहीं आ रहे हैं। संभास तले दबे-दबे, डरे-सहमे लोगों ने धीरे-धीरे महसूस किया, तपन ने उन लोगों को झूठे आश्वासन नहीं दिये।

मलय ने पूछा, 'हफ़्ता-वसूली बंद हो गयी?'

तपन ने जवाब दिया, 'हफ़्ता अगर लेना है, तो उनसे लो, जिनके पास काला धन है। लेकिन, अभी नहीं....'

'अभी क्या करें? मक्खी मारें?'

'तुम तो अभी यहां बैठ रहे हो न?'

'यह मेरी लाइन नहीं है—'

'तुम्हारी लाइन कौन-सी है?'

'मज़ाक उड़ा रहे हो?'

'मैं मज़ाक नहीं उड़ाता।'

'तुम नहीं जानते?'

'इसका जवाब मैं फिर कभी दूंगा। लेकिन, मलय, मैंने उस दिन भी बताया था, आज फिर दुहरा रहा हूँ, भवानी बाबू खुद न सब बातों के लिए राजी हुए हैं। अब सिर्फ मस्तानी करते हुए, टिके रहना, नामुमकिन है।'

'ऐसी बातें, तो कभी दीनू' दा ने भी नहीं की।

'मैं भला उनकी तरह बात कैसे कर सकता हूँ? दो इन्सान हमेशा दो तरह के होते हैं। बिल्कुल अलग-अलग!'

'यह सब तुम अपनी पॉपुलरिटी बढ़ाने के लिए कर रहे हो न? नाम कमाने के लिए?'

'नहीं, मलय, तुम ज़रा आंखें खोलकर देखो। उस दिन जूट मिल में, उन लोगों की मीटिंग देखी थी? कितने लोग थे? लोगों ने बड़ी उम्मीद लगाकर, उन्हें वोट दिया है। वक़्त भी किसी एक जगह टिका नहीं रहता। किसी प्रोफेसर के रूखे व्यवहार की वजह से उस दिन कॉलेज में कितना बड़ा विक्षोभ हुआ!'

'इस टाउन को आख़िर हो क्या गया है?'

'बदल रहा है! यूं तुम लोगों के साथ हमारा कोई विवाद, कोई झगड़ा-झमेला नहीं है, मेरी इस बात का भी यकीन करो।'

'विश्वास कैसे करें? दीनू' दा को....'

'देखो, दीनू बाबू मुझे इस लाइन में नहीं लाया। तुम्हें लाया था। उस वक़्त तुमने क्या किया था?' तपन गरज उठा, 'उसे मारने की बात पहले तुमने ही की थी। तुमने, मलय, तुमने!'

'ठीक़ है! ठीक है!'

तीर्थ और उसके साथी भी आपस में तपन की ही चर्चा कर रहे थे।

'हिसाब नहीं मिल रहा है, तीरथ!'

'यह और कुछ नहीं है, अभीक! हमारी ताकत देखकर डर गये हैं।'

'डर किस बात का? वह कोई राजनीति तो कर नहीं रहा है।'

नन्दिता बोल उठी, 'पुलिस अगर हमारी बात सुनती, तो तपन को आज इतना मौका नहीं मिलता। यह सब तो पुलिस ही बंद करा सकती थी।'

'पुलिस क्यों बंद करने लगी? पुलिस को 'कट्' जो मिलता था!'

'औरतों की बेइज़्ज़ती में भी?'

'नहीं। मगर पुलिस उन्हें कभी पकड़ती नहीं थी। ये सब काम मस्तान लोग ही तो करते थे। है न?'

लालटू बाबू बोल उठे, 'भय है या भक्ति, इस बारे में तुम लोग क्यों होते हो? इस वक़्त तुम संगठन करो, भई!'

तीर्थ कह उठा, 'हां, हमें चाहिये कि हम एक नागरिक विजिलेंस कमिटि तैयार

कर डालें। अब हम लोग भी चेक रखेंगे।'

सोमजित भी आंखों-आंखों में हंस पड़ा, 'अगर पकड़ पाये, तो हम उसे पुलिस के हाथों में सौंप देंगे?'

'हां, बाकी काम पुलिस का—'

'पुलिस अगर अपना काम न करे, तो?'

'तो हम प्रतिवाद करेंगे।'

'अरे, तीर्थ' दा, कोई ऐक्शन-मार्का काम सोचो।'

'तपन भी तो कुछेक समाज-विरोधियों को लेकर चल रहा है।'

'भई, समाज-विरोधी, समाज-विरोधियों को लेकर ही चलते हैं। लेकिन, सबूज तुम्हारे पास काम मांगने कई-कई बार आया था।'

'सबूज कौन? श्यामल का भाई?'

'श्यामल तो रेवा से ब्याह करके चला गया और उसके साथ सबूज का कोई मेल नहीं था।'

तीर्थ ईषत हंस पड़ा, 'मुझे एक पैटर्न का सुराग मिल रहा है, भइये! तपन, श्यामल, चम्पक, सौरभ और काजल सहपाठी थे। वे सब तो कॉलेज चले गये, तपन लफंगा बन गया। यही तपन, किसी ज़माने में कंगसल हो गया।'

'हो गया—कहकर क्या हम असली बात भूल जायेंगे?'

'तुम कहना क्या चाहते हो?'

'मैं भवानी बाबू की भूमिका की बात कर रहा हूँ! भवानी बाबू ने ही तपन को रिक्रूट किया था। तपन पहुंच गया।'

'अभी बात तपन की हो रही है। तपन निकलकर, टाउन में आया। उसके बाद, चम्पक....वो क्या कहते हैं....ख़ून हो गया। मेरा ख्याल है, तपन के साथ श्यामल की कहीं साठगांठ थी, वर्ना श्यामल क्या किसी मर्डरर की बहन से विवाह करता? अब उसी श्यामल के भाई को ही तपन ने नौकरी दी है।'

'हां, यही तो दुष्ट-चक्र है।' बाबुल ने कहा।

नन्दिता ने कहा, 'श्यामल और रेवा का मामला काफी सालों पुराना है। मुझे यह भी पता है कि श्यामल की शर्त ही यही थी कि तपन से रेवा को सारे रिश्ते-नाते ख़त्म करने होंगे। रेवा वह रिश्ता तोड़कर ही गयी है।'

'तुम्हें कैसे पता?'

'रेवा मेरे पास भी आया करती थी। वह तो मुझ से कहकर ही गयी थी कि अपने दादा को देखकर, उसे भयंकर नफरत होती है। उसकी छाया भी दिख जाती थी, तो वह चौंक उठती थी। उसकी मां अगर चाहे, तो उसके घर जा सकती है। अपने बप्पा से उसका कोई नाता, पहले भी नहीं था, अब भी नहीं रहेगा। उसके मंझले और छोटे भइया से उसका रिश्ता पहले भी था, अब भी रहेगा। श्यामल ने जैसे शर्त रखी थी, उसने

भी एक शर्त रखी। सबूज को वह अपने घर में नहीं रखेगी। दरअसल, वह एक साफ़-सुथरी ज़िन्दगी चाहती थी।'

'तो फिर ले-देकर हिसाब क्या बना?'

इसका जवाब सोमजित ने दिया, 'हम अपना काम किये जायेंगे। हरिजन मुहाल से देशी शराब की बिक्री बंद हो चुकी है, अब हम लोग उन लोगों की तरफ नज़र रख सकेंगे।'

'नहीं, इतना कुछ संभव नहीं हो सकेगा, सोमजित!'

बहरहाल, टाउन के हरिजनों के बारे में तीर्थ लोगों की तरफ से कोई कार्यक्रम तय नहीं हो सका। वे लोग जहां थे, वहीं के वहीं रहे और बारह साल बाद, वहां चुल्लू का ठेका दुबारा खुल गया, क्योंकि तब तक एक मस्तानराज तैयार हो चुका था।

अभीक ने कहा, 'तपन अब पॉपुलर हो जायेगा।'

'क्यों? श्मशान के करीब तो दारू-शराब की बिक्री तो चालू है।'

'वह तो चालू रहेगा। श्मशान के डोम तक पीते हैं। सीधी-सच्ची बात यह है कि तपन ने कई एक क़दम उठाये हैं और इसकी ज़रूरत भी थी। हम लोगों ने ये काम नहीं किये, उन लोगों ने कर डाला।'

'और बाज़ार, दुकानों के लोग इस वजह से कृतज्ञ हैं।'

'भई, उन लोगों की क्या इतनी अवज्ञा की जा सकती है?'

'मैं अवज्ञा नहीं कर रहा—'

'उन लोगों ने भी तो हमें वोट दिया है। इसके बदले में हम से कुछेक कामों की उम्मीद करते हैं।'

नन्दिता ने कहा, 'औरतें भी खूब बढ़-बढ़कर बोल रही हैं कि इतने दिनों तक किसी ने भी उनकी सुरक्षा के बारे में नहीं सोचा।'

'अरे, वह सब तपन की मक्कारी है।'

'नहीं, यह उसकी मक्कारी नहीं थी। तपन ने बहुत जल्दी ही यह बात साबित कर दी। इस टाउन में औरतों से बदतमीजी करनेवाले, सैंकड़ों तरह के लोग मौजूद थे। ठेकेदारों ने करतब दिखाया, और अस्पताल में नर्सों का क्वार्टर तोड़ डाला गया। उनके रहने के लिए नया क्वार्टर अभी तक तैयार नहीं हुआ था! वे लोग फिलहाल अस्पताल के टी वी वार्ड में रह रही थीं, जो तैयार तो हो गया था, मगर चालू नहीं हुआ था। वह वार्ड अस्पताल के पिछवाड़े, मेन बिल्डिंग से कुछ दूर पर स्थित था।

इधर टाउन में कुछ लोगों ने काफी दौलत कमा ली। जैसे राशन डीलर अब्ज बाबू, बड़ी-बड़ी दवा कम्पनियों के स्थायी डीलर, रतन बाबू! अब्ज बाबू का बेटा, जय, रतन बाबू का भतीजा, चांद और उनके चंद दोस्तों ने इन नर्सों का जीना ज़हर कर डाला था। वे पांचों लड़के, स्कूटर हंकाते हुए घूमते रहते थे; लम्बी-लम्बी जुल्फी रखते थे; शाम के वक्त भी आंखों पर काला चश्मा चढ़ाये, इन नर्सों को बोली—आवाज़ें मारते रहते थे।

बीरू ने तपन को ख़बर दी, 'जय का गिरोह सुमना नर्स के पीछे पड़ गया है। अब उसे उठा ले जाने का प्लान बना रहे हैं। बेतरह बदतमीजी पर उतर आये हैं। हर रोज़ बेअदबी तो करते ही हैं और धमकी भी दी है कि अगर उसने किसी से कुछ कहा, तो वे उसके चेहरे पर ऐसिड मार देंगे।'

'तुझसे किसने कहा?'

'मेरी मां उनके यहां खाना पकाती है–'

'वे लोग ऐसिड फेकेंगे?'

'वे लोग तो इसीलिए डरी हुई हैं! इससे पहले, रूमा नामक नर्स को....'

'ऐसिड मार दिया?'

'नहीं, उसे उठा ले गये। बाद में बिजली-ऑफिस के मैदान में उसे फेंक दी गये–'

'कोई केस नहीं हुआ?'

'केस कौन करेगा? इसमें रतन बाबू का भतीजा, चांद भी है न? रतन बाबू का काफी 'इन्फ्लुएंस' है! काफी प्रभाव है उनका।'

'रूमा नर्स का क्या हुआ?'

'नौकरी छोड़कर भाग खड़ी हुई!'

'दूसरी नर्सों ने कोई विरोध नहीं किया?'

'नहीं, तपन' दा, किसके भरोसे, विरोध करतीं? हर किसी को अपनी जान का भय होता है। जान का भय; इज़्ज़त का भय; चेहरे-आंखों पर ऐसिड फेंके जाने का भय....'

'वे लोग किस वक़्त जाते हैं?'

'ठीक शाम होते ही, वे लोग निकल पड़ते हैं। स्टेशन पर भानू का स्टॉल है न! वही उनका अड्डा है! वहां वे लोग शायद टैब्लेट-गोली निगलते हैं। पता नहीं! उसके बाद, सीधे नर्सों के क्वार्टर की तरफ...'

'अस्पताल की तरफ ही न?'

'हां! हां! अस्पताल तो चांद का घर-द्वार है।'

'आज मेरे साथ रहना तुम लोग।'

बीरू और उसके साथियों के हाथ में सायकिल की चेन थी। तपन के हाथ में भी चेन! शाम के करीब सात ही बजे होंगे। नर्सों के क्वार्टर के खिड़की-दरवाजे बंद। अन्दर बत्तियां जलती हुईं।

चांद या जय को किसी प्रतिरोध की उम्मीद नहीं थी। उन लोगों ने स्कूटर खड़ी की और बराम्दे में चले आये।

तपन ने सबसे पहले जय को धर दबोचा, बीरू लोगों ने बाकी छोकरों को।

'एइ, छोड़, छोड़ मुझे!'

'पहले देख तो ले, किसने दबोचा है।'

'अरे, यह क्या....? मैं....हम....हम....'

'मैंने कहा नहीं था, टाउन में औरतों की बेइज़्ज़ती करनेवालों को सज़ा दूंगा? दीनू बाबू का ज़माना गुज़र गया....। मेरी बात तुम लोगों के पल्ले नहीं पड़ी।'

'मैं....मैं....अब्ज बाबू का बेटा हूँ—'

'अब, देख कौन बाप तुझे बचाता है।'

बेहद दक्ष कुशलता से उन्हें पीट-पीटकर बदहाल कर डाला। उनका आर्तनाद सुनकर विशाल भीड़ जम गयी। तपन उस पर घूंसे बरसाता रहा....बार-बार! लगातार! एक के बाद एक!

उसके बाद, ख़ून से लथपथ, अधमरे बेटों को छोड़कर, एकदम से हुंकार उठा, 'टाउन में जो कोई भी औरतों की बेइज़्ज़ती करेगा, उसका यही हाल होगा। अस्पताल में भी अनगिनत कीर्ति-कथाएं होती रहती हैं, मुझे ख़बर है! कौन, कहां का स्टाफ़ है, कौन, किसका बेटा है, मुझे इसकी परवाह नहीं है—'

नर्स-क्वार्टर की खिड़कियां खुल गयीं।

तपन ने हांक लगायी, 'क्यों, रे, फिर किसी नर्स को उठा ले जायेगा? बोल! तेरा सिर ही धड़ से उतारकर रख जाऊं—'

उसने जय के सिर पर ज़ोर की ठोकर लगायी।

'ना...किसी दिन भी नहीं....'

'तुम लोगों को जान से मार डालने के बाद भी मेरा गुस्सा नहीं उतरेगा। यह पब्लिक भी कमाल है। ये कमबख्त लोग अनाचार पर अनाचार करते चले जायें, फिर भी आप लोग हाथ नहीं उठा रहे हैं? क्यों?'

भीड़ में से जाने किसने तो हांक लगाकर कहा, 'पुलिस भी तो कुछ नहीं करती।'

'आये, पुलिस आकर अब इन मरदूदों को बचाये न! चलो, हम थानेवालों को भी बता दें। इन्हें पड़े रहने दें यहां।'

'ये लोग भाग जायेंगे।'

'अरे, अब ये हिल-डुल भी नहीं सकते! क्यों, जी, चांद, भागोगे?'

चांद गौंगिया उठा।

ओ सी ने छूटते ही कहा, 'यह तो....'

'कुछ ज्यादा ही हो गया! यही न?'

'मतलब, अब्ज बाबू...रतन बाबू...'

'अनाचार की सज़ा एक ही होती है। आप लोग तो उनके बदन को हाथ लगाते नहीं, सो मैंने यह काम कर दिया। जाइये, उन्हें उठा लाइये और करने दीजिये उन्हें केस।'

नहीं, उन लोगों ने केस नहीं किया।

रतन बाबू लोग मरे-समान चुप! डॉक्टर मल्लिक के नर्सिंगहोम में उन लोगों का इलाज होता रहा।

बाद में डॉक्टर मल्लिक ने तपन को बताया, 'दो लड़कों की एड़ी में फ्रैक्चर है; चांद और जय का कॉलर-बोन और पसलियों में फ्रैक्चर है। और भी कई ज़ख्म हैं, जो बेहद गहरे हैं, बस, आंखें बच गयीं।'

'ऐसा अपराध अगर फिर हुआ, तो इस तरह का केस फिर दुहराया जायेगा। दौलत के अहंकार में ये लोग जी भरकर मनमानी करेंगे?'

'प्राइवेटतौर पर, मैं आपको बता दूं कि मैं बेहद खुश हूँ। इन्हीं लोगों की वजह से मैंने अपनी बेटी का गाना-स्कूल में जाना बंद कर दिया।'

'आप लोग तो हमें लुम्पेन....अश्लील समझते हैं। लुच्चे, लुम्पेन तो अब आपलोगों के समाज से ही निकलते रहेंगे। ऐसी वारदातें बार-बार होती रहेंगी।'

'मेरा बेटा डॉक्टरी पढ़ रहा है।'

'मुमकिन है, आपका बेटा, इनसे अलग हो। लेकिन ये लोग अर्थ-सामर्थ्य में, आपलोगों के बराबर हैं। ये-लोग सबूज या बीरू नहीं हैं। वे सब तो गरीब के बेटे थे, खाना नसीब नहीं था, लिखना-पढ़ना भी नहीं सीख पाये, इसलिए लफंगे हो गये।'

'हां, बात तो आपकी सच है।'

इस घटना ने समूचे टाउन में तहलका मचा दिया।

बीरू ने बताया, 'अस्पताल में भी, चंद स्टाफ, औरतों को तंग करते थे–'

'अब?'

'अब, सब चुप्प!'

'मां ने बताया, 'अस्पताल की नर्सें तुम्हारे नाम धन्य-धन्य कर रही हैं–'

सबूज ने कहा, 'सामेजित' दा ने मुझ से कहा, तुम सब अच्छा काम कर रहे हो, सबूज!'

'ऐसे काम वे लोग क्यों नहीं करते?'

'वे लोग सिर्फ मीटिंग पर मीटिंग करते हैं और चंदा वसूल करते हैं। और पता है, अब कहते हैं, अपनी-अपनी शिकायत 'पाट्टी' को बताओ। अपने हाथों में व्यवस्था मत लो।'

तपन निस्पृह!

'चलो, पार्टी को ही बतायें। वे लोग काम तो दिखायें।'

इसके बाद, पुलिस भी टाउन की सड़कों पर मनचले लड़कों के पीछे पड़ गयी।

तपन ने मलय को निर्देश दिया, 'अब उन रईसों को धरो। रतन बाबू, अब्ज बाबू वगैरह-वगैरह हैं न!'

'क्या कहूं उनसे?'

'महीने-महीने हमें 'कट्' अदा करें। उन लोगों की देने की औकात है। गरीबों

की टेंट में हाथ मत मारना। अरे, ऐसे क्यों देख रहे हो? दीनू बाबू को वे लोग नहीं देते थे?'

'उन रुपयों का होगा क्या?'

'तुम ही रख लेना। उन लोगों को प्रोटेक्शन दो। रुपये तो ख़ैर वसूल ही रहे हो, मुझे ख़बर मिलती रहती है, वर्ना रतन बाबू तुम से यह क्यों कहते कि रुपये तो लेते हो, प्रोटेक्शन के नाम पर यह देते हो?'

मलय पसीने-पसीने होता रहा।

'ख़ैर, जो करते हो, करो। लेकिन प्रोटेक्शन का मतलब यह नहीं है कि औरतों पर सपाट ज़ोर-जुल्म चलाओ—'

टाउन में अब कोई दूसरी चर्चा नहीं थी। हर जगह, हर ज़ुबान पर एक ही बात।

अगले दिन तपन, भानू की दुकान पर पहुंचा। भानू हड़बड़ाकर उठ खड़ा हुआ।

'मुझे कुछ नहीं मालूम, तपन, विश्वास करो।'

'उन लोगों को यहां आने क्यों देता है?'

'न आने दूं, इसका भला उपाय है? दुकान तोड़-फोड़कर चले जाते, तो मैं क्या करता?

'तू टैब्लेट नहीं बेचता?'

'तुम तलाशी ले लो। यह मेरी चाय की दुकान है।'

'सबूज वगैरह आते रहेंगे! पैसे देकर चाय पीयेंगे। वे लोग आते-जाते रहेंगे, तो वे लोग आने की हिम्मत नहीं करेंगे।'

'तुम्हारे लोग पैसे भी देंगे?'

'हां, देंगे! पैसे लिये बिना, तुम किसीको कुछ मत देना।'

'देखो, कौन आ रहा है?'

'कौन है, रे, मैंने तो उसे नहीं पहचाना—'

'तेरे गणित के सर जी!'

'रेवती बाबू?'

'हां, दिमाग़ थोड़ा-थोड़ा खिसक गया है। अपने मन में ही बुदबुदाते रहते हैं। बेटे को नौकरी भी मिल गयी। मगर जाने कौन-सा तो रोग लगा, अस्पताल में भी पकड़ नहीं पाये, पट से मर गया। बेटे की नौकरी अब बहू को मिल गयी है। वह वारासात चली गयी। तभी से....यहां चाय पीने आते हैं।'

रेवती बाबू! तपन के बचपन के आतंक! बुज़ुर्ग सरजी तपन के सामने ही आकर खड़े हो गये। आंखें सिकोड़कर उसे देखते रहे।

'तुम....तुम तपन हो न?'

तपन ने उनके पैरों पर झुककर प्रणाम किया।

'सुना, कोई अच्छा-सा काम किया है तुमने? पल्टू की मां बता रही थी। वह सब

ख़बर रखती है! बाहर आती-जाती रहती है न! हउ बेटा, दुष्टों का दमन किया, अच्छा काम किया! यह भला काम है। सुनकर मैं खुश हुआ! वाह-वाह!'

तपन ने राहत की सांस छोड़ी।

'चलता हूँ, सर! भानू, मैं चला–'

'देख, ख़्याल से रहना!'

यह भी एक नयी प्राप्ति है। भानू और वह, बचपन से ही गली-सड़कों पर घूमते-भटकते रहते थे; मार-दंगा किया करते थे। इसके बाद, भानू मूंगफली बेचने लगा। लॉटरी की टिकट भी बेचा करता था या कुछ न कुछ करता रहा। कभी-कभी किसी दल में भी फंस जाता था, मगर स्वभाव से काफी डरपोक था। किन्हीं दिनों, भानू और तपन मैदान में जा बैठे थे और आपस में काफी देर तक यह सलाह-मशविरा करते रहे कि कौन-सा कारोबार आसानी से किया जा सकता है। इन दिनों भानू अपनी चाय की दुकान चलाकर, किसी तरह गुज़ारा कर रहा था। इन्हीं लोगों को तो प्रोटेक्शन की ज़रूरत है।

आज तपन के घर जाने का दिन था।

महीने में एक बार, वह अपने घर जाता है। मां बड़ी बेचैनी से उसकी राह देखती रहती है।

आज मां ने उसे आवाक् कर दिया।

'तुझ से भेंट करने के लिए, जाने कब से बैठी हुई है।'

'कौन?'

'सुमना नर्स!'

'यहां....?'

'हां, मेरे पास आयी थी। मैंने उसे समझाया भी कि उसके इन्तज़ार में यूं बैठी ना रहो, उसे यह सब पसन्द नहीं है। लेकिन वह लड़की अड़ी रही कि वह तुम से मिले बिना नहीं जावेगी।'

'यह सब ठीक नहीं है मां!'

'मैंने तो समझाया था।

'चलो, बुलाओ–'

मां उठकर चली गयी। छरहरी-सी, अति साधारण चेहरेवाली, एक अदद लड़की! उम्र...? यही कोई पच्चीस वर्ष! अच्छी सेहत। उसकी इस उम्र की वजह से ही शायद वे छोकरे....।

'आप मुझ से मिलना क्यों चाहती थीं?'

सुमना कुछेक पल सकपकायी-सी खड़ी रही। उसके बाद, उसने सर उठाया।

'सभी नर्सों की तरफ से और अन्यान्य महिला-स्टाफ की तरफ से आपका शुक्रिया अदा करने आयी हूँ।'

'शुक्रिया अदा करने जैसी कोई बात नहीं है। आप यहां मुझ से मिलने, कभी न आयें।'

'नौकरी करना, मेरे लिए बेहद ज़रूरी है! उस दिन आप के ज़रूरी इन्तज़ाम करके....'

'अच्छा, ठीक है! भविष्य में भी आप लोग ऐसी किसी मुसीबत में पड़ें, तो बीरू की मां से कहला भेजियेगा, या 'वसुन्धरा' कार्यालय में बीरू या किसी को भी ख़बर कर दें। यहां मिलने की कोशिश न करें।'

'ठीक है! आपकी बात याद रखूंगी! नमस्कार!'

'नमस्कार!'

सुमना चली गयी। मां ने दरवाजा बंद कर दिया।

'ये लोग समझती नहीं। इस घर में आती-जाती रहीं, तो....। मेरे ढेरों दुश्मन हैं! अनगिनत दुश्मन! वे यहां आती हैं, इस जुर्म पर जाने काब, कौन, कहां उन पर हमला कर दे.....। औरतों को डराना-धमकाना बेहद आसान है।'

मां ने फिर एक लम्बी उसांस छोड़ी।

'दुश्मन तो ख़ैर, होते ही हैं। लेकिन भला कहनेवाले लोगों की भी कमी नहीं है। ढेरों लोग भला भी कहते हैं।'

'ख़ैर, छोड़ो ये बातें!'

'ऐसी बात काहे करता है? हम हर मंगल और शनि के दिन पूजा देती हैं। तेरी विपदा धीरे-धीरे कट जायेगी।'

'रानाघाट गयी थीं?'

'हां! सूकू कह रहा था कि टाउन के बाहर, गांव की तरफी ज़मीन है, वह भी पांच हज़ार रुपये कट्ठा।'

'चलो, वही ज़मीन देखें—'

'तू सोच क्या रहा है?'

'तुमने डॉक्टर को आंखें दिखायीं?'

'इसी बुधवार को जाउंगी। तेरे बप्पा को भी...पेट में दर्द रहने लगा है....'

'जो भी ज़रूरी है, किये जाओ, मां! मुझे बताने की ज़रूरत नहीं है।'

'कुछ खायेगा?'

'ना' कहने से मां दुःखी हो जाती है, फिर भी तपन ने कहा, 'आज रहने दो, मां! आज ज़रा काम है।'

'रानाघाट में बूकू भी आया था!'

'उन लोगों का एक-दूसरे के यहां आना-जाना है, यह अच्छी बात है! लो, ये रुपये रख लो, मां, बैंक में डाल देना।'

'अगर मैं एक चीज़ दूं, तो तू पहनेगा?'

'ना, मां, मत देना, तुम वह चीज़ क्यों दे रही है, मैं जानता हूँ। लेकिन मेरा इन पर विश्वास नहीं है।'

मां चुप हो गयी।

'सबूज तो यहां आता है–'

'हां, आता है।'

'वह मेरी काफी देखभाल करता है, मां। तुमने जो फूल-बेलपत्र दिया है, उसने मेरे सिरहाने रख दिया है। खाना भी वही लोग पकाते हैं।'

मां ने फिर लम्बी उसांस भरी।

'ख़ैर, यह सब तो वे लोग करेंगे ही। तूने उन लोगों को नौकरी दी है! लेकिन, बेटा, तू खुद क्या अपना ख्याल रखता है?'

'अच्छा, मां, एक बात तो बताओ, तुमने क्या जान गयी थी कि घर-द्वार छोड़कर, मैंने कब मार-दंगे की लाइन पकड़ ली?'

'हां, जान गयी थी। हम भी तो तुझे कितनी-कितनी कड़ी-कड़वी बातें सुनाती थीं। अब भी जब ये बातें याद करती हूँ, तो दुःख होत है।'

'तुम भी क्या करतीं? घर-द्वार का यह हाल था....मैं था बेरोजगार बेटा! वो सब तुम्हारी कड़वी-कसैली बातें, अब मुझे याद भी नहीं हैं। मेरा तो यह कहना है कि मैं क्यां हूँ, तुम बख़ूबी जानती हो। इसलिए तुम मेरी चिन्ता मत करो। चिन्ता करने से क्या फ़ायदा? अब मैं चाहूं भी, तो वापस नहीं लौट सकता। वे लोग मुझे चीरकर फेंक देंगे।'

'कौन लोग? पुलिस?'

'हां, मां! मस्तानी करते चलो, तो भी बेमौत मरना पड़ता है, छोड़ दो तो मौत और करीब आ जाती है। इसीलिए....इसीलिए देख नहीं रहीं, जिस किसी को भी बचाने का मौका मिलता है, मैं कोशिश करता हूँ।'

'कोशिश तो कर रहा है न?'

तपन जानता था, ये बातें कभी सच नहीं होंगी, फिर भी जैसे वह खुद को और अपनी मां को, इसका विश्वास दिलाना चाहता था। इसीलिए तो वह कहा करता है कि जब उसके पास ढेर सारे रुपये हो जायेंगे, तो यह लाइन छोड़कर, कहीं दूर जाकर रस-बस जाये, तो शायद सच ही जी जाये।

'हां, बेटे, चल, ऐसा ही कर ले। तू चाहे जहां भी रहे, तुझे चाहे न भी देखूं, मैं रह लूंगी। बस, मुझे यह पता रहे, तू सही-सलामत ज़िन्दा है। बीच के दिनों में इतनी फ़िक्र नहीं होती थी....लेकिन जब तू लौट आया, तब से मेरे दिल में....'

हज़ार हो, मां इस गृहस्थी की आग में जल-फुंककर सख़्त झांवा बन गयी थी।

इसलिए उसने तपन से कहा, 'अच्छा, बेटा, तू अब घर जा, ज़्यादा रात मत्त कर!'

तपन ने अपनी पैंट की ज़ेब टटोली! रिवॉल्वर! पांवों में बंधा छुरा तो ख़ैर मौजूद

ही है। बांगलादेश आज़ादी की जंग ख़त्म हो जाने के बाद, हथियारों का अम्बार लग गया था। सबूज और उनके साथियों को भी हथियार चलाना सिखाना होगा! उनके हाथों पें भी ये हथियार सौंपने होंगे!

टाइगर ने कहा, 'बार्डर अगर पकड़ में आ जाये, तो वहां इन दिनों आर्म स्मग़लिंग में हैवी रुपइय्ये मिलेंगे! रुपइय्यों से लाले-लाल हो जाओगे।'

पता नहीं, तपन यह काम करेगा भी या नहीं।

तपन उठ खड़ा हुआ, 'अपनी कम्पनी खड़ी करना ही होगी, मां! और रुपइय्ये अभी सिर्फ ज़मीन से ही मिल सकते हैं।'

कम्पनी वाकई खड़ी हो गयी। वह भी इतनी जल्दी खड़ी हो गयी कि तपन को लगा यह तो जादू हो गया।

चूंकि कामकाज़ काफी बढ़ गया था इसलिए उन लोगों को दीनू बाबू की मूल कोठी को ही अपना ठिकाना बनाना पड़ा। उस कोठी में रंग-रोगन किया गया; कोठी की पूरी तरह मरम्मत की गयी। कोलैप्सिबूल गेट बिठाया गया! कोठी का रंग-रूप ही बदल गया। आउट हाउस, आनन्द तालपात्र का दफ्तर बन गया।

प्रधान ऑफिस उठकर, दीनू बाबू के मकान में चला आया। अपने रहने के लिए, दूसरी मंज़िल पर, तपन ने अलग से इन्तज़ाम कर डाला।

आनन्द तालपात्र कलकत्ता से अक्सर ही आता रहता था, क्योंकि विज्ञापन तो कलकत्ते से ही निकालना था। कलकत्ता में 'वसुन्धरा' कार्यालय, तालपात्र के घर के ठिकाने पर ही खोला गया था, जिसे सिटी बुकिंग ऑफिस कहा जाने लगा।

स्टेशन के उस पार हाउसिंग प्रोजेक्ट के घर-मकानों का नक्शा, प्रस्तावित नकुल नगर में 'वसुन्धरा' उपनगर के बारे में, अखबारों में पूरे एक पेज का विज्ञापन आंखों को चौंधिया देनेवाली!

भवानी बाबू ने कहा ज़रूर था कि घर या फ्लैट के लिए इन्सान पगला उठेगा। उसकी यह बात नितान्त सच भी थी, लेकिन इससे पहले तपन को इस हद तक अन्दाज़ा नहीं था।

स्टेशन के उस पार कुल मिलाकर एक सौ नियानवे फ्लैट! जिन लोगों ने दस हज़ार रुपयों का बयाना दिया, उनमें मध्य जगद्दल, नैहाटी कंचरापाड़ा के लोग भी शामिल थे। इस टाउन में, इतने रुपये जमा देकर, फ्लैट बुक करानेवाले इतने लोग मौजूद हैं, तपन को तो इसका भी अन्दाज़ा नहीं था।

कितने सारे नामों के बारे में यह पता ही नहीं चल रहा था कि ये आखिर कौन लोग हैं।

शूकू बाबू ने कहा, 'नाम पहचानकर भी तुम्हें क्या फ़ायदा होना है? रजत बाबू लोगों में से ही किसी ने बैनामी तरीके से दो-दो फ्लैट बुक कर रखा है।'

'लेकिन, वे लोग तो यहां रहेंगे नहीं—'

'भई, रहने के लिए फ्लैट किसने बुक किया है? अरे, रखे रहेंगे, बाद में बेच देंगे।'

'एक लाख बीस-तीस हज़ार रुपये देकर, ये लोग फ्लैट खरीदेंगे?'

'क्यों, खरीदेंगे नहीं?'

'पूरे रुपये चुकाने के बाद ही फ्लैट मिलेगा न?'

'नहीं, थोड़ी-बहुत सुविधा तो ज़रूर मिलेगी। ये फ्लैट 'गवरमिन' तो बना नहीं रही है। वहां, फोट्टी परसेंट देकर ही दख़ल मिल जाता है। यहां सिसटी' परसेंट देना होगा।'

'उस ख़र्च में, इतने सारे फ्लैट पूरे हो जायेंगे?'

'नहीं, काफी कम में पूरा हो जायेगा। मकानों के नीचे दुकान वगैरह भी बनवा दिये जायेंगे—'

'पानी का इन्तज़ाम?'

'होगा! सब होगा! धाकड़-धाकड़ लोग मौजूद हैं। भवानी बाबू ने तुम्हें एक 'अपशन'...विकल्प देने को कहा है—'

'मैं फ्लैट ले लूं?'

'अरे, रहो! रहो! लेने में एतराज क्यों है तुम्हें? अरे, ले लो, बाद में झांप देना। इसमें तो कोई असुविधा नहीं है।'

आनन्द तलापात्र हंस पड़ा, 'वो श्मशान! यहां जो लोग जायेंगे, भगवान करें, वे दीर्घायु हों।'

'लोगों को सब दिखाने-टिखाने का जिम्मा तुम्हारा! और जब घर खड़ा हो जायेगा, तो वहीं रह भी जाना।'

'काफी सारे रुपयों का सामान मौजूद होगा वहां।'

'नहीं, नहीं, तपन वहां नहीं रहेगा—' मोहनलाल बाबू बोल उठा, 'तपन की यहां ज़रूरत है। शूकू, तुम क्या जो बक देते हो, तुम खुद भी नहीं जानते। तुम क्या सारी बात समझते हो? तुम तो बस, कानूनी पक्ष देखते रहो! तपन चेक लेगा, जमा देगा। इसके लिए उसकी ज़रूरत यहां है।'

'और जो लोग वहां बैठे हैं?'

'उन्हें तपन ही उठा देगा—'

'और सुपरविशन?'

'यह तपन देख ले कि वह किसे लेगा! तपन, तुम यह भी समझ गये हो न कुछेक सालों के लिए, तुम ढेर सारे लड़कों को काम दे सकोगे। तुम्हारे लिए एक फ्लैट का ऑप्शन भी रहा।'

'मेरा परसेंटेज कितना पकड़ा है?'

'तुम्हें महीने-महीने दो हज़ार रुपये मिलेंगे। इसके अलावा, हर फ्लैट पर अगर

दो हज़ार रुपये मिलते रहें, तो टोटल में ढ़ेरों रुपये खड़े हो जायेंगे।'

तपन समझ गया। उन लोगों के तैयार किये गये हिसाब-किताब पर निगाह डालते ही उसे अन्दाज़ा हो गया कि हर फ्लैट पीछे उन लोगों को कम से कम बीस हज़ार रुपयों का मुनाफा होनेवाला था।

'कम से कम सौ फ्लैट बुक हो चुके हैं।'

'हां, सो तो हो चुके हैं।'

'हमारा भी काफी सारा पाना बाकी हो चुका है।'

'अभी ही?'

'पर्सेन्टेज में मैं कहां हूँ, ज़रा गौर करें।'

'तुम्हें रुपयों की ज़रूरत है?'

'ज़रूरत तो जब भी होगी, वसूल कर लूंगा।'

'देखो, वहां जो लोग अभी तक जमे बैठे हैं, जब तक उन्हें उठाया न गया, काम नहीं शुरू हो सकता।'

'देखता हूँ—'

'बॉस, इसमें ज़रूर कोई न कोई पेंच है —' टाइगर ने कहा।

'मैं कुछ दिनों आउट ऑफ फोकस था—'

'अच्छा, दारू पिलाओगे?' टाइगर ने पूछा।

'जो चीज़ मैं खुद नहीं पीता, वह तुम्हें कहां से पिलाऊं? बिना पीये, अगर तुम्हें मूड नहीं आता, तो कुश को भेजकर मंगाता हूँ।'

'नहीं, तुम कुछ रुपये निकालो! मैं उन लोगों के साथ नहीं पीऊंगा। एक लड़की हाथ लगी है। बेहद भली और खूबसूरत है। मैंने उसे अकेले अपने लिए...सिर्फ अपने लिए रख छोड़ा है। बिल्कुल घरेलू, गृहस्थ लड़की है। उसका जीजा ही उसे बेच गया। सोच सकते हो? अब जब आ ही पड़ी है, तो....! वर्ना उसके साथ तो गृहस्थी बसायी जा सकती है।'

'तो उससे विवाह क्यों नहीं कर लेते?'

'यह नहीं हो सकता, बॉस! उसके जीजा ने उसे छोड़ा नहीं है। ज़रा-बहुत बर्बाद होकर ही आयी है। उसके साथ गृहस्थी नहीं बसायी जा सकती। वैसे कहा न, अगर चाहूं, तो भी मैं सेटल नहीं हो सकता।'

'देखो, तुम्हारे अन्दर कहीं घर-संसार के प्रति मोह-माया है। तुम्हारी अभी उम्र भी है। तू कहीं और खिसक क्यों नहीं जाता?'

'क़त्ल कर दिया जाऊंगा! ख़ैर, छोड़ो! मुझे तो यह लाइन छोड़ने की सलाह दे रहे हो, उधर नये-नये छोकरे भर्ती कर रहे हो। उनकी लाइफ को जोखिम से नहीं भर रहे हो?'

'हां, यह तो सच है; खैर, छोड़, बता, तू क्या कह रहा था?'

'साव की याद है तुम्हें? तीन नम्बर का साव?'

'वह तो अब रहा नहीं—'

'हां, उसका बेटा, पूजन, अपने बाप का कामकाज सम्हाल रहा था। उसने वहां अपना आदमी बिठा दिया है। वे लोग कम से कम पचास झोंपड़ी की निगरानी कर रहे हैं। वहां पूजन की चुल्लू-भट्टी भी चलती हैं उसका वहां काफी रौब-दाब है! ये लोग उसे वहां से नहीं हटा पायेंगे।'

'रुपइय्ये देने से भी वे लोग नहीं उठेंगे?'

'लाख-लाख रुपये देने की कोशिश की गयी। मौका देखकर पूजन ने पंचायत बुला ली।'

'यह तुम क्या कह रहे हो?'

'पंचायत क्यों न बुलाये? वह ज़मीन किसकी थी, पता है? सुनो, वह ज़मीन हाजीतला के हाजीसाहब की थी। मोहन बाबू और भवानी' दा, दोनों ने मिलकर वह ज़मीन लीज़ पर ले ली। हाजीसाहब का कुनबा तो बांग्लादेश चला गया। शूकू बाबू ने झूठमुठ का नाती खड़ा करके, लीज़ उसके नाम करा दिया। उसके बाद....ज़रा सोच... सारे के सारे लीगल डीड, निन्यानवे सालों का लीज़....'

'बिना पैसे की...मुफ़्त ससागरा धरित्री....?'

'शूकू बाबू ने ऐसे ही कई-कई करतूत किये हैं। इधर ज़मीन की क़ीमत....इन सब फाटकों में बढ़-बढ़कर आग के मोल हो उठा है। पूजन मौकों देखकर, दांव खेलना चाहता है। स्टेशन के उस पार, म्युनिसिपल एरिया है और यह भी जानी हुई बात है कि वहां थर्मल पावर प्लांट बैठेगा। इसलिए, इन लोगों को तुम्हारी ज़रूरत है।'

तपन के माथे की नसें एकदम से फूल उठीं।

'यह मैं हरगिज बर्दाश्त नहीं करूंगा। किसके साथ उन लोगों ने सौदा किया है, उन्हें नहीं मालूम! मुझे न रुपयों की परवाह है, न जान की! मेरे लिए रुपया भी कुछ नहीं है, जान भी कुछ नहीं! जिस दिन पहली बार चाकू चलाया, मैंने समझ लिया, मेरी जान अब खतरे के हवाले हुई। मैं उन्हें देख लूंगा।'

'क्यों? क्या हुआ?'

'सवाल इज़्ज़त का है, टाइगर!' तपन ने धीमी, मगर हिंस्र आवाज़ में कहा, 'मर्डरर की भी तो कोई इज़्ज़त होती है न! जब मर्डरर कहकर बुला लाये हो, तो वह इज़्ज़त भी दो। मुझे किस काम के लिए लाया गया है, यह क्या मुझे दूसरों के मुंह से सुनना होगा?'

'अच्छा, अब मैं चलता हूँ—'

'कल भवानी' दा के पास जाना है। गाड़ी की चाबी देते जाना।'

'देखो, वह रहे या न रहे...'

'डरो मत! उसने मुझे मुर्गा बनाया है, मैं उसे मुर्गा बना दूंगा। रेण्ड, भाभी को

विधवा नहीं बनाऊंगा।'

टाइगर बाहर निकल गया।

भवानी बाबू एकदम से अचकचा गया।

'डर गये? आपको भी कभी डर लगता है?'

'तुम बैठ तो जाओ। उसके बाद शांति से बात करो।'

'तपन शांत नहीं होगा, भवानी बाबू! तपन मर्डरर बंदा है! जो चाकू चलाता है, वह यह भी जानता है कि किसी न किसी दिन उसे भी चाकू खाना है। मर्डरर जानकर ही, लाखों-लाख रुपयों की चोरी के धंधे में जब मुझे बुलाया था, तब पूजन साव को रास्ते से हटाने के लिए ही बुलाया था। ऐसे मामले में साफ-साफ बात करना चाहिये था। इससे मेरी इज़्ज़त को चोट लगी है।'

'अरे, चोरी नहीं, भइये, यह तो धंधा है!'

'यह सिमेन्ट, लोहा, रॉड और रेल 'कन्टराक्ट' का वाला धन, सफेद करने का नाम धंधा नहीं होता। जहां हर फ्लैट में बीस-पच्चीस हज़ार रुपयों का मुनाफा आ रहा है, वे रुपये भी उसी टाउनशिप में लगेंगे।'

'तुम चाहते क्या हो, यह बताओ?'

'जितने भी फ्लैट बुक हो रहे हैं, जैसे-जैसे बुक होते जायें, वैसे-वैसे मेरे रुपये भी तैयार रखें। बिल्कुल रेडी-मनी चाहिये। पूजन का इन्तज़ाम हो जायेगा। इसके लिए दीनू बाबू को डबल रुपये चाहिये। और, हां, अब से यह गाड़ी मैं इस्तेमाल करूंगा।'

'अच्छा है! बहुत अच्छा है! अब तुम तैयार हो गये। अब तुम मोल-तोल करना भी सीख गये।'

'मर्डरर से उलझने की कोशिश मत कीजियेगा। जो एक ख़ून कर लेता है, वह समझ जाता है, उसकी जान की जिम्मेदारी, अब उसके हाथ में नहीं है। वह लापरवाह....विन्दास हो जाता है, भवानी' दा।'

'ऑलराइट! लेकिन, यह गाड़ी नहीं, तुम्हें मैं एक जीप दे दूंगा। तुम्हें भी तो मोबिलिटी...चलने-फिरने की सुविधा चाहिये न!'

'एक बात और याद रखें, सुधीन बाबू की पार्टी झमेला ज़रूर करेगी। वे लोग झोपड़-झुग्गी उजाड़ने के बिल्कुल ख़िलाफ़ हैं।'

'अरे, छोड़ो! कोई भी....कुछ भी ख़िलाफ़ नहीं होगा। पार्टी फंड में रुपये देता हूं मैं। कुछ ही सालों में जब 'डेवलपवेन' शुरू करोगे, वे लोग ज़बरदख़लदारों को उठायेंगे नहीं? सॉल्ट लेक में नया टाउन क्या अपने आप बस जायेगा? लोगों को बसाने के लिए ही लोगों को उजाड़ते रहो। कुछेक सालों में वे लोग भी तैयार हो जायेंगे। जितने दिनों वे इस क़ाबिल नहीं होते, उतने दिनों, जितना बना सको, बना लो।'

'तीर्थ लोग, लालटू बाबू का यूनियन.....ये लोग बाधा नहीं देंगे?'

'लालटू बाबू घास नहीं खाता। थोड़ा-बहुत अनाचार, बलात्कार वगैरह बंद करके तुमने हेवी गुडविल बना लिया है। लालटू बाबू ही कह रहा था कि तीन नम्बर साफ़ हो जाये, तो जान बचे।'

'पूजन को कोई रुपया ऑफर न करूं?'

'उस बंदे को हज़ार रुपये से शुरू करके, लाख रुपइय्ये तक उठा हूँ। वह पांच लाख मांगता है। बोलो तो, वह ज़मीन कितने में ख़रीदी जाये?'

'कितने में?'

'समझ लो, उस ज़माने में, रजिस्टरी और हेन-तेन का ख़र्च देकर, साठ हज़ार रुपये।'

'बेचा किसने?'

'उनके नाती ने।'

'लेकिन मेरे पास कुछ और ही ख़बर है। झूठमूठ का नाती, अमीरुद्दीन, पांच हज़ार रुपये पाकर ही, बॉर्डर-पार भाग गया। इन दिनों नॉर्थ बंगाल में है! ख़ैर, छोड़ें, यह सब आपका मामला है।'

भवानी बाबू खामोश! 'अच्छा, मैं चला....'

'देखो, यह काम बिल्कुल....'

'ऐसा ही होगा। लेकिन, पहले एक बार बात करने के बाद ही....'

'जैसा तुम चाहो, करो! तुम्हें मैं लाया हूँ। तुम से मुझे बड़ी-बड़ी उम्मीदें हैं। मोहन की तो ख़ास....ये....इच्छा भी नहीं थी। मैंने ही कहा कि टाउन का ही लड़का है। इसकी मां-बहन हैं। उनके प्रति खासा मोह भी है....'

'आप मुझे धमकी दे रहे हैं? मां-बहन का ज़िक्र क्यों कर रहे हैं? भाई-बहन के साथ मेरा कोई रिश्ता नहीं है। हां, मां को खर्चा-पानी भेजता हूँ, बस, इतना ही....! मुझे डराने-धमकाने की कोशिश न करें।'

'नहीं, नहीं, भइये, तुम से तो मैं भी डरता हूँ।'

'यह आपका डर-भय नहीं है, मैं आपकी ज़रूरत हूँ। जिसकी ज़रूरत होती है, उससे काम वसूलने के लिए, उससे सही ढंग से पेश आना चाहिये। मुझ से आपका रवैय्या बिल्कुल ठीक नहीं है। कहिये, आपने मुझ से सही व्यवहार किया?'

'ग़लती तो सभी से हो जाती है, भइये।'

'हां, भवानी' दा, ग़लती मानस ही करता है।'

'मैं क्या हूँ? अमानुष?'

'नहीं, अमानुष तो मैं हूँ।'

'आप तो सुपरमैन हैं।'

पांच

'पुराने विवाद की वजह से, दलगत संघर्ष में समाज-विरोधी की हत्या! पूजन साव का हत्यारा फ़रार! मृत व्यक्ति पिछले दस सालों से....' इस समाचार ने समूचे टाउन को थर्रा दिया।

तपन ने रुपये गिने। उसके बाद, पूजन साव से मिलने चल पड़ा।

प्रस्तावित वसुन्धरा हाउसिंग के खुले मैदान के बीचोंबीच कांटों का पेड़, काश का झंखाड़! चारों तरफ झोपड़-झुग्गी! बीच में पूजन का इकलौता पक्का घर।

तपन सुलह करने गया था। चूंकि वहां जाना दुःसाहस का काम था, इसलिए उसने टाइगर और मलय को भी साथ ले लिया था।

पूजन ने पूछा, 'सुलह करने आये हो, तपन, लेकिन, संग में ये लोग क्यों?'

'सुलह के वक़्त गवाहों की भी तो ज़रूरत होती है।'

'मुझे ग़वाहों की ज़रूरत नहीं होती—'

'तुम अपनी मांद में बैठे हो न!'

'हां, आराम से हूँ! हां, कहो—'

'यह जगह छोड़ दो, पूजन बाबू!'

'उस भवानी और मोहनलाल के लिए? क्यों छोड़ूं? लावारिस ज़मीन है।'

'अब उन लोगों का है! इसके अलावा, यहां हाउसिंग बनेगा। ढेर लोग आकर बसेंगे! सारा कुछ बदल जायेगा।'

'और मैं? मैं क्या साधु-वैरागी हो जाऊं?'

'रुपये ले लो।'

'कित्तने तक आये हो?'

'लाख रुपये—'

'हरगिज़ नहीं!'

'देखो, मेरी बात मानो। ये रुपये रख लो और सटक लो! वैसे मैं देखूंगा, तुम्हें एक फ्लैट वगैरह भी मिल जाये...'

'तीन नम्बर में मेरे बप्पा के हाथों तैयार किया हुआ पक्का मकान है! मै फ्लैट

का क्या करूंगा?'

'भाई, सोच लो!'

'रुपये बढ़ाने को कहो।'

'कितने?'

'मैंने पांच कहा था, अब थोड़ा कम कर सकता हूँ।'

'कितना?'

'साढ़े चार लाख!'

'रुपये कहां पहुंचाऊं?'

'वे लोग साढ़े चार लाख देने को तैयार हैं?'

'दे देंगे?'

'तीन नम्बर में।'

'थोड़ा और नहीं उतरोगे?'

'ना—'

'ठीक है, परसों तीन नम्बर के पास, मैदान में आ जाना। यही कोई, रात आठ बजे! पूजन ने बहोत ज़्यादा रुपये नहीं मांगे, टाइगर!'

'नहीं, ज़्यादा कहां हैं?'

'सिर्फ इसीके लिए हाउसिंग अटका रहे, यह भी ठीक नहीं है।'

'ना—!' इस बार मलय ने सहमति जतायी।

'वे लोग भी तो आखिर रुपयों के लिए ही तो काम कर रहे हैं?'

'हां, हां, बेशक!'

'यह बाहर इतना हल्ला-गुल्ला क्यों है?'

'शराब चढ़ाने आते हैं, शोर मचाते हुए! थोड़ा-बहुत उल्टा-पुल्टा काम भी हो जाता है, औरत के मामले में! अब क्या उपाय? थोड़ा-बहुत आराम तो चाहिये न!'

'हां, सो तो चाहिये।'

'तुम दारू नहीं पीते?'

'नहीं, पीता नहीं, पिलाता ज़रूर हूँ।'

कमरे में ट्रांजिस्टर बज रहा था... बजता रहा। टाइगर ने ट्रांजिस्टर का नॉब घुमाया। गाने की आवाज़ तेज़ हो उठी।

'वाह, ट्रांजिस्टर तो बहुत बढ़िया ख़रीदे हो।'

'हां, फिलिप्स का माल है! सिलोन, काठमांडु—सब स्टेशन पकड़ता है।'

पूजन नॉब घुमाकर दिखाने लगा तपन ज़रा नीचे झुका और उसका हाथ एकदम से हवा में लहरा उठा। छुरा उड़कर, पूजन की बांयी पसली में धंस गया।

पूजन का हैरतभरा चेहरा एकदम से झूल गया। अगला वार गले पर, तेज़ी से बांयी तरफ खिंच गया।

उसीकी धोती में छुरा पोंछकर, तपन उठ खड़ा हुआ।

'चलो! दरवाज़ा उढ़का दो। इसे रेडियो सुनने दो–'

उसके बाद जीप! वे लोग आगे बढ़ गये।

'उफ! मेरी तो समुच्ची देह थर-थर कांप रही है। ऐसा जोखिम भला कोई लेता है?' मलय ने कहा।

'नो रिस्क, नो गेन, मलय!'

'अगर वे लोग आ पड़ते, तो?'

'हमारे पास भी चेम्बर था–'

पूजन वहां एक ही दिन ठहरता था। हमेशा ही तीन नम्बर में नहीं लौटता था। इसलिए तीन नम्बर ख़ास चकित या उद्वीग्न नहीं हुआ। उस मैदान में भी पूजन अपने कमरे में, रेडियो सुना करता था। उन लोगों ने भी ख़ास ध्यान नहीं दिया। पूजन के अंगरक्षक दारू पीने चले गये थे। वे लोग दारू पीने अक्सर चले जाते थे।

रात करीब बारह बजे, उन लोगों ने पूजन के दरवाजे पर दस्तक दी। कोई आहट न पाकर, वे कमरे के अन्दर दाखिल हुए।

अगले ही पल वे लोग ज़ोर-ज़ोर से चीख उठे।

'जरूर रुपये-पैसे की बात होगी। कोई प्राइवेट मामला था। हम लोगों को हट-बढ़ जाने का हुक्म दिया। लेकिन, अब क्या होगा?'

'यहां कौन आया था?'

'तपन बाबू–'

'हमें थाने चलना चाहिये–'

'थाने कौन जायेगा। उधर थाना और तपन बाबू तो गुड़-मक्खी जैसे हैं।'

'फिर भी....बताना तो होगा।'

'जो भी बोलने जायेगा, वे उसे ही धर दबोचेंगे।'

'वे लोग विभ्रान्त-दिशाहारा! सब एक-दूसरे का मुंह देखने लगे।

'तो, चलो भाग चलें!' उनमें से एक ने कहा।

'क्यों?'

'अब तो पूजन बाबू रहे नहीं। अब बचायेगा कौन?'

'चलो, बुढ़िया से पूछें–'

मोती बूढ़ी! किसी चुल्लू-ठेके की मालकिन! बदन पर काले रंग की साड़ी, काले रंग का ब्लाउज़! बालों में मेहंदी का रंग! आंखें भी कंटीली! माथे पर गोदने के निशान।

उसका विशाल शरीर लाठी के सहारे टिकाकर खड़ा हो गया।

'मर गया पूजन बाबू?'

'हां, बूढ़ाराम!'

'अब तो हमें बचानेवाला कोई नहीं रहा।'

‘उसे मारा किसने?’

‘पूजन बाबू अगर रुपइय्यों की बात मान लेते।’

‘अब हम क्या करें?’

‘थाने तो जायेंगे, मगर किसी का नाम नहीं लेंगे?’

‘हम को वह उठा तो ज़रूर देगा।’

‘लालटू बाबू से कह देखूं। नयी सरकार गरीब लोगों को नहीं उठायेगी। हम लोग यहां दस सालों से हैं। हमारा क्या कोई हक़ नहीं है? पूजन बाबू कहते थे कि बारह साल तक रह जाओ तो वहां हक़ बन जाता है।’

पूजन साव की मृत देह जब तीन नम्बर में पहुंची, तो देखनेवालों की भीड़ लग गयी। गली और सड़क पर मनहूस सन्नाटा! पूजन का साला, भांजा—ये लोग सब गाड़ी में ही बैठे रहे। पूजन के घर के अन्दर, उसकी बीवी और दूसरे रिश्तेदारों का करुण विलाप गूंज उठा।

मोती बूढ़ी के डेपुटेशन को लालटू बाबू ने अहमियत ही नहीं दी।

‘किसका दख़ल? किस बात का दख़ल? दख़ल है, तो उसका कागज़ भी होगा। कहां है वह कागज़? कागज़ ले आओ, तब देखूंगा। कहीं रह जाने से ही क्या वहां दख़ल हो जाता है? तब तो जो लोग प्लेटफारम पर रहते हैं, वे लोग कहेंगे, रेल का प्लेटफारम हमारा है।’

मोती बूढ़ी ने ही पूछा, ‘ए हो, लालटू, अब हमलोग कहां जावें?

‘मुझ से कुछ न कहो, मासी! मुझे कुछ नहीं मालूम यहां तुम लोगों को क्या हमने बसाया था?’

‘नहीं, पूजन बाबू ने बसाया था।’

‘मैं तुम लोगों को उठाने भी नहीं गया। इस ज़मीन के जो मालिक हैं, जाकर उनसे कहो-सुनो।’

‘लेकिन, हमने तो सुना था कि तुमलोग झोपड़-झुग्गी उजाड़ने नहीं दोगे?’

‘अरे, मासी, अगर मेहनतकश इन्सानों की बस्ती तोड़-फोड़ दें, तो वह और बात है। तुम लोग भला यहां कौन-सा काम करते थे कि पब्लिक तुम्हारा सपोर्ट करेगी? अभी तो तुम्हें भले-भले समझा रहा हूं कि तुम लोग यहां से उठ जाओ, वर्ना कब, कौन आकर सब तोड़-फोड़कर, तुम लोगों को पीट-पिटाकर उजाड़ देंगे, तब क्या करोगे?’

‘अरे, जाओ, जाओ, हम जायेंगे कहां?’

‘यह मुझे नहीं मालूम! जाने कब तो स्टेशन बाज़ार से तपन ने पुराने हॉकरों को लतिया-जुतियाकर निकाल बाहर किया था, याद नहीं?’

‘भइया, तुम भी बाबू हो, मोहनलाल भी बाबू हैं। तुम लोग आपस में एक-दूसरे को मानकर चलते होगे। गरीबों का ही कोई नहीं होता।’

‘बाद में, जब तपन और मोहनलाल मिले, तो मोहनलाल ने ही बात छेड़ी, ‘इस

बार, पुलिस लाकर इन लोगों को मारकर खदेड़ दिया जाये।'

'नहीं! मारने-पीटने की क्या ज़रूरत है? आप लोग तो गुडविल तैयार करेंगे।'

'फिर....?'

'उन लोगों को उठ जाने के लिए, हर घर के पीछे दो सौ रुपये दीजिये ओर लेबर माजदूर तो काफी लगेंगे। उन्हीं लोगों में से कुछेक को लेबर रख लीजियेगा।'

'यह सब क्या है?'

'मेरी शर्त!' वे लोग तो तीन नम्बर के करीब लाइन लगाकर बैठ जायेंगे। वहां आप मकान बनायेंगे, तो हरदम माल चोरी करेंगे और झमेला करेंगे।'

'इन सबकी निगरानी के लिए लड़के हैं न?'

'नहीं हैं, कोई नहीं है। कुर्सी पर बैठे-बैठे खूब तो छांट रहे हैं। जाइये न, एक बार तीन नम्बर का चक्कर लगा आइये न! लोग-बाग़ जले-फुंके बैठे हैं।'

आनन्द ने कहा, 'वह आदमी तो समाज-विरोधी था।'

'कलकत्ता में समाज-विरोधी लोगों को नहीं देखा? आप लोगों के यहां कमल घोष ने फ्लैट नहीं ख़रीदा? वह कौन-सा समाजसेवी था? समाज विरोधियों की तो आप लोगों को ज़रूरत होती है, वर्ना मैं यहां कैसे बैठा होता? फालतू की बातें न करें।'

पूजन के क़त्ल के मामले में थाना ख़ास खुश नहीं हुआ, लेकिन टाउन में काफी हड़कम्प मच गयी थी।

सोमजित ने कहा, 'इस तपन का पैटर्न अपुन ने पकड़ लिया है–'

क्रुद्ध, चिन्ताकुल तीर्थ ने पूछा, 'उसका पैटर्न तुमने कहां से देख लिया?'

'पूजनमार्का समाज-विरोधियों को तो आप फेंक ही दें, क्योंकि अब और-और चेहरों के समाज-विरोधी मैदान में आ रहे हैं।'

'मसलन?'

'किस-किसने ज़मीने हथिया लिया, कौन-कौन घर-मकान बनवाता है, अब देखते रहो।'

'सुनो, ये बातें ठीक नहीं हैं।'

'क्यों? भवानी बाबू फंड में रुपये दे रहे हैं, इसलिए?'

'आजकल तुम्हारी बातचीत....'

'भई, मैं तो राजनीति करने आया हूँ, किये जाऊंगा। हां, अनगिनत मामलों में मेरा नैतिक समर्थन नहीं है।'

'ये सब बातें हमारी मीटिंग में ही कर लेना।'

'हम लोग ने एक भी बात नहीं की और वे लोग उजड़ गये?'

'नन्दिता कह उठी, 'तुम लोग भी न, क्या बात करते हो? ये लोग चुल्लू-भट्टी का धंधा चलाते थे, जुआ खेलते थे, इन जैसे लोगों को उजाड़ना नहीं चलेगा? अरे, सोमजित, थोड़ा तो वस्तुवादी बनो।'

अभीक ने कहा, 'मैं सोमजित से एकमत हूँ। छोटा पाप मिटाया जा रहा है और बड़ा पाप अड्डा गाड़कर पनपनेवाला है। लेकिन, चम्पक लोगों ने इनके विरुद्ध भी आवाज़ उठायी थी। वे लोग चम्पक लोगों से डरते थे, लेकिन हमसे नहीं डरते।'

'भई, ऊपर-ऊपर के लेबल में मेलजोल पनपता जा रहा है, डरेंगे क्यों? ये बातें तो हम लोग ही उठायेंगे।'

'चलो, इसी चुनाव में देख लेते हैं। बस, साल भर ही तो रह गये हैं—'

'उफ! रुपइय्यों का कैसा ख़तरनाक खेल चल रहा है। अरे, फाटका खेलकर, ज़मीन के दाम उठा लेंगे। अब मध्यवित्त के हाथों में कुछ भी नहीं रहेगा।'

'तपन ही क्या टिका रह सकेगा?'

'अरे, एक तपन चला जायेगा, तो कोई दूसरा तपन आ जायेगा।'

उस दिन कोई भी यह अन्दाज़ा नहीं लगा सकता था कि कुछ ही सालों में तस्वीर किस क़दर पलट जायेगी। ये समाज-विरोधी लड़के अब भवानी बाबू का 'शेल्टर' नहीं खोजेंगे। अब वे लोग भवानी बाबू से कहीं ज़्यादा क्षमताशाली लोगों का 'शेल्टर' पा लेंगे। तीर्थ, अभीक, सोमजित, बाबुल, नन्दिता—ये सब साथ जायेंगे। उनका नाम होगा—'विक्षुब्ध'।

राजनीति के साथ संत्रास, समाज के निचले तबके में एकात्म हो जायेंगे। कांग्रेस के जीवन बाबू लोगों का संत्रास, आम लोगों को विक्षुब्ध और हतूश्वास कर गया था। कभी ये सब लोग भी इन्सान के कंधे से कंधा मिलाकर लड़े थे। इन सब कारणों के योगफल का ही नतीजा था कि नयी सरकार बनी। लेकिन यह ख़्याल किसी के भी दिमाग़ में नहीं था कि सुधीन बाबू का भतीजा, आलोक, एक दिन इस टाउन का बॉस हो जायेगा। हां, यह बात किसी की कल्पना में भी नहीं थी कि समाज में दुर्नीति ही सर्वव्यापी हो उठेगी। सुधीन बाबू, लालटू बाबू के पास इतनी दौलत आ जायेगी।

भविष्य नज़र नहीं आता! उस दिन भी भविष्य नज़र नहीं आया।

पूजन के ख़ून हो जाने से टाउन को खुशी ही हुई। एक समाज-विरोधी ही तो दुनिया से उठ गया। वाकई ख़ूनी के सीने में साहस था। पूजन की मांद में घुसकर, पूजन का ख़ून कर आया।

उन्हीं दिनों बाज़ार में कुछेक बातें हवा की तरह फैल गयीं।

तपन के पास कोई बेहद शक्तिशाली कवच है।

उसके गुरु का आदेश है, इसीलिए वह शराब को हाथ भी नहीं लगाता और औरतों के मामले में भी बेहद संयमी है।

तपन एक हाथ से रिवाल्वर और दूसरे हाथ से छुरा चला सकता है।

सबूज ने कहा, 'बाज़ार में कितनी-कितनी बातें फैली हुई हैं।'

'अफवाहें उड़ती ही रहती हैं। दीनू बाबू, के नाम भी अनगिनत कहानियां प्रचारित की गयी थीं। इन बातों पर कान मत दे।'

'उस दिन हम लोगों को साथ क्यों नहीं लिया?'

तपन का एक करारा तमाचा सबूज के गाल पर पड़ा। सबूज छिटककर दूर जा पड़ा।

तपन गरज उठा, 'ना! मैं तुम लोगों को किसी दिन भी अपने साथ नहीं ले जाऊंगा। तू क्या और एक 'मैं' बनना चाहता है?'

सबूज उठ खड़ा हुआ!

'शायद बन जाओगे, शायद बन ही जाओ। लेकिन मैं तुम्हारा हाथ पकड़कर, तुम्हें ख़ून कराना नहीं सिखाऊंगा।'

थोड़ा ठहरकर उसने ईषत हंसकर कहा, 'इस लाइन में टॉप में उठना आसान नहीं है, सबूज! बेहद टफ है! बेहद मुश्किल!'

'बेहद मुश्किल है?'

'बे-ह-द! ठंडे दिमाग से किसी की जान लेना, उतना आसान नहीं है। लेकिन गरम दिमाग़ से क़त्ल करना बेहद आसान है।'

रंगीन यह बात भूल गया था। रंगीन धीरे-धीरे सर्वनाश की ओर बढ़ रहा था।

बीरू एक दिन किसी लड़की को तपन के पास ले आया।

'तुमसे यह जाने क्या बात करना चाहती है।'

'यह लड़की है कौन?'

'रंगीन ' दा की.... वोऽ....'

वह कमरे में दाख़िल हुई। विवाहिता औरत! उम्र करीब छब्बीस साल! साथ में एक बच्ची भी थी! उम्र छः-सात साल!

'हम का बतावें, कइसे बतावें? वो हमका संकटा काली मंदिर में ले जाकर, हमसे बियाह किया। हमारी मांग में सेंधुर भरा....'

जला-तपा सख़्त चेहरा! रंगीन, साफ-सुथरी साड़ी। कलाइयों में सोने के पानी चढ़े कंगन! गले में हार! कान में इयरिंग! पांवों में चांदी की पायल! चेहरे पर अगर बहुत ज़्यादा ब्रूनो के निशान न होते, तो उसे खूबसूरत ही कहा जाता। आंखों की दृष्टि बेहद उत्तेजित!

'क्या नाम है आपका?'

'हमका 'आप' क्यों कहत हैं?'

'नाम तो बतायें!'

'पापिया, अबहिन दास, पहिले सिंह!'

'क्या कहने आयी हैं?'

'हमका बचा लें! हम पर दया करें....हमरी बच्ची को बचा लें।'

'बीरू! बच्ची को ले जाकर बाहर बिठा। हां, अब बतायें—'

'हम बड़ी विपदा में फंस गयी हैं—'

'हुआ क्या है, यह बतायें?'

'बच्ची का बप्पा लउट रहा है। ऊ आवेगा, तो उसको भी क़तल कर देगा और हमका भी।'

'गज्जू सिंह कब लौट रहा है?'

' अब, देखें, कहीं कउनो इन्साफ़....कउनो विचार नाहीं है। 'मड्डर' करके पकड़ा गवा। सात बरीस का जेल हो गवा! बीमारी! बीमारी! ई बहाना बनाकर, ऊ अपने वकील से अर्जी पर अर्जी भेजकर अपील कराता रहा। सज़ा का बख़त कम कराय लिया या जाने का भया.....अब आय रहा है।'

'आपको कैसे पता चला?'

'वकील तो नैहाटी में रहत है। एक जन ख़बर लैकर आवा। ऊ आय गया, तो हमका जान से मार देवेगा। और....'

'और क्या?'

'ई मानस भी बाहर नहीं जाय रहा! कित्तना-कित्तना समझाया कि ऊ आय जावेगा, तुम कहीं हट-बढ़ जाओ। मगर ऊ नाहीं सुनत है।'

'आपने ही तो कहा कि रंगीन से आपका ब्याह हुआ है?'

'हउ, काली मंदिर में....'

'फिर....?'

'एहू तो अत्याचार है न? देखें, मोरा हुइ अदद घर है! दूनों हमार निजी जामदाद है। ई दूनो घर, सा बाबू मोरी मइयो को दै गये थे। पूजन साव नाहीं, ओका बप्पा दे गवा था।'

'क्यों दी थी?'

'ऊ मोरी मइयो का बहुत ध्यान रखत रहे। ई दूनो घर की वजह से ही सिंह से हमार बियाव भया, नाहीं तो ऊ ठहरा छपरा जिला का मानस। ऊहां उसका जमी-जमा भी है फिर उसने हमसे बियाह काहे किया? देस की जमीन बेचकर, सिंह ने ईहां के घर में अउर एक कमरा बनवा लिया; एक नल भी बैठाल लिया....'

'आप चाहती हैं, रंगीन चला जाये?'

'हां, जावेगा तो वो ही जावेगा। हम काहे जावें?'

'तो आप उसके साथ गयी ही क्यों थीं?'

'हम मानत हैं, हमसे भूल हुई गयी। तब तो ई सोचा नाहीं था कि ई घर में भाटी बैठालेगा; दूसरी-दूसरी मउगी लायकर कुकरम करेगा, मगर घर-गिरस्ती का खर्चा-पानी नाहीं देवेगा।'

'गज्जू अगर लौट आया, तो वह आपको जान से मार डालेगा?'

'जरूर मार डालेगा; हमका तो वो कुच्ची-कुच्ची काट ही डालेगा, मोरी बचिया को भी का छोड़ देवेगा?'

'आप सबकुछ बेच-बाचकर कहीं और नहीं जा सकतीं?'

'हम काहे जावें? अउर बेचने में भी तो टैम लागत है। ई मानस अगर हट-बढ़ जावे, तो बेबाक बच जाये।'

पापिया ख़ासी शातिर औरत थी, लेकिन उसकी निगाह बदल गयी थी। कुल मिलाकर, वह तपन से कोई भरोसा चाहती थी। लेकिन सच्चाई तो कुछ और थी। पापिया, सुमना नहीं थी।

तपन ने भौंहें सिकोड़कर सच बात ही जाहिर कर दी, 'देखिये, जो घट गया या जो घटने की आशंका से आप डरी हुई हैं, उसके लिए अकेला रंगीन ही जिम्मेदार नहीं है, आप भी उसमें शामिल हैं। वह शख़्स जेल चला गया, आप इस बन्दे से ब्याह रचा बैठीं। अब वह छोड़कर जाने को राज़ी नहीं। गज्जू सिंह आ धमका, तो आप दोनों पर मुसीबत टूट पड़ेगी। रंगीन को अपने यहां रखकर ही, तो आपने ग़लत किया। रंगीन को अपने यहां बसाना ही नहीं चाहिये था।'

'मोरी मइयो भी यही कहिस। मोरा बप्पा मालबाज़ार में डकैती करने गवा, धर लिया गवा और उसका चालान हुइ गवा। मइयो ईहां आकर अपना दुसरा बियाह कर लिहिस। ऊ मानस भी गिरस्ती में खर्चा-पानी नाहीं देत रहा। अंत में साव बाबू की दया से, ई जरा-मनी पाये हैं। लेकिन, मोरी मइयो तो खून ना भयी। ऊ तो अस्पताल में मरी।'

'पता नहीं रंगीन मेरी बात मानेगा या नहीं। मैं उससे बात करूंगा।'

'आप कहेंगे तो ऊ डर के मारे दुम दबाकर भाग जावेगा।'

पापिया अपनी बेटी को लेकर चली गयी।

'बीरू!'

'हां, भाई जी!'

'ऐसे-ऐसे लोगों को तू घुसने क्यों देता है?'

'उसको कउन रोक सकता था? यहां घर के सामने घुर-घुर चक्कर लगा रही थी। बड़ी पाजी औरत है और जुबान क्या पटापट, कैंची की तरह चलती है। अपनी बेटी का दुःखड़ा रो रही थी न? अपनी बेटी के लिए, उसका दरद मानो उमड़ा पड़ता है। कानों में तो सैंकड़ों बातें आती हैं। पतार नहीं, भइया!'

'इन सब गलीज मामलों में, मैं नहीं पड़ना चाहता।'

'पड़ने की ज़रूरत क्या है? रंगीन से कुछ कहना-सुनना, अपनी इज़्ज़त ख़राब करना है। रंगीन अपने जीते-जी ऐसे सुख की जगह छोड़कर नहीं जानेवाला! तुम कुछ कहोगे, तो वह उसका उलट माने निकालेगा। गज्जू ही उसको सही सबक सिखायेगा। रही पापिया? उसे तो मालूम था कि गज्जू सिंह किसी न किसी दिन ज़रूर लौटेगा। पहले उसने कुछ क्यों नहीं सोचा? तीन नम्बर के मामले में, कोई, कुछ नहीं कर सकता।'

'हां, वह जगह जस की तस रह गयी।'

'हमेशा, वैसी की वैसी ही रहेगी।'

'नहीं, यह जगह जस की तस क्यों रहेगी?' नपी-तुली, शिष्ट हंसी बिखेरते हुए आनन्द तलापात्र ने अपना मंतव्य जाहिर किया।

वह नकुल विश्वास स्टेशन के पश्चिम में प्रस्ताविक सैटेलाइट नगर के आर्किटेक्ट-डिज़ाइनर, डी पी सेइन से बातचीत कर रहा था।

सेइन के दादा अपने को 'स्यान' कहते थे, ईलिश मछली को 'इलूशा' और बिल्ली को 'मेकुर' कहते थे। उनके बेटे ने 'सेइन' लिखना शुरू किया। अब यह परिवार, सेइन परिवार बन गया था।

अगर कोई पूछता था, 'आप लोग क्या बंगाली हैं?'

वे हंसकर जवाब देते थे, 'हम भारतीय हैं।'

इसके अलावा, वे कह भी क्या सकते थे? उनकी बीवी हैदराबाद-दुहिता थी; बड़ी बेटी का पति पुणे का महाराष्ट्रियन; छोटी बेटी का पति हरयाना का जाट और इकलौते बेटे की बहू, मणिपुरी! उनके घर में अंग्रेजी और हिन्दी ही बोलचाल की भाषा थी।

डी पी सेइन ने कहा, 'थिंक बिग! ऊंचा सोचो! इतनी बड़ी ज़मीन है। इसे किसी और तरह की मॉडेल कॉलोनी बनाइये। कलकत्ते के करीब है! वहां सुपरमार्केट, मनोरंजन पार्क, अस्पताल वगैरह सारा कुछ होना चाहिये।

'नहीं, प्रमोटर लोगों का टार्गेट है—बंगाली मध्यवित्त, उच्च मध्यवित्त! आप इन्टरेस्टेड हैं?'

'नहीं, नहीं, मुझे तो बम्बई पसन्द है। बहुत दिनों पहले ही, मैंने वहां फ्लैट भी ख़रीद लिया है। असल में पश्चिम बंगाल को आइडिया देने से कोई फ़ायदा नहीं। दूससे-दूसरे स्टेट्स में कितनी स्मार्ट और सुन्दर-सुन्दर हाउसिंग तैयार हो रही हैं।'

'लेकिन मैं तो बिल्कुल अन्दर तक बंगाली हूँ।'

'कैसे बन गये, पता नहीं।' अगर भविष्य को देख पाने जैसी नज़र होती, तो समझ जाते, कलकत्ता का कोई भविष्य नहीं है। आपको क्या लगता है, एक अदद सॉल्ट लेक या गॉल्फग्रीन क्या कलकत्ता को बचा लेगा?'

'शहर मरता नहीं!'

'दुनिया का इतिहास उठाकर देखें, कितने ही शहर मर गये।'

'अब पुराना रोम नहीं रहा, तो क्या नया रोम नहीं बसा?'

'पश्चिम की बात छोड़ें। भारत की बात भी छोड़ दें, पश्चिम बंगाल की बात करें! पश्चिम बंगाल की! पहले था गौड़, अब हो गया मालदह, वह भी एक छोटा-सा टाउन मात्र! कलकत्ता तो घुट-घुटकर ही मर जायेगा। इन्सान बढ़ता जायेगा, जगह कम पड़ती जायेगी।'

'आप जैसे आदमी ने वसुन्धरा कॉलोनी में दो-दो फ्लैट बुक किया है।'

'भई, मैं परिवार से बाहर निकल आया हूँ। लेकिन मेरी दो-दो बुआ हैं, जिनकी मदद न मिली होती, तो मैं...। दोनों बुआ स्कूल में पढ़ाती थीं; शादी-ब्याह किया नहीं; अब उम्र हुई। पापा ब्राम्हण लड़की ब्याह लाये, इसलिए दादा ने उन्हें कुछ नहीं दिया। ऑल टू दोनों बुआ। बुआ ने ढाका का अपना मकान बेच दिया और अपना सारा कुछ मुझे सौंपकर, मेरी मदद की। वे दोनों अब यहां सेट्ल करना चाहती हैं।'

'तो ऐसा कहिये न!'

स्टेशन पार करके, तीन नम्बर से आगे बढ़ते हुए, डी पी सेइन ने कहा, 'यह जगह, अब ऐसी ही रहेगी।'

'ऐसी ही क्यों रहेगी?'

'यहां बदलेगा क्या?'

'डेवलप करेगी—'

'किस चीज़ से डेवलप करेगी?'

'अभी यह जगह अपराधों का अड्डा बनी हुई है। लेकिन ऐसी रहेगी नहीं?'

'यह मैं जानता हूँ।'

'क्या जानते हैं? तीन नम्बर को जानते-पहचानते हैं?'

'ओ येस! वहां देशी शराब, वेश्याओं का देह-व्यापार, मर्डर, अपराधियों को शेल्टर देते हैं.....पुलिस तक वहां क़दम रखने से डरती है।'

'आपको कैसे मालूम?'

डी पी सेइन के हाथों की उंगलियों, होंठों की कोरों और आंखों की चारों तरफ सफेद-सफेद दाग़!

उन्होंने उंगलियां फैलाकर, उन पर निगाहें गड़ाकर कहा, 'मेरा एक दोस्त है, क्राइम-समीक्षा करता है। कलकत्ते की आस-पास की कुछेक जगहों के बारे में, उन्होंने रिसर्च किया है। इन सब जगहों के साथ क्राइम का टाइ-अप ज़रूर रहता है! इन जगहों का जुर्म का एक रिश्ता होता है! अनिवार्य रूप से होता है।'

'आप भी न, क्या बात करते हैं।'

'वेल! ऐसा नहीं है क्या? भवानी बाबू की ही लो! पिछले दो सालों में टाउन में इतने सारे ख़ून क्यों हुए, कैसे हुए? अभी भी आपके साथ-साथ जिन-जिन लड़कों को रख छोड़ा है....'

'धीरे! धीरे!'

'अरे, भई, यह तो बातचीत हो रही है। फिलहाल, ये सब जगहें, ऐसा ही रहेंगी! इसी तरह! जिसे कहते हैं, दमघोंटू जगह! जहां सांस तक न ली जा सके।'

'यह सब जगहें, ऐसी ही रहेंगी?'

'हां, यह हो सकता है कि जनसंख्या का दबाव बढ़ते-बढ़ते, यह ज़मीनों का मामला इस कदर लोभनीय हो उठेगा कि आप लोगों से भी कहीं ज़्यादा ताकतवर, कोई

प्रकट हो और ये तमाम जगहें खरीद ले और बुलडोज़र चलाकर सारा कुछ तोड़-ताड़ डाले; सबको उजाड़ दे।'

'सच्ची? ऐसा कब होगा?'

डी पी सेइन हंस पड़े।

'बहुत जल्दी तो नहीं। यह न भूलें कि आजकल दूसरी सरकार है। अभी डेढ़-दो हज़ार लोगों को हटाना संभव नहीं होगा। पश्चिम बंगाल अभी भी बेहद गरीब है। यहां ढेरों निम्न-मध्यवित्त बसे हुए हैं। जब समाज में अगाध काला धन, हर वक़्त आने-जाने लगेगा; ढेरों-ढेरों लोग 'ईज़ी मनी' बना लेंगे, तब ऐसा ही होगा।'

'देखिये, ये बातें और किसी को मत बताइयेगा।'

'नहीं, नहीं, आप लोगों के कलकत्ते के घर-मकान मुझे अच्छे लगे हैं। खूब इकोनोमिक....कम-ख़र्च प्लानिंग हैं। अच्छा ही है! लेकिन ख़रीद कौन रहा है, इस ओर ध्यान रखा है?'

'दैट इज़ ऑल ए व्यवसाय!'

'इन हाउसिंग में रहना सुरक्षित तो होगा न?'

'हां-हां, इसकी गारंटी दी जाती है। लेकिन अब, आप ख़ून-ज़ख्म का जिक्र मत छेड़ दीजियेगा।'

'नहीं, यह ज़िक्र क्यों छेड़ूंगा? मुझ पर यह सब बाधा-विपत्ति आने का सवाल ही नहीं उठता। मैं तो आप लोगों का कस्टमर हूँ।'

'आप नहीं, आपकी दोनों बुआ!'

'हां, मैं तो पश्चिम बंगाल में रह ही नहीं सकता। मैं तो बम्बई में रहूंगा। हैदराबाद में एक घर बनाया ज़रूर था, मगर बेच दूंगा।'

आनन्द उनकी तरफ बेहद सम्मानभरी निगाहों से देखता रहा।

'आप जब भी यहां आते हैं, तो लैंसडाउन कोर्ट में ठहरते हैं?'

'हां, अब वह फ्लैट भी बेच दूंगा। अभी वहां दोनों बुआ रहती हैं। जब वे लोग यहां चली आयेंगी, तो वह फ्लैट भी बेच दूंगा।'

'दोनों औरतें, अलग-अलग दो फ्लैटों में रहेंगी?'

'एक में रहेंगी, एक किराये पर उठा देंगी। लगता तो है, हाउसिंग सुन्दर ही होगी।'

'सिर्फ दो औरतें ही रहेंगी फ्लैट में?'

'हां, अभी भी तो वे दोनों ही रहती हैं। अरे, यह क्या? यहां की ज़मीन पर तो अभी भी लोग बैठे हुए हैं? अभी भी घर-झोंपड़ी नज़र आ रही हैं।'

'नहीं, सब जा चुके हैं। ये लोग भी चले जायेंगे।'

'वे सज्जन कौन हैं? वो...यंगमैन? किस से तो बातें कर रहे हैं! स्ट्राइकिंग पर्सनलिटी है! बेहद स्मार्ट व्यक्तित्व!'

'बाद में सुन लीजियेगा! अरे, तपन बाबू आप? नमस्कार! नमस्कार!'

'नमस्कार!'

'ये हैं डी पी सेइन!'

'ये साहब ही तो डी-थ्री और डी-फोर खरीद रहे हैं?'

'हां, ये हैं, तपन बाबू!'

'नमस्कार! यहां क्या अभी भी स्कोवाटर बैठे हैं?'

'आज जा रहे हैं–'

तपन अब मोती की तरफ मुखातिब हुआ!

'तो तुम लोग आज ही जा रहे हो न?'

'हां, जाय तो रहे हैं। लेकिन रेल की ज़मीन से फिर उठा तो नाहीं देवेंगे?'

'रेल-किनारे से? कहीं देखा तो नहीं!'

'जदीं उठाय दें, तो आप दुबारा बसा दीजियेगा।'

'देखा जायेगा।'

डी पी ने तपन से पूछा, 'आप भी फ्लैट ले रहे हैं?'

'अभी तक सोचा नहीं! चलता हूँ!'

तपन आगे बढ़कर, जीप पर सवार हो गया। सबूज ने जीप स्टार्ट की। आनन्द ने माथे का पसीना पोंछा।

उसने बेहद खुसफुसाकर कहा, 'यह जगह कभी क्रिमिनल लोगों का डेन था–'

'हां, सुना कि कोई गैंग-लीडर का ख़ून....'

'धीरे-धीरे! वह जो अभी यहां से गया, आपने देखा नहीं? वही अब बॉस है।'

'वह डॉन है?'

'नहीं, बॉस है।'

'अरे, एक ही बात है! समाज-दुश्मन है न?'

'हांऽ, चलिये अब लौटा जाये।'

'इतिहास....मतलब जुर्म-अपराध का इतिहास पढ़ें। ये समाज-दुश्मन खुद ही एक-दूसरे का ख़ून कर देते हैं और ख़त्म हो जाते हैं। इस क़िस्म की कितनी ही वारदात हो चुकी हैं। बम्बई में क्राइम क्या कम है?'

'चलिये, यहां से चलें। यहां यह सब कहना-सुनना ठीक नहीं है।'

'यह जगह एक बार ठीक तरह देख तो लूं....मैंने तो पूरा पैसा चुका दिया है। अब साल भर बीवी के साथ मौज से युरोप-अमेरिका की सैर करूंगा। मेरे तीनों बच्चे विदेश में ही हैं। अभी-बहुत जल्दी मैं नहीं लौटनेवाला! यह जगह ठीक तरह देख तो लूं, बुआ को ठीक तरह बता तो सकूं। आने-जाने का रास्ता क्या तीन नम्बर से ही गुज़रता है?'

'नहीं, नॉर्थ में वह जो सड़क आप देख रहे हैं, म्युनिसिपैलिटी उसे पक्की करा

देगी। यहां, जहां हम खड़े हैं, यहां तक बस आने लगेगी। पश्चिम की तरफ बढ़ेंगे, तो हाइवे मिल जायेगा।'

'लवली है, कृष्णचूड़ा का यह पेड़! इसे तो रहने देंगे न?'

'नहीं, उसे रखना मुश्किल है! काट दिया जायेगा। लेकिन मैं उन लोगों से कहूंगा, कुछ पेड़-पौधे लगा दें।'

'काम शुरू कब होगा?'

'कोई एम एल ए उद्घाटन करेंगे। वे मिल जायें, बस...'

'राजनेता, समाज-दुश्मन, ब्लैकमनी किंग, उनके चेले-चामुंडे—ये लोग, हर जगह फैल गये हैं।'

'यहां यह हाल नहीं था।'

'आप इस मामले में निरे बच्चा हैं। पहले भी यही हाल था। अभी भी है! भविष्य में भी रहेगा। टाउन में आजकल सबसे ज़्यादा मशहूर आदमी कौन है, बताइये तो? ख़ैर, छोड़िये, चलिये, वक़्त रहते, लौट जायें। बुआ लोगों को बता सकूंगा कि जगह देख आया। असल में, मेरे ग्रैंडफादर ने बाद में एडूकेशन सर्विस ज्वायन कर लिया। किसी ज़माने में वे नैहाटी या बारसात, जाने किस स्कूल में रहे थे। उन्हीं दिनों बुआ लोग, बचपन में ये जगहें घूम-फिर गयी थीं। यहां छोटे शहर की मानसिकता, अभी भी मौजूद है। वाह! सूर्यास्त तो यहां बेहद ख़ूबसूरत है।'

'चलिये! लौटना तो तीन नम्बर से ही होगा।'

'काफी शांति है यहां।'

जिस प्रशांति ने डी पी सेइन को विमुग्ध कर दिया था, उसी दिन रात आठ बजे के बाद, वह प्रशांति टूट-फूटकर धज्जी-धज्जी हो गयी।

तीन नम्बर का आकाश ताबड़तोड़ बम के धमाकों से थर्रा उठा। चारों तरफ लोगों की चींख-पुकार और चन्द गोलियों की आवाज़, समूचे माहौल में हलचल रच गयी। स्टेशन-मास्टर ने ओ सी को ख़बर दी। लाइन के उस पार अगर दंगा छिड़ जाये, तो उसका असर इस पार तक पहुंचने में देर ही कितनी लगती है?

अभीक और उसके साथी, क्लब से निकलकर लालटू-बाबू के यहां पहुंच गये।

'थाने में फोन कीजिये।'

'हुआ क्या है, यही तो समझ में नहीं आया।'

'जो हमेशा होता रहता है, वही हुआ है। आप से बार-बार कहा जा रहा है कि उस तरफ एक पुलिस-चौकी बिठाने की कोशिश करें। स्टेशन से चवन्नी मील, उस पार, तीन नम्बर को आखिर कितने दिनों तक पालते-पोसते रहेंगे?'

'देखो, आंय-बांय मत बको, अभीक!'

'आप तो ठहरे नेता! हमारे बारे में लोग क्या समझ रहे हैं, बतायें तो? हम निरे नाकारा, निकम्मे, प्रभावहीन हैं।'

'अच्छा, अच्छा, करता हूँ फोन।'

'इस-उस बात का फैसला कराने के लिए लोग-बाग तपन के पास क्यों जा रहे हैं? उन लोगों ने यह कैसे समझ लिया कि निरे निकम्मे और प्रभावहीन हैं? आप लोग बहुत बड़ी ग़लती कर रहे हैं, लालटू' दा! ऐसा ही चलता रहा, तो किसी दिन हम पब्लिक का अपेक्षा-विश्वास गंवा बैठेंगे।'

'अब मुझे फोन करने दोगे? एक्सचेंज भी तो....सच्ची, पब्लिक यूटिलिटी.... जन-सेवा अगर इस तरह काम करने लगे, तो ....टेलिफोन, बिजली, सब का हाल, बेहाल! हां...हां....नाइन वन टू दीजिये! कोशिश तो करें....। हां, हां, मैं लालटू बोस हूं....हां, नाइन वन टू! थाना? नाइन वन टू? यह थाना है न? ओ सी को दीजिये! हां! क्या बात है, जनाब? सुनायी नहीं दे रहा है? या सुनना नहीं चाहते? क्या कहा? ड्राइवर बाथरूम गया है? फौरन जाइये। लेकिन, सावधान! पिछली बार तीन नम्बर में ही एक भूंजेवाले को पुलिस ने गोली मार दी थी। नहीं.....तब आप इस थाने में नहीं आये थे। जाइये, देखिये....'

सोमजित ने बेहद सहज भाव से कहा, 'यह हीरो का रिटर्न है! हीरो की वापसी! ऐसा तो होगा ही—'

'मतलब?'

'गज्जू सिंह, यानी पापिया का पहला पति टाउन में दाखिल हो रहा है। लोग-बाग में एलान करता हुआ दाखिल हो रहा है।'

'पहला पति? मतलब?'

'पक्की मैरेज! पक्का विवाह! संकटा काली खुद उनकी रजिस्ट्रार थीं। देवी मइया हैं न....निगाह डालते ही ब्याह पक्का!'

अभीक ने कहा, 'बको मत, सोमजित!'

'तस्वीर कुछ गोलमाल है क्योंकि पापिया का दूसरा पति, रंगीन, अभी भी वहीं है।'

'दूसरा पति?'

'भई, पक्का विवाह है! उस पर से संकटा काली!'

'अब दोनों में मल्लयुद्ध ठन गया है।'

'गज्जू आया है, दख़ल लेने! अपने गैंग समेत! रंगीन लड़ रहा है, अपना दख़ल क़ायम रखने के लिए! उसका भी गैंग है! इसे सबल कर्ता या दुर्बल शोषण या अन्य कोई राजनीतिक व्याख्या नहीं दी जा सकती।'

'तुम्हें इतनी सारी ख़बरें कहां से मिल रही हैं?'

'जन-सम्पर्क के जरिये! तपन के जरिये नहीं।'

लालटू बाबू एकदम से झुंझला उठा, 'इतना ही अगर जन-सम्पर्क है, तो सड़क-कलेक्शन इतना कम क्यों है? समर्थकों के चन्दे के बिना हमारा चलेगा?'

'देखिये, मैं दबाव नहीं डाल सकता और एक समाज-दुश्मन ने गरीबों से हफ्ता-वसूली बंद कर दी और मैं वसूल करता रहूं, यह मुझ से नहीं होगा।'

'तुम समझते नहीं—'

'ना! मैं क़बूल करता हूँ, मुझ में समझ नहीं है। मैं बिचारा यह उम्मीद लगाये बैठा हूँ कि किसी दिन कोई तो मुझे समझा देगा, लेकिन, कोई मुझे समझाने को भी तो राजी नहीं है। अब एक बात सुन लीजिये, कल्चरल कामकाज से बाहर, मुझ से और कुछ नहीं होगा।'

'जो भी हो, उस तरफ से शॉर्ट-कट मत करना।'

'देख, नन्दिता, यह मत भूल कि मैं भी टाउन का ही प्रोडक्ट हूँ। मैं तो चला थाने।'

'चल, मैं भी चलता हूँ।'

'नहीं, इतनी रात को जाने की ज़रूरत नहीं। अभीक के साथ घर जा।'

'देख, ख्याल से जाना।'

थाने में तपन बैठा था। ओ सी ने कहा, 'हड़बड़ी न मचायें! हड़बड़ी न मचायें! बमबाज़ी ज़रा ख़त्म होने दें! हंगामे में ज़रा भाटा पड़े......'

'बम-धमाका क्या कम होगा?'

'पुलिस मर जायेगी, तब कम होगा।'

'हर वक़्त तो मारती ही है, शायद मर भी जाये। लेकिन पुलिस आ रही है, इतने-से ही काम हो जायेगा।'

'अभीक बाबू क्या फरमाने आये हैं?'

'यही बात! तीन नम्बर का कोई अच्छा-सा फैसला ज़रूरी है।'

'फैसला नहीं होने का—' तपन ने कहा।

अभीक ओ सी की तरफ़ सवाल पर सवाल उछालता रहा, मगर जवाब तपन देता रहा। अब अभीक तपन से ही मुखातिब हुआ।

'अगर फैसला हो जाये, तो किसी को, कोई परेशानी है?'

सवाल अभीक ने किया, लेकिन तपन ने ओ सी की तरफ देखते हुए जवाब दिया।

'गज्जू और रंगीन, दोनों को रहने की ज़रूरत नहीं। लेकिन आप गाड़ी लेकर निकलें। अब और कब निकलेंगे?'

अभीक खामोश निगाहों से तपन को देखता रहा।

'हां, जल्दी से जल्दी जाइये। देख नहीं रहे, ये लोग कब से आकर बैठे हुए हैं।'

अभीक ने पूछा, 'ये लोग कौन हैं? बंदरवाले, भिखारी वगैरह भी तो रेल-लाइन के किनारे रहते हैं।'

ओ सी ने मन ही मन सारा मामला नोट किया। उसको बीच में रखकर, अभीक

और तपन, अच्छे-खासे ढंग से बातचीत चलाते रहे। अभीक और तपन? हिसाब मिल क्यों नहीं रहा है? तपन की ओर देखते हुए, उसने बात की।

'हां, चलता हूँ। जीप तो एक ही है। ड्राइवर को क्रॉनिक आंव पड़ रहा है। थाने में पुलिस-बल आखिर है ही कितना-सा?'

ओ सी बाहर निकल गया।

तपन ने कहा, 'हां, जाइये! उधर उन दोनों ने कोई न कोई फैसला कर डाला है।'

अभीक को सवाल करना अनुचित लगा, फिर भी उसने पूछ ही लिया, 'कौन-सा फैसला?'

तपन ने निस्पृह आवाज़ में कहा, 'यह उसको या वह इसको मार देगा, वर्ना झगड़ा थमनेवाला नहीं है।'

'तो थमेगा कैसे?'

'जब तक कोई बीच में नहीं पड़ता।'

'वहां एक पुलिस-चौकी की ज़रूरत है।'

'सुधीन बाबू, लालटू बाबू से कहें न!'

तपन बाहर निकल आया। अभीक से उसने बेहद रुखी आवाज़ में बात की। वे लोग अलग हैं, तपन बिल्कुल अलग! दोनों एक-दूसरे को पहचानते न हों, ऐसा भी नहीं था। लेकिन अब बातचीत करना संभव नहीं था। अभीक इतना निर्बोध क्यों है? वह तपन से क्यों बात की?

टाइगर गाड़ी में बैठा था।

तपन ने कहा, 'अपनी बात बराबर कह आया। जो लोग भाग आये, उन लोगों को पुलिस दुबारा न पकड़े। ओ सी को रगेदकर भेजा। कमबख़्त, हिलना ही नहीं चाहता था।'

'इतनी दौड़-धूप की क्या ज़रूरत है, भाई जी? जब दो-एक जान से जायेंगे, तभी तो शांति होगी।'

तपन के कम्पनी-ऑफिस के गाड़ी-वराम्दे में बैठे लोगों को मानो यह अन्दाज़ा हो गया था कि आज रात लौटना नहीं होगा। वे लोग डबल-रोटी ख़रीद लाये और बैठे-बैठे चबाते रहे। उसके बाद वे नल से पानी भी पी आये।

कुश ने पूछा, 'उठा दूं वहां से, उन कमबख्तों को?'

'क्या ज़रूरत है? सुबह होते ही बिचारे चले जायेंगे।'

वहां बंदरवाले, बंदर, भिखारी वगैरह लोगों की अच्छी-ख़ासी जमघट थी। उन्हीं लोगों में नन्हीं-सी बच्ची भी डलब रोटी खा रही थी।

तपन ने उस बच्ची पर निगाह गड़ाये-गड़ाये पूछा, 'एइ, तू पापिया की बेटी है न?'

लड़की ने कोई जवाब नहीं दिया।

मदारी ने ही जवाब दे डाला, 'शाम को उसकी मां ही उसे मेरे पास रख गयी थी। उसने मुझे दो रुपया थमाकर कहा कि यह बच्ची और रुपया रखो। उसी ने तो ख़बर दी कि हल्ला-गाड़ी आ रही है, तुम लोग भागो।'

'ओ! शाम को उसे छोड़ गयी थी?'

उस भीड़ में एक बूढ़ी भी थी। भीख मांगने रोज़ टाउन आती थी।

उसने कहा, 'मणि की माय ही तो कमर में साड़ी खोंसे, हवा में बाल फहराते, चिल्लाते-चिल्लाते दौड़ गयी—भागो....भाग जाओ, जी....भयंकर हंगामा आय रहा है, जी, भागो—'

'वह खुद क्यों नहीं भागी?'

'पत्ता नाहीं, बाप! हम सब टेसन भाग आयीं। सब ने ईहां आय जाने को कहा। इसी से, कउनो तरह....!'

'आ गयी हो, तो रहो। कुश गेट बंद करके ताला चढ़ा दे। ज़रूरत पड़े तो आवाज़ दे लेना। मैं जगा हुआ हूँ। चल, टाइगर, हम लोग माननीय अतिथियों से मिल आयें।'

आउट हाउस के ऊपरवाले कमरे के खिड़की दरवाज़े बंद करके, सेइन और आनन्द गेस्ट-हाउस में बैठे हुए थे।

तपन ने आवाज़ दी, 'दरवाज़ा खोलिये! मैं हूँ तपन!'

उन लोगों ने दरवाज़ा खोल दिया।

आनन्द बोल उठा, 'शूकू बाबू कह गये हैं कि दरवाज़ा बंद किये रहना।'

'क्यों? मुसीबत टूट पड़ेगी?'

'यही तो कह गये—'

'कहां है मुसीबत? वह तो आराम से अंधेरे में ही अपने घर चली गयी। आप लोगों ने खाना खाया?'

'हां, हां, वह सब इन्तज़ाम....'

'खिड़कियां क्यों बंद कर रखी हैं? यूं बंद कमरे में सोयेंगे कैसे?'

'जो शोर-गुल मचा है....'

तपन दो क़दम आगे बढ़ आया। उनकी तरफ देखता हुआ, एक़ाध पल खड़ा रहा।

'नहीं, शोर-गुल थम गया है।'

'यह अचानक इस क़िस्म का हंगामा....?'

'बहरहाल, यहां कुछ नहीं होगा। सो जाइये।'

'आज ही वहां से होकर आया....कितना पीसफुल लग रहा था। कितनी शांति थी वहां! वहां का 'सनसेट' भी कितना खूबसूरत लग रहा था।'

'शुक्र है कि बच गये! उसी वक़्त तो शुरुआत हुई थी। आप लोग फ़िक्र न करें। पुलिस वहां पहुंच गयी है।'

'वह तीन नम्बर जगह....'

'भई, सभी तो समाज-विरोधी नहीं हैं। ख़ैर, छोड़िये, आप लोग सो जायें। यहां आप लोग बिल्कुल सुरक्षित हैं।'

उस दिन क्या खुद तपन ही जानता था कि केवल तीन नम्बर में ही समाज-विरोधी हतकंडों का सिलसिला जारी रखने की अब ज़रूरत नहीं पड़ेगी। राज्य के हर बड़े-छोटे शहरों में, भारत के चप्पे-चप्पे में, तमाम तीन नम्बरों को धूल में मिलाकर जगमगाते रास्ते या आभिजात्य घर-मकान बना देने के बावजूद, समाज-विरोधी कांड बंद नहीं किये जा सकेंगे। दिशा-दिशाओं में, समाज की पोर-पोर में समाज-विरोधी तत्व बिखर जायेंगे। अब अनगिनत जातियों के समाज-विरोधी आयेंगे, जिनमें सभी लोग बमबाज़ी नहीं करते, पापिया जैसी औरतों को बार-बार सिन्दूर नहीं पहनाते, वे लोग ही क़िस्म-क़िस्म की करतूतों के जरिये समाज की बुनियाद खोद-खोदकर, उसे खोखला बना देंगे। समूची बुनियाद ही ढहा देंगे।

भविष्य नज़र नहीं आता।

अगले दिन करीब सात बजे सुबह पूरे टाउन में यह ख़बर फैल गयी। गज्जू जब कालो का ख़ून करके, जेल चला गया, उस वक़्त कालो के कई हज़ार रुपये भी गायब हो गये थे। उन रुपयों का भी पता नहीं चला था।

गज्जू पिछले दो दिनों से, जगद्दल में अपनी किसी विश्वासी आदमी, हबीब के यहां टिका रहा। हबीब ने उसे और भी कई विश्वासी लोग दे दिये। गज्जू ने हबीब से कुछ रुपये भी लिये। वे रुपये दोस्त की तरफ से भेंट किये गये थे या उधार के थे या गज्जू की अमानत के रुपये थे, इस हक़ीक़त की जानकारी किसी को नहीं थी। गज्जू ने बम वगैरह लिये और एक रिवॉल्वर भी ख़रीद लिया।

उसके बाद, उसने हबीब के आदमियों समेत एकदम से धावा बोल दिया।

यहां तक किस्सा बताकर कुश ने अपने माथे का पसीना पोंछा।

'यह ख़बर पापिया को कैसे मिली कि वह आ रहा है?'

'यह ख़बर तो सभी जानते थे।'

'इसके बावजूद वह नहीं भागी?'

'सुबह से वह रंगीन को ही निकाल बाहर करने के लिए, उसे धकियाती रही। लेकिन उस कमबख़्त ने एक बार भी भला उसकी बात सुनी? उसके बाद उसने कहा कि अगर उसे निकलना ही पड़ा, तो वह उसे और उसकी बेटी को क़त्ल करके ही जायेगा। उसी वक़्त पापिया जाने कैसे तो बेटी को छीनकर, वहां से भाग खड़ी हुई। बेटी को सुरक्षित जगह रखकर, वह मुहल्ले भर में चींख-चींखकर सब को सावधान करती फिरी। फकीर बता रहा था कि वह जैसे पागल हो उठी थी। उसके बाद, वह पंहसुल

उठाये-उठाये रंगीन पर टूट पड़ी। उसके पांव पर भी वार किया, लेकिन शेष रक्षा नहीं हो पायी।

नहीं, शेषरक्षा नहीं हुई। पुलिस की गोलियां खाकर, वे लोग तीतर-बीतर तो हो गये और भाग खड़े हुए मगर जाते-जाते अंधाधुंध बम-धमाके करते गये।

'कितने आदमी मरे?'

'पुलिस लाशें ला रही है।'

'पुलिस की गोली से भी कोई मरा?'

'ओ सी ने ख़ास आदमी को मार गिराया। तुम्हें जगत याद है? जिसे दीनू बाबू ने खदेड़ दिया था? किसे पता था कि वह बंदा जगद्दल में बैठा हुआ था। जगत गिर पड़ा। पिछले तीन दिनों से वह भी हबीब के यहां था।'

'चल, नीचे चल तो—'

नीचे आकर तपन ने उन लोगों को हिदायत दी, 'सुबह तो हो गयी है, लेकिन अभी जाना मत।'

कर्फ्यू! समूचे तीन नम्बर में कर्फ्यू! शाम से भोर तक! एस डी ओ साहब आ गये। करीब दस बजे ट्रक पर पांच लाशें भी आ पहुंची। रंगीन, गज्जू, जगत, रंगीन का दाहिना हाथ, फेलन और पापिया! पापिया गोलियों से छलनी! थाने में दर्शकों की विशाल भीड़ टूट पड़ी।

बमबाज़ी और अंधाधुंध गोलियों के घात-प्रतिघात में भयंकर रूप से ज़ख़्मी, ग्यारह लोग, पुलिस के पहरे में अस्पताल में भर्ती थे। इसके अलावा भी, काफी सारे लोग पकड़े गये थे।

ओ सी ने फोन किया।

'पापिया सिंह की बेटी क्या आपके यहां है?'

'उसकी क्या जरूरत पड़ गयी?'

'भई, शिनाख़्त करने के लिए ज़रूत है न?'

'नहीं, कोई ज़रूरत नहीं है। तीन नम्बर के सभी लोग उन लोगों को पहचानते हैं। उस नन्हीं-सी बच्ची को वह नज़ारा नहीं दिखाना है। ज़रूरत भी क्या है?'

'वहां जो लोग बैठे हैं, उन लोगों को शायद कुछ पता हो।'

'वे लोग, शाम से पहले ही भाग आये थे। वहां क्या हुआ, यह तो वही लोग जानते होंगे, जो उस वक़्त वहां मौजूद थे। लेकिन, आप लोगों ने इसकी कोई ख़बर नहीं रखी कि इस क़िस्म की वारदात होनेवाली है।'

ओ सी हंस पड़े।

'पुलिस ख़बर नहीं रखती, यह बात सच नहीं है, तपन बाबू! खबर की जानकारी होने के बावजूद, पुलिस ऐक्शन लेने की स्थिति में हमेशा नहीं होती और शाम को वे

लोग आपके पास भी आये थे....'

'शाम को नहीं, शाम ढलने के बाद! मैं तो उसके फौरन बाद ही आपके पास गया था।'

'हांऽ, जगत....फेलन....रंगीन....गज्जू—ये चार समाज-दुश्मन तो गये।'

'हां, वे लोग तो गये! साथ में पापिया भी।'

'शी वाज़ ए हार्ड कैरेक्टर!'

'जानता हूँ! अच्छा, फोन रखता हूँ।'

टाइगर ने कहा, 'तुम क्यों परेशान होते हो? पापिया-पापिया रट रहे हो, मगर जो औरत पहले गज्जू से ब्याह करे, बाद में, रंगीन को, उसे तो मरना ही था।'

'बस, अपनी बेटी को बचा गयी।'

'बचा नहीं गयी, कहो, बहा गयी। अब उसे देखेगा कौन?'

'पुलिस देखेगी। किसी अनाथाश्रम में दे दे।'

'और उसके घर-द्वार का क्या होगा?'

'जो होना है, होगा। तुम क्यों फ़िक्र करते हो?'

अचानक वह मदारी बोल उठा, 'वहां वह वहां रहेगी? हम अपने पास रख लें....मगर सभी जानते हैं कि वह किस की बेटी है, तब कोई हमला करने आ धमकेगा।'

'उस बच्ची पर हमला करेगा?'

'हां, वो घर है न? घर की खातिर!'

तपन समझ गया, टाइगर ठीक कह रहा है। पुलिस ही उस बच्ची का इन्तज़ाम कर सकती है।

'ओ सी कह रहे थे, लड़की है न! देख लीजियेगा, कोई न कोई इन्तज़ाम हो ही जायेगा। हम लोग क्या कर सकते हैं, बताइये? एस डी ओ साहब अगर लिख दें, तो उसके लिए, अनाथालयवालों से अनुरोध कर सकता हूँ। अंत में जायेगी तो शिवतला ऑर्फेनेज में! वहां मैंने लड़कियों का तो कभी भला होते नहीं देखा! भला कैसे होगा, बताइये? सरकारी ग्रांट पर चलता है, वहां के ऑथरिटी को भी उसमें कोई दिलचस्पी नहीं है। वहां खाने-पहनने, रहने-सोने, कपड़े-लत्तों का जो हाल है, वह देखें, तो समझ जायेंगे। रोने लगेंगे, साहब, आंखों में आंसू आ जायेंगे।'

'कहीं, कोई अच्छा इन्तज़ाम नहीं है?'

'और कहां है? मुझे तो जानकारी नहीं है।'

'चलो, अभी न हो, बच्ची उन्हीं लोगों के पास रह जाये। आपको अगर किसी जगह का पता चले, तो बताइयेगा। वे लोग उसे वहां छोड़ आयेंगे।'

'आप भी अजब इन्सान हैं, साहब! जाने कहां की कौन औरत, उसकी बेटी के लिए आप इस क़दर परेशान हैं?'

'अब क्या उपाय, बताइये?'

'जैसी औरत की बेटी है वह, वह बेटी भी क्रिमिनल ही निकलेगी।'

'हिन्दी फिल्मों में ज़रूर ऐसा ही कुछ दिखाते हैं। ऐसा हो भी सकता है और नहीं भी हो सकता। दीनू बाबू के भाई बिल्कुल अलग क़िस्म के इन्सान हैं और बेटा तो बिल्कुल ही अलग-थलग है।'

ओ सी ने सिर हिलाया, 'वे सब तो व्यतीक्रम हैं। मेरा तजुर्बा और तरह का है। चोर, बदज़ात, बदमाशों के सिलसिले में काम करते-करते, शायद मेरा मन ही अविश्वासी हो गया है! हिन्दी फिल्मों में वाकई काफी कुछ सच होता है।'

'हो सकता है! लेकिन ज़रा याद रखें—'

'अरे, आपने कहा और मैं याद नहीं रखूंगा?'

कई एक दिन बाद ही ओ सी ने ख़बर दी, 'लीजिये, साहब, वह लड़की आपको मुक्ति दे गयी।'

'मतलब?'

'दस्तूर मुताबिक मैं राउंड पर जा रहा था। वैसे पुलिस पोस्टिंग अभी तो टेम्पोररी ही है। पता नहीं हमारे आला कमान क्या करेंगे! स्थायी पुलिस-चौकी न बनी, तो मामला असंभव ही समझें।'

'उस बच्ची का क्या हुआ?'

'वह बच्ची तो उस मदारी और बुढ़िया के पास ही थी। आज देखा, वहां कोई नहीं है। पानवाले ने बताया कि आज खूब भोर-भोर, यानी तड़के ही वे लोग चले गये। वही दोनों नहीं, बल्कि पूरी की पूरी भीड़ ही वहां से हवा हो गयी।'

'चले गये?'

'हां, साहब, लड़की जात थी, शायद बेच ही दिया हो। कलकत्ता शहर में और इसके आस-पास, कितने किस्म का धंधा चलता है, इसका कोई ठीक-ठिकाना नहीं है। आजकल लड़कियों का मार्केट काफी मुनाफे का है।'

'इतनी नन्हीं-सी बच्ची भी....?'

'अरे, भीख मांगने के लिए तो अच्छी है। देह-धंधे लाइन की मैडम लोग भी उसे लिखा-पढ़ाकर जवान कर सकती हैं। यह धंधा अब काफी फल-फूल रहा है।'

टाइगर की बात! नो इन्वेस्टमेंट! ऑल प्रॉफिट! यानी नो निवेश और मुनाफा ही मुनाफा! बस, उठाकर लायें और धंधे पर लगा दें।

तपन गुम हो रहा है।

टाइगर ने कहा, 'नियति! नियति! जिसकी तकदीर में जो बदा है, तुम उसे कैसे टाल सकते हो? फिकिर ना करो! चलो, तुम्हें सैर करा लाऊं।'

'ना! मुझे कुछ अच्छा नहीं लग रहा है।'

'रंगीन तो मौत को दावत दे बैठा।'

'भवानी बाबू से बात करना ज़रूरी है।'

'सुना है, वह आयेगा।'

'आये, तो बेहतर!'

भवानी बाबू नयी गाड़ी में, रेनु भाभी समेत आ पहुंचा। रेनु भाभी संकटा काली की पूजा करने आयी थी।

टाइगर ने बताया, सोने का चांद, छोटा दामाद तो होटल-कारोबार में उतरा है। रुपइय्ये के लिए लगातार हाथ फैलाये रहता है। अरे, पुरी में नये फैशन का होटल खोलना क्या आसान बात है? लाखों-करोड़ों रुपयों का धक्का है! सो, आलम यह है कि या तो रुपैय्ये दो या बेटी ले जाओ।'

'ये लोग रुपये दे रहे हैं?'

'देंगे क्यों नहीं? धूलिमुट्ठी, सोनामुट्ठी बन गयी है।'

रेनु भाभी ढाकाइ बनारसी और सोने के ज़ेवरों में लक्दक् पूजा कर आयी। वे देवी मइया को सोने का जवाफूल और नथ चढ़ाकर लौटी थीं, उनकी मनोकामना पूरी होगी ही होगी।

गेस्टहाउस का कमरा खोल दिया गया। रेनु भाभी डनलपपिलो पर लुढ़क गयीं।

'हम न खाऊंगी, न पीऊंगी, कुच्छ भी नहीं करूंगी।'

'लालटू ने निमंत्रण भेजा है, चलोगी?' भवानी बाबू ने पूछा।

'ए-मांऽऽ, मांस-मछली से भरभष्ट खाना....?'

'तुम्हारे लिए अलग इन्तज़ाम रहेगा।'

'कैसा पिशाच बाप है, हे प्रभु, चाय बागान....हेन-तेन का मालिक! लेकिन तू उस लड़के के लिए होटल नहीं खुलवा सकता?'

'बको मत! सारा कुछ तो उन्हीं का है! बाद में दो, पहले दो, हम कभी घबड़ाये?'

'कित्तनी बेइज्जती भरी चिट्ठी भेजी है! पता नहीं, मेरी बेबी कित्तनी तकलीफ में होगी, बिचारी।'

'उसकी तकलीफ कहां नज़र आ गयी तुम्हें? होटल तो उसीके नाम होगा। दोनों प्राणी चलायेंगे। न्ना, लाइन तो अच्छी पकड़ी है। इज्जतदार बिजिनेस है। इसमें काफी संभावना भी है। बंगाली अगर होटल बिजिनेस में न घुसा, तो पंजाबी लोग ही ई लाइन खा-चबा जावेंगे। ख़ैर, छोड़ो, तुम आराम करो। हम अपने कामकाज की बातें निपटा आवें। बेटी की तकलीफ दे रही है? बेटी जो दूल्हे के साथ कित्तनी-कित्तनी जगह सैर-सपाटा कर रही है, कितना मज़ा कर रही है, वह नहीं देख रहीं।'

'देवी का ससुरा क्या छोड़ देवेगा?'

'देना, उसको भी देना! बेटियों का नाहीं दोगी, तो और किस को दोगी? और कोई है भला? चलो, अब चुप करके सो जाओ।'

भवानी बाबू कमरे से बाहर निकल आया।

'मां का हिया है न! रो-रोकर बेहाल, हुई जा रही है! हम से इन अउरतों की आंख का पानी नाहीं देखा जाता, भइया।'

दीनू बाबू के मकान से आउट-हाउस तक अब बेहद खूबसूरत रास्ता! दोनों किनारों पर फूलों के पेड़! चहारदीवारी के अन्दर, गेट के किनारे दरवान की कोठरी! चहारदीवारी से सटे-सटे क़तार-दर-क़तार पेड़। कांटा-तारों से घिरी, छोटी-सी बगिया में सिले-खिले गेंदा, जवा, गुलदाऊदी, हरसिंगार के फूल! उस बगिया में प्रवेश निषेध था। उस बागान से मोहनलाल बाबू के यहां पूजा के फूल पहुंचाये जाते हैं।

दफ़्तर-कमरे के पिछवाड़े की बैठक में तपन बैठा हुआ था। बुशर्ट-पैंट! उसकी अभ्यस्त पोशाक! उसका चेहरा अब और भरा-पूरा और बलिष्ठ हो आया था। भवानी बाबू को लगा, उसका चेहरा कहीं से, कुछ बदल गया है। उसकी आंखों की दृष्टि भी कहीं बेहद तीखी और उग्र हो उठी है।

'हां, भइये, सुन लिया सब! बड़ा जघन्य मामला है यह सब!'

तपन की निगाहें एकटक उनके चेहरे पर जमीं रहीं।

'पुलिस पहरा तो दे रही है–'

तपन उनका चेहरा पढ़ता रहा।

'रंगीन तो चिरकाल से ही गरम-दिमाग़ था–'

तपन उनका चेहरा पढ़ता रहा।

'तुम तो कुछ बोल ही नहीं रहे–'

'आप अपनी बात पूरी कर लें।'

'हम....तो.....बोल ही रहा हूँ।'

'तो, अब मैं कहना शुरू करता हूँ!'

तपन टिककर बैठ गया! भवानी बाबू के सामने ही उसने एक सिगरेट सुलगायी।

उसके बाद, उसने कहा, 'नेक्सस! नया शब्द सीखा है मैंने।'

'इसका मतलब हम जानता हूँ, तपन!'

'एक ज़माने में आप और दीनू बाबू! उसके बाद, अब आप, सुधीन बाबू, लालटू बाबू, मोहनलाल, आपके वे सब सिमेंट-लोहा-बेल कॉन्ट्रैक्टर लोग, टाइगर–सब मिलजुलकर, एक और क़िस्म का नेक्सस! नैक्सस के पीछे तो झंडे का कोई मामला नहीं है, होता भी नहीं है! हां, झंडे का इस्तेमाल ज़रूर किया जा सकता है। असली बात है, फ़ायदा! आप क्या कहते हैं?'

'ज़्यादा कड़ी-कड़ी, सख्त बातें न करो, तपन! वैसे भी, कई-कई कारणों से मेरा मूड ख़राब है।'

'हां, मूड तो ख़राब हो ही सकता है! बिल्कुल हो सकता है। रेनु भाभी का छोटा दामाद पेंच कस रहा है, जाहिर है, मूड हरगिज़ सही नहीं रह सकता। लेकिन ये बातें आपके और मेरे भले के लिए ही कहना ज़रूरी हैं यानी वर्तमान नेक्सस के स्वार्थ के

लिए...'

'चलो, कहो! लेकिन मुझे धमकी मत देना।'

'नहीं, धमकी क्यों देने लगा? आप मुझे इतना-इतना देते हैं! ख़ैर, जो भी हो, तिरंगा झंडा सामने रखकर आप, दीनू बाबू, मोहनलाल बाबू ऑपरेट करते थे, टाउन के लोगों के लिए समझना आसान था कि यह पार्टी गुंडे भी पालती है। उनसे नफ़रत करो, डरते रहो! सुधीन बाबू, लालटू बाबू उन दिनों आपके विरोधी थे। आप लोग भी उनके विपक्ष में! दीनू बाबू तो सड़े-गले, बाबा आदम के ज़माने की बातें करते थे। उन दिनों वे लोग सन् बयालिस के आन्दोलन में शामिल नहीं हुए थे; नेताजी के नाम ग़लत-सलत बदनामी फैलाते रहे; आज़ादी के बाद नारेबाज़ी की--यह आज़ादी झूठी है। हां, उन दिनों टाउन जानता था, ये लोग सरकारी पक्ष के हैं, ये लोग नहीं हैं। उन दिनों नेक्सस की पहचान आसान थी।

'इस वक़्त, इन सब बातों की क्या ज़रूरत है?'

'ज़रूरत न होती, अगर आप, मुझे यहां न लाये होते। आपके लिए मैं ऐक्शन करता रहूं और जिस दिन आपको सुविधा हो, आप मुझे गिरफ़्तार करा देंगे...'

'तुम अब क्लोज़ फ्रेंड हो, तपन! नज़दीकी दोस्त!'

'आप यह क्या आंय-बांय बक रहे हैं? मेरा और आपका रिश्ता तो सांपों की तरह है। हम दोनों में से कोई, किसी पर विश्वास नहीं करता। जब, जिसके वश में हो, वह दिखा दे कि कौन ज़्यादा विषधर है। ख़ैर, छोड़िये! इस टाउन की बात करें। इस टाउन में सभी तो बिक नहीं गये। वर्तमान नेक्सस देखकर वे लोग विभ्रान्त हैं। जो लोग विरोधी थे, वे लोग राजनीति में विरोधी रह गये। मोहनलाल बाबू कांग्रेसी, आप भी मार्कामारा हैं? लेकिन यह विरोध कुछ ही दूर तक है! जिसमें फ़ायदा होता हो, ऐसे कारोबार में हद एकता है।'

'यह नीति है, तपन! टिके रहने की नीति! हरदम चलती है।'

'लेकिन टाउन जो विभ्रान्त है!'

'भाषण ख़त्म हुआ?'

'ना! अब असली बात पर आऊं! अब आप गुडविल चाहते हैं, चाहते हैं न?'

'चाहता हूँ।'

'तब चुल्लू का कारोबार कायम रखना नहीं चलेगा! बैरेक-घर रखना नहीं चलेगा! बिजनेस में उतरे हैं, बिज़नेस ही करें। अब उन सबकी क्या ज़रूरत है? आप लोगों के पास तो सैंकड़ों तरह के प्रोजेक्ट हैं। इन तमाम लड़कों को उनमें ले लें। टाइगर बेहद तेज़-तर्रार नौजवान है। वह कोई भी काम कर सकता है।'

'अरे, हां, वह तीन नम्बर का मामला....तुम तो वहां गये नहीं...'

'अगर गया होता, तो क्या रोक पाता? रंगीन को बार-बार आगाह किया गया था, लेकिन उसने किसी की बात नहीं सुनी।'

'तुमने तो एक गुडविल बना ही लिया है।'

'मर्डरर से सभी डरते हैं।'

'सोचूंगा! सोचकर देखूंगा।'

'ज़रा फटाफट सोचियेगा और हां, लेबर के कामों में, हम लोग लोकल लोगों को लेंगे। अब आप ज़रूर समझ गये होंगे कि आपके भले के अलावा, मैं और कुछ नहीं सोचता।'

'अभी तो वहां टाइगर है, लेकिन बैरेक-घर तो अर्से पुराना है। जब साहब कंपनी, आस-पाकी मिलों की मालिक थी, यह बैरेक-घर उन दिनों का निर्माण है। तुम उसे अचानक बंद कर दोगे, तो वे बिचारी जायेंगी कहां?'

'टाइगर डिजर्वूस बेटर! उसे कोई बेहतर काम मिलना चाहिये। वह काम तो, वहां जो महिला हैं, वे ही चला सकती हैं। मिल्कियत न हो, आपकी ही रहे।'

'हम सोच देखूंगा। तुम नीतिवागीश हो, तपन, अच्छा है, बहोत अच्छा है! लेकिन यह धंधा धीरे-धीरे, घर-द्वारों के अन्दर तक घुस आयेगा। टाइम बदल रहा है, तपन! टाइम अब और तरह का हुआ जा रहा है। टाइम को बदलना ही होगा।'

'समय क्या और ज़्यादा ख़राब होगा?'

'मुझ जैसे और-और चार सौ बीस तैयार होंगे। कच्चे रुपयों की बारिश होगी, चारों ओर भ्रष्टाचार फैलेगा, तब देखना, इंडिया में बड़े-बड़े भवानी और बड़े-बड़े तपन के खेल! समय बदल जायेगा, हे, समय बुरी तरह बदल जायेगा।'

'शा-य-द!'

'पांच-दस लोग अगर दुःख में न हों, तो एक जन सुखी नहीं हो सकता, तपन! यह ध्रुव-सत्य है! जिनको चुल्लू-ताड़ी की लत है, वे चुल्लू चढ़ायेंगे ही! इन लोगों को रोक दोगे, दूसरे लोग आकर भट्टी खोल लेंगे। गांव-गिराम तक घुस आयेंगे। लेकिन, हां, हम टाइगर को यह बात ज़रूर बतावेंगे कि तुम्हें उसकी फ़िक्र है।'

'रंगीन का अपना कोई भी नहीं है?'

'है न! सालों पहले, उन लोगों ने उसे त्याग दिया। चिरकाल गंवारपन ही करता रहा, हमेशा जाहिल ही बना रहा। हैरत है! इस लाइन में कोई, किसी के बारे में नहीं सोचता। उस पर इतना भरोसा मत करो।'

'मैं फिर कहता हूँ, उसके प्रति आप बेहतर न्याय करें! उसका अपने घर के प्रति बेहद खिंचाव है, आप इन्साफ़ करें।'

'अरे, भइये, अगर सच्चमुच्च खिंचाव होता, तो वह इस लाइन में आता?'

'और आप लोग तीन नम्बर के बारे में कोई स्थायी फैसला लें। आप एस डी ओ से बात करें; थाने में बात करें।'

'ठीक है, करूंगा बात! राजनीति के बारे में सोचते हो?'

'क्या सोचूं?'

'टिके रहने के लिए किसी न किसी दल के साथ जुड़ा रहना होना न!'

'माफ़ कीजियेगा, मैं किसी के पास नहीं जाऊंगा।'

टाइगर ने कहा, 'सच्चे मरद जैसी बात! असल में तुम मशहूर होते जा रहे हो...तुम्हारा थोड़ा-बहुत नाम फैलता जा रहा है....इसीसे वे लोग परेशान हो उठे हैं! उनके कान खड़े हो गये हैं।'

'तुम्हारे बारे में मैंने ये सारी बातें की हैं–'

'मेनी मेनी थैंग्स, भाई जी! अगर ऐसा हो जाये, तो थोड़ी-बहुत इज़्जत तो मिलेगी। देखा नहीं, दीनू बाबू, इरानी....उस दिन रंगीन, गंजू....इतने-इतने सारे लोग मर गये। सब लोगों ने कहा–पाप विदा हुआ। सिर्फ गलीज़ कारोबार में लगे रहो और चेम्बर दाग़ते रहो, इसमें कोई इज़्ज़त नहीं होती।'

'मैं ख़ून हो जाऊं, तो सब ढोल-ताशे बजायेंगे।'

'अरे, तुम काहे ख़ून होगे? अब तो साग-सब्जी बेचनेवाली, कुंजड़िन, मछलीवाला, गमछा-दुकानदार सबकी जुबान पर एक ही बात है–'तपन बाबू आये, तो चैन-शांति से कारोबार कर रहे हैं।'

'हरिजन ऐसी बात कभी नहीं करेंगे।'

'नहीं! चुल्लू का ठेका बंद कर देने से, बहुतेरे लोग खुस्स हैं। लेकिन भरत के मामले में तो दुःख होगा ही।'

'हां, ज़रूर दुःख होगा।'

तपन खामोश हो रहा।

'अब अपने घर क्या कभी नहीं जाते?'

'बहुत दिनों से नहीं गया। अचानक यह सवाल क्यों?'

'घर आते-जाते रहते हो, तो तुम्हारा मूड और तरह का रहता है, वर्ना गुम मार जाते हो–'

'भवानी बाबू लोग चले गये?'

'कब सबेरे जावेंगे। आज तो लालटू बाबू के घर पर मीटिंग करेंगे। वह बता रहे थे कि तीन नम्बर के बारे में कुछ बात करनी है, टाउन को साफ़-सुथरा बनाना है।'

'चलो, देखते हैं! पापिया की बेटी को बचाया नहीं जा सका। पता नहीं, क्या से क्या हो गया।'

'कौन, किसको बचाता है, भाई जी? तुम क्या भगवान हो?'

'भगवान, तुम भगवान हो!'

वह लड़की फूट-फूटकर रो रही थी और बार-बार अपना सिर पीट रही थी। उम्र लगभग बाइस साल! छोटी-छोटी आंखें! होंठ उभरे हुए, रसीले! बाल मांग से उलटकर, कसकर

बंधे हुए! प्रिंटेड साड़ी! पांवों में हवाई चप्पल! हाथों में नायलॉन का जालीदार बैग, कसकर दबोचे हुए!

'तुम भगवान हो! मुझे बचा लो!'

सबूज, कुछ दूर खड़ा, किसी दूसरी तरफ निगाहें गड़ाये हुए था।

तपन हुंकार उठा, 'रोना-धोना बंद करो! साफ़-साफ़ बताओ! सबूज, यह औरत कौन है?...आपका नाम क्या है?'

'राधा....कर्मकार!'

'घर कहां है?'

वह लड़की दुबारा रो उठी।

सबूज ने कहा, 'कुसुमपुर से आगे, तेनीबाग़ में।'

तेनीबाग़! जहां बेहतरीन क़िस्म का हाथ-पंखे....और खजूर के पत्तों की नक्काशीदार चटाइयां बनायीं जाती थीं। तरह-तरह की डिज़ाइन के हाथ-पंखे। यहां के पंखे शादी-ब्याह में दहेज में सजाकर भेजे जाते थे। खजूर के पत्तों की रंग-बिरंगी चटाइयों को किसी प्रदर्शनी में पुरस्कार भी मिला था। तपन वगैरह तेनीबाग़ में खजूर का रस पीने जाया करते थे। वहां कुछेक घर कर्मकार भी थे। ग्रामीण जीवन में कुम्हारों के क़ामकाज को काफी अहमियत दी जाती थी। तेनीबाग़ के कुम्हार काफी समृद्ध-सम्पन्न थे। तेनीबाग़ शिक्षा-दीक्षा में भी अग्रणी गांव था। उस गांव में काफी सारे ग्रेजुएट और हाइ-स्कूल पास लड़के-लड़कियां मौजूद हैं। अपूर्व कर्मकार तो बैंक की नौकरी तक पहुंच गया था।

'घर तेनीबाग़ में है, तो यहां क्या कर रही हैं?'

अब सबूज ने ज़ुबान खोली, 'तुम उधर जाकर बैठो, मैं बताता हूँ।'

वह लड़की सीढ़ियों पर जाकर बैठ गयी। वह बार-बार अपने आंसू पोंछती हुई, तपन की ओर ही याचनाभरी निगाहों से देखे जा रही थी, मानो वही उसका भाग्यविधाता निर्णायक हो।

सबूज ने दबी-दबी आवाज़ में कहा, 'लड़की शरीफ है! बाप नहीं है। बड़ा भाई है! कामकाज की तरफ ख़ास ध्यान नहीं देता। अभाव की गृहस्थी है।'

'यह लड़की अभाव का शिकार होकर नहीं आयी। सच-सच बताओ, क्या बात है?'

'किसी लड़के से उसे प्यार हो गया था।'

'इतनी जवान हो गयी, उसका ब्याह नहीं हुआ?'

वह लड़की सीढ़ियों से उठकर, दुबारा तपन के करीब चली आयी, 'हुआ था... ब्याह हुआ था...उन लोगों ने क़बूल नहीं किया–' उसने महीन आवाज़ में कहा।

'ब्याह कहां हुआ था?'

'नवले में!'

'कब?'

'सात साल पहले।'

'वहां कितने दिनों रहीं?'

'आठ दिनों बाद पैर फेरने लाये, फिर वापस नहीं ले गये, बाबू साहब!'

'उस लड़के का नाम क्या है?'

'अरुण सरकार! सैलो मशीन चलाता है।'

'छोड़ क्यों गया?'

'मेरे भाई....सायकिल नहीं दे सके....और सोने का बटन भी नहीं दिया....'

'उसके बाद, फिर कभी गयीं वहां?'

'उसने तो कभी....दूसरा ब्याह कर लिया, बाबू साहब...अब वह मुझे नहीं लेगा।'

'इस टाउन में क्यों आयीं? वह दूसरा लड़का कौन है? उसका पता-ठिकाना है?'

'गांव में इलेक्ट्रिक का काम हो रहा था...पिछले कुछ महीनों से....!'

'बस, तुम उसके गले में झूल गयीं?'

'उसने कहा था, वह ब्याह करेगा।'

उस लड़की की आवाज़ बेहद क्षीण हो आयी।

'बस, तुमने उसका विश्वास कर लिया?'

'आता-जाता रहा। मेरे भइया से भी बात की–'

'भइया ब्याह देने को राजी नहीं हुआ?'

'भइया तो हाथ धोकर, किनारे हो गये। उन्होंने कहा कि गांव में रहते ब्याह दिया, तो लोगों को खिलाना-पिलाना होगा, बिरादरी में बात बनेगी। इसलिए स्वपन ने कहा–'

'उसका नाम स्वपन है?'

'हां, स्वपन विश्वास ही बताया था। इसी टाउन में घर है। इलेक्ट्रिक का काम करता है। ठिकाना भी दिया था। पिछले इतवार को मुझ से दो सौ रुपये उधार भी ले गया था–'

'तुम्हारे पास दो सौ रुपये कहां से आये?'

'मैं तो धान उबालती-भपाती हूँ, बत्तख-मुर्गी भी पालती हूँ वो रुपये मेरे थे–'

'उसने टाउन में आने को कहा था?'

'हां, अपना पता देकर, उसने कहा था कि वह संकटा काली मंदिर में मौजूद रहेगा। हमारा ब्याह होगा। वह अकेला है, कोई परेशानी नहीं होगी।'

'आकर देखा, सब धन्धा है?'

वह लड़की फूट-फूटकर रो पड़ी।

'यहां क्यों आयीं?'

'उसने कहा था, वह मंदिर में ही खड़ा रहेगा।'

'कब?'

'सुबह-सबेरे! तब से समूचे टाउन का चक्कर लगा आयी। सब झूठ बात! सब

झूठ! नाम झूठ! काम झूठ! पता झूठ! वह कोई काम भी नहीं करता; पता भी झूठा निकला! अंत में कुछ लोगों ने कहा कि अब थाना जाकर क्या करोगी? उन लोगों ने आपका नाम लिया। कहा कि अगर कोई कुछ कर सकता है, तो वे ही कर सकते हैं।'

'मैं क्या कर सकता हूँ?'

'यह रही उसकी फोटो, बाबू साहब! लोगों ने भी बताया कि वह आदमी, इसी टाउन में कहीं रहता है। उसका नाम, आलोक मंडल है।'

तपन ने उस तस्वीर पर निगाह डाली।

उसने कहा, 'तस्वीर मेरे पास ही रहने दो। मैं पता लगाता हूँ। तुम अपने गांव नहीं लौट सकतीं?'

'भइया, मुझे काटकर फेंक देंगे।'

'जाने की और कोई जगह नहीं है?'

'अब रेल की पटरी पर सिर कटा दूंगी और कहां जाऊं?'

तपन ने सबूज को आवाज़ देकर पूछा, 'इस लड़की को आज भर के लिए कहां रखा जाये? तेरे घर?'

'मां घुसने नहीं देगी—'

'जा, इसे मेरे घर ले जा। मां से कहना, रात भर के लिए, वह रख ले।'

'उसके बाद?'

'यह मलय, काफी दिनों से टाउन में नहीं है। है न?'

'वह तो कलकत्ता में बैठा है।'

'यह तस्वीर गौर से देख। मूंछें हटा दी जायें, तो मलय ही है न?'

'नहीं, नहीं, माथे पर कटे का निशान कहां है?'

'अरे, हांऽ! ख़ैर, अभी तो ले जा इसे। मां से कहना कि इस लड़की से कोई सवाल न करे। तुम अभी उसके साथ जाओ। कल थाने में डायरी लिखा आना।'

'आप मुझे पुलिस में दे देंगे?' उस लड़की ने पूछा।

'पुलिस में रपट लिखाना ज़रूरी है। तुम्हारी तरफ से एक शिकायत दर्ज रहे। अभी इसके साथ जाओ।'

'मेहरबानी करके, मुझे भइया के पास मत भेजियेगा। मेरे भइया को आप नहीं जानते, वे मुझे जान से मार डालेंगे।'

'जाओ, सबूज के साथ जाओ। कोई बातचीत मत करना, चुपचाप रहना। सबूज, मां से कहना, आज मैं आऊंगा। पहले एक बार थाने हो आऊं।'

थाने में ओ सी ने फरमाया, 'तस्वीर तो दिखायें, मैं भी देखूं, ज़रा! आजकल इस क़िस्म का केस अक्सर होता रहता है।'

तस्वीर देखकर उन्होंने कहा, 'नहीं, पहचान में नहीं आया। लेकिन इलेक्ट्रिसिटी बोर्ड को तो पता होगा।'

'उनके यहां वह काम नहीं करता।'

'हां, ये सब काम कॉन्ट्रैक्टर करता है। कॉन्ट्रैक्टर कब, किसे लेता है, काम कराता है, इसके लिए भी ठेकेदार होता है। ख़ैर, छोड़िये। यह बताइये, केस क्या है?'

तपन ने सारा किस्सा बयान कर दिया।

'बेहतर होता आप उस लड़की को थाने ले आते। यह सब माल भला कोई अपने घर ले जाता है?'

'थाने में औरत रहेगी कहां?'

'और कहां? लॉक-अप में!'

'उसके बाद क्या होता है, वह भी तो आप लोग जानते हैं।'

'सच बात! बिल्कुल सच बात! लेकिन हमेशा ऐसा नहीं होता।'

'देखिये, लॉक-अप में बलात्कार! ऐसी घटना, यहां पहले भी हो चुकी हैं।'

'हां, अख़बारों में ही थोड़ा-बहुत लिखा ज़रूर गया। तीर्थ बाबू लोग दल बांधकर, गला फाड़-फाड़कर चींखे-चिल्लाये। नमिता दत्त ने अपनी महिला समिति की तरफ से विभागीय जांच-पड़ताल का दावा किया है।'

'हां, उस लड़की का नाम नमिता था।'

'ऐंड हू वाज़ शी! कौन थी वह! कन्फर्मड प्रास्टिट्यूट! खुले आम धंधा करनेवाली, वेश्या! घर से निकलकर देह बेचती थी...और-और शहर में जाकर वेश्यागिरी करती थी।'

'इस वजह से बलात्कार को जस्टीफाइ नहीं किया जा सकता। इसे सही नहीं माना जा सकता।'

'नहीं, जस्टीफाइ हरगिज़ नहीं किया जा सकता। वैसे डिपार्टमेंट ने क़दम तो उठाया था। जिसने रेप किया, उसको मुअत्तल कर दिया गया, बाद में उसे ट्रांसफर भी कर दिया गया। लेकिन उस औरत का क्या हुआ, यह जानने की कोशिश तो आपने नहीं की—'

'क्या हुआ?'

'उसे लिलुआ रेस्क्यू होम में भेज दिया गया। वहां से वह भाग गयी और अब दुबारा उसी लाइन में उतर गयी है। ऐसी औरतों को कभी सुधारा नहीं जा सकता! ये लोग शरीफ बन ही नहीं सकतीं।'

'लिलुआ होम भी तो वीभत्स जगह है।'

'यह देखना सरकार का काम है। उस लड़की को ज़रा थाने भेज दीजियेगा। वह आकर एक डायरी लिखा जाये। थाने का भी ज़रा हाले देखिये। औरतों के रखने के इन्तज़ाम का क्या हाल है! और भी एक बात जानते हैं? आजकल सब जगह दरिद्रता ही दरिद्रता है, तरह-तरह के प्रलोभन हैं। इस लाइन में ईज़ी मनी है! रुपयों की आसान कमाई! लड़कियों पर लड़कियां चली आ रही हैं।'

'हां, आ तो रही हैं!'

'आयेंगी नहीं? गांव के लोग भी तो महा लोभी हो उठे हैं। मैं तो ऐसे-ऐसे किस्से

भी जानता हूँ, जहां बीवियां यह धंधा करके, रुपये कमा रही हैं। पति यह बात जानता है, इसके बावजूद, मान लेता है।'

'इस लड़की का कहना है कि विवाह के प्रलोभन में फंस गयी।'

'आजकल तो यह आम बात है। बिहार से ब्याह करने आते हैं। लड़की के अभिभावक को नक़दी रुपये और खर्चा-पत्तर देकर, ब्याह करते हैं उसके बाद लड़की को ले जाकर चकले में बेच देते हैं।'

'कहां?'

'कलकत्ता, पटना, बम्बई, दिल्ली....कहां नहीं? देखते रहिये, औरतों का कारोबार, दिन पर दिन बढ़ता ही जायेगा। बम्बई की तरफ से तो लड़कियां गल्फ देशों को भी भेजी जाती हैं।'

तपन के माथे की नसें कहीं टीस उठीं। समूचा समाज क्या कैंसरग्रस्त हो गया है? उसका सिर झनझना उठा मानो अनजाने में अन्दर ही अन्दर नसें टूट रही हैं और रक्तस्राव हो रहा है।

ओ सी ने दुबारा कहा, 'अरे, बॉर्डर एरिया में क्या कम धंधा हो रहा है? और क्यों न हो, बताइये? इसमें कोई इन्वेस्टमेंट नहीं है! बेचकर भी पैसा! वेश्यालय में डाल दो, तो भी पैसा! यही एक ऐसा कारोबार है, साहब, जिसमें कोई नुकसान....कोई घाटा नहीं होता।'

हां, यही बात एक दिन टाइगर ने भी कही थी।

'टाउन तो हर जगह होते हैं, साहब! वर्ना बैरेक के घर-मकानों में छोकरियां आती कहां से हैं? एक बार उस बैरेक में दाखिल हो गयीं, तो वे भी जानती हैं कि अब लौटकर कोई फ़ायदा नहीं होगा, वहां से भागना मुश्किल होता है। किसी तरह निकल भी भागीं, तो घरवाले उन्हें दुबारा क़बूल नहीं करेंगे। उन्हें आखिरकार दुबारा इसी लाइन में उतरना पड़ता है। वैसे कुछेक व्यतीक्रम भी होती हैं। मैंने यह भी देखा है कि कलकत्ते के ही एक फलवाले ने एक रंडी से ब्याह कर लिया और वह सुखी है।'

'ठीक है, भेज दूंगा उसे।'

'आप न आयें। जस्ट उसे ही भेज दें। आपका एक सुनाम है—'

'इसी से तो समझ में आता है कि समूचा समाज कैंसरग्रस्त हो गया है। एक कुख्यात डाकू, उसका भला सुनाम हो सकता है? एक थे शिवतोष दत्त! आप जानते हैं उन्हें?'

'नहीं, मैंने उन्हें नहीं देखा।'

'टाउन में उन्होंने तीन-तीन प्राइमरी स्कूल बनवाया था। सड़क के बच्चे उठा-उठाकर, उसे पढ़ाते-लिखाते थे। रंजन का वह गैरेज है न! उसे उन्होंने ही मोटर मैकेनिक बनाया। पता नहीं, उन्हें किस रोग ने धर दबोचा। उन्हें उल्टियां शुरू हो गयीं! समूची देह में जलन मच गयी और बुख़ार चढ़ गया। बिना दवा-दारू के, बिचारे रोग-भोग झेलते हुए मर गये। उनका तो सुनाम होना चाहिये था। लेकिन टाउन में कोई भी उनका

नाम नहीं लेता। हुंहः सुनाम! और मेरा? नहीं, जनाब, यह टाउन सड़-गल गया है! मैं चलता हूँ....'

घर-द्वार का रंग-रोगन हो गया। दीवार पर वह जो पुरानी दरार का निशान नज़र आता था, वह भी आब गायब! खिड़की-दरवाज़ों पर ग्रिल! मां के रसोईघर में किरासिन का नया स्टोव! दीवार की आलमारी में मां ने जाने क्या-क्या भर रखा था।

आवृत्ति के लिए तपन को पुरस्कार में मिली किताबें—'अग्निवीणा', 'छाड़पन'! खेलकूद में जीते हुए, तपन के इनाम, छोटे-छोटे बदरंग कप! सूकू और बूकू को 'थ्री लेगेड' रेस में, छोटा-सा शर्बत-सेट मिला था! उनके स्कूली जीवन की किताबें! रेवा की पढ़ाई की किताबें, गीतों की कॉपी! तपन की निगाह एक तस्वीर पर अटक गयी।

यह तस्वीर मां ने अपने चारों बच्चों समेत, बनबिहारी के स्टूडियो में उतरवायी थी। मां का आंचल थामे, रेवा, मां की अगल-बगल में सूकू-बूकू और पीछे की तरफ तपन खड़ा था। मां चौड़ी किनारी की, हरे रंग की मामूली-सी साड़ी पहने हुए थी। उन सब बच्चों के बदन पर, घर में धुली पैंट-कमीज़!

'यह सब क्यों रख छोड़ा है, मां?'

'इन सबको निहारती हूँ; इन पर हाथ फरेती हूँ, लगता है, तुम सब मोरे पास हो।'

'वह लड़की आयी थी?'

'हां, हमने ही कमरे में सुलाया। वह लड़की कउन है, रे? अचानक, तेरे पास....?'

'जो, जिसको भेज सकता है, भेजता रहता है। मैं क्या भगवान हूँ, जो इन सब बातों का इन्तज़ाम कर सकता हूं, तुम बताओ?'

'कुछ तो आसरा लेकर आयी है, वर्ना काहे आती? हमको कित्तने लोग पकड़ते हैं? कित्तने लोग आसरा मांगने आते हैं हमारे पास?'

'देखो, किसी से कोई वादा मत देना; किसी को आसरा मत देना।'

'कहां, हम तो नाहीं देती।'

'नये चश्मे में, तुम्हारी सूरत बदली-बदली नज़र आ रही है।'

'बड़ा साफ़-साफ़ नज़र आता है।'

'आंख जैसी नाजुक चीज़ के बारे में भला कोई लापरवाही बरतता है?'

'सबूज भी कह रहा था, मोरा चेहरा बदल गया है।'

'सबूज सच ही बेहद भला लड़का है।'

'श्यामल की मां तो कहती है, यह सबूज कमबख्त जहन्नुम में चला गया। लेकिन वह तेरी बड़ी तारीफ करता है। तेरी तारीफ सुनकर वह चुप हो जाती है। सबूज बताता रहता है—टाउन में चलती-फिरती लड़कियों, औरतों में कितना भरोसा जागा है, तुम्हें नज़र नहीं आता? वह सुनती है, मगर कुछ कहती नहीं। असल में, श्यामल जो चला गया, यह बात वह भूल नहीं पाती। सबूज बताता रहता है, वे लोग मजे में हैं। बस, वह

ज़रा अपने पैरों पर खड़ा हो जाये, तो तुम्हें ले जाऊंगा।'

'सबूज अपने घर में रुपये देता है?'

'कुछ देता है, कुछ जमा करता है। यही तो अच्छा है। हम भी कहती हैं, रुपइय्ये जमा कर, काम आयेगा।'

'अच्छी याद दिलायी तुमने। सुनो, कल ही मैं तुम्हें लेकर कलकत्ता जाऊंगा।'

'क्यों? अचानक?'

'तुम्हारे साथ ज्वाएंट एकाउंट में रुपये जमा रहेंगे। मुझे बताने की ज़रूरत नहीं। अब तुम्हारे बेटे चाहे ज़मीन ख़रीदें या मकान। लेकिन, मेरी एक शर्त है, मकान तुम्हारे नाम होगा।'

'इस घर का क्या होगा?'

'बेच दूंगा, मां!'

'यह घर तेरे बप्पा के नाम है।'

'तो ये रुपये वही ले लें। रुपये-रुपये करके, हर वक़्त ललचाये रहते थे। किसी दिन रुपयों का मुंह नहीं देखा।'

'उसके बाद?'

'तुम और बप्पा, अब, यहां नहीं रहोगे। तुम वहां हो, राजी-खुशी, मज़े में हो, यह जानकर मुझे भी चैन मिलेगा। यह टाउन बिल्कुल अलग तरह का है, मां। तीन नम्बर का मामला, आसानी से नहीं मिटनेवाला! अगर मैं यहां से रानाघाट चला गया, तो मेरी मां होने के नाते, तुम पर कोई हमला नहीं कर सकेगा।'

'कित्तने रुपये होंगे, तपन?'

'बहुत सारे रुपये! ज़मीन, घर-मकान के कारोबार में बेशुमार दौलत है, मां! श्यामल लोग अगर राजी हों, तो वे लोग ही ज़मीन देख दें, कलकत्ते के आस-पास तुम भी एक घर बनवा सकती हो।'

'इत्तने सारे रुपये!'

'हां, मां, अगर तुम्हारा घर बनाने का मन न हो, तो सूकू, बूकू, जो, जहां भी हैं, वहां अपना-अपना घर बनवा लें। मैं फिर कहता हूँ, यह मेरे कारोबार की कमाई है।'

'ख़ैर, घर या मकान तो बाद में भी बन सकता है—'

'ना, मेरी ज़िन्दगी का तो कोई भरोसा नहीं।'

'कलकत्ते का बैंक तू पहचानता है?'

'यहा का बैंक मेरा नाम-पता उन्हें बता देगा। मैं वहां खाता खोल दूंगा। पूरे रुपये वहां ट्रांसफर कर दूंगा।'

'ख़ैर, तू जो बेहतर समझता है, कर ले।'

'यहां तुम लोगों का न रहना ही बेहतर है।'

'अब मैं तुझे देख भी नहीं पाऊंगी?'

'नहीं, ऐसा क्यों। मैं तुम्हारे पास जा सकता हूँ। तुम भी मेरे पास आ सकती हो। लेकिन, मैं जाना नहीं चाहता। मेरी छाया भी उन लोगों की ज़िन्दगी में न पड़े, यही अच्छा है। जो जहां भी है, सही-सलामत रहे; मजे में रहे। लोग यही जानें कि तपन से तुम लोगों का कोई रिश्ता-नाता नहीं है। इसी में मंगल है।'

'तू अगर ब्याह कर लेता....'

'दीनू बाबू के बहू-बेटे के बारे में सोचो...।'

'चल, अब नहीं कहूंगी–'

'अरे, आज तुमने खाने को नहीं पूछा?'

'बातों ही बातों में....'

'मां ने आसन बिछा दिया। तपन के लिए खाना परोसकर ले आयीं।

'अपनी थाली नहीं लायीं मां?'

'मैं राधा के साथ खाऊंगी। बिचारी लड़की गृहस्थ घराने की है, रे! आते ही घर की झाड़ू-बुहार में जुट गयी; सब्जी काट दी। बेहद नरम लड़की है, बेटा!'

'चुप बैठी है न?'

'ज़ार-ज़ार रोती रहती है कि मेरा क्या होगा?'

इस बारे में, भला कुछ कहा जा सकता है?

'सारा दुःख तो औरत के ही भाग में होता है, रे! रस्ते-रस्ते भटकती-बहती है; जिन्दगानी बर्बाद हो जाती है....कितना कुछ हो रहा है, औरत के साथ....'

'उसका भाई भी तो अमानुष है! कैसा लड़का है, किस परिवार का है, क्या करता है, इन सबकी खोज-ख़बर तो लेनी चाहिये थी....'

'सच्ची, बड़ा अमानुष है।'

'अरे, यह क्या? आज खीर क्यों?'

मां के होंठों पर हल्की-सी हंसी तैर गयी, 'तेरा जन्मदिन है न! किसी दिन तो तुझे....'

'सबूज को मिठाई बेहद पसन्द है....'

'दिया है उसे! अच्छा, तपन....?'

'हां, कहो न!'

'इस लड़की से तू ब्याह नहीं कर सकता?'

'नहीं, मां, मेरी ज़िन्दगी, कभी, किसी दिन भी स्वाभाविक नहीं होगी। मैंने इस बारे में कभी सोचा ही नहीं–'

'ख़ैर, यह बता, कल ही जायेगा?'

'हां, कल ही! और कल ही सबूज उसे लेकर थाने जायेगा। डायरी लिखी जायेगी। उसके बाद, वह चली आयेगी।'

'मैं पूछ रही थी, हमारा कल ही जाना क्या ज़रूरी है?'

'हां, चाहता तो यही हूं, मां! बैंक को ख़बर कर दी है, वे लोग लिख देंगे, बस, वहां काम हो जायेगा। वैसे भी, हम गाड़ी से जायेंगे, मां!'

'कलकत्ता जावेंगी, वह भी गाड़ी से?'

'हां, बेशक, मां!'

'और यह लड़की?'

'इसी घर में रहेगी। सबूज ले आयेगा। थाने से लौट आयेगी। कोई ख़ास बात नहीं है। रा-धा!'

राधा आकर खड़ी हो गयी।

उसने साड़ी बदल ली थी। बालों की चुटिया बांध ली थी। वह भी मांग से उलटकर! नाक में झूठी नकछबि! आंख-चेहरा रोते-रोते फक्क पड़ गया था।

'मुझे थाने मत भेजिये—'

'जाना ही पड़ेगा। तुम यहां क्यों आयीं, कैसे आयीं, मेरे पास कैसे आयीं—सब बयान कर देना। यहां तो तुम्हें हमेशा के लिए मैं रख नहीं सकता और जब तक कोई अच्छा-सा इन्तज़ाम न हो जाये, तुम्हें कहीं भेज भी नहीं सकता। अब मैं जैसा कह रहा हूँ, वैसा ही करो।'

'यहां भी तो मां को कामकाज़ के लिए कोई मददगार चाहिये, मैं रह सकती हूँ।'

'लेकिन मैं तुम्हें नहीं रख सकता। इसमें कई-कई असुविधा है।'

राधा धीरे से वहां से हट गयी।

मां ने कहा, 'छठी क्लास तक पढ़ी है। अस्पताल में, मेरी जगह भी, उसे काम दिलाया जा सकता है। सुमना वगैरह का कामकाज़ कर दिया करेगी, वहीं रह भी जायेगी।'

'अगर वह चाहे, तो ऐसा किया जा सकता है। तुम देखो। लेकिन उसका यहां रहना, नहीं चलेगा।'

'तू जो कहेगा, वह लड़की वही करेगी।'

'मुझे वह पहचानती ही कितना-सा है?'

'तुझ पर भरोसा करती है—'

'भूल करती है, मां, ग़लत करती है! एक बात और, अगर वह किसी काम में लग जाये, तो यहां आना-जाना न करे। मैंने कहा न, कौन, कब, क्या कर बैठे....! अच्छा, अब मैं चलता हूँ....।'

'इस बार तू बहुत दिनों बाद आया....'

'हां!'

वैसे इतना-सा आना-जाना भी बंद हो जाये, तपन तो इसी कोशिश में लगा हुआ था। उसे जाना ही होगा। इस लाइन में उतरने पर, तपन जैसे लोग चिरस्थायी नहीं होते।

तपन जैसे लोग और-और लोगों के हाथों में होते हैं। जो हाथ छुरा चलाते हैं,

वह किसी और के होते हैं। जो लोग, तपन जैसे इन्सानों के मालिक होते हैं, वे लोग सुरक्षित होते हैं। उनके पास सब कुछ होता है। उनके पास रेनु भाभी, भाभी की बेटियां, चमचमाता घर-मकान, पवित्र निरामिष भोग, सुबह-सुबह मालिश करनेवाला, परिमित आहार, सभा-समिति, उजली-धुली पोशाक—सब कुछ होता है उनके पास!

ख़ून के दाग़-धब्बे तो तपन जैसे इन्सानों पर लगे होते हैं। यह भी कैंसर ही है। उनलोगों को तपन जैसे लोगों की ज़रूरत होती है, तपन लोगों को भी उन जैसों की ज़रूरत होती है। जब वे लोग असंख्य होते हैं, तब अनगिनत टाइगर, हज़ारों-लाखों छुरे-चेम्बरवाले रंग-बिरंगे हाथ मैनुफैक्चर कर डालते हैं। उस दिन तपन जैसे लोग उनके लिए फालतू हो जाते हैं या उस दिन भी, वे लोग उनकी ज़रूरत बने रहते हैं। भविष्य बिल्कुल ही अनजाना होता है।

'मैं चलता हूँ, मां!' तपन ने कहा।

अगले दिन बैंक के लोगों ने ही कलकत्ता के श्याम बाज़ार ब्रांच को उसका परिचय लिखकर दे दिया।

'सारे रुपये उठा लेंगे?'

'नहीं, करीब दस हज़ार यहीं रहेगा।'

'हम लोग तो मार खा गये न!'

'यह एकाउंट भी बढ़ जायेगा—'

'..................'

'रुकिये, यह भी ज्वाएंट कर लूं, तब मां को कोई असुविधा नहीं होगी?'

हां, तब, तपन के सीने से बोझ उतर जायेगा। उसे चाहे कुछ भी हो जाये, मां को तकलीफ नहीं होगी। उसे कोई परेशानी का सामना नहीं करना पड़ेगा।

'जीप में चलेगा?'

'सब से अच्छी गाड़ी है, मां!'

जीप जब कलकत्ता पहुंची, तो बारह बज चुके थे। भीड़भाड़ पार करके, बैंक पहुंचते-पहुंचते दोपहर के एक बज गये। एकाउंट खुल गया। उसके बाद, तपन ने चेक जमा दिया। पांच सौ रुपये नकद देकर खाता खोलने के बाद, जब उसने पांच लाख, अस्सी हज़ार, छः सौ सतहत्तर रुपयों का चेक जमा कर दिया, तो वह अन्दर तक निर्भय हो आया।

'अब तुम्हें किसी तरह की चिन्ता-फिक्र करने की ज़रूरत नहीं रही, मां।'

'अब तू भी चिन्तामुक्त हो गया।'

'काफी वक़्त हो गया। चलो, कुछ खा लो!'

'तू भी तो खायेगा न?'

'हां, दही-मिठाई ले लूंगा—'

'चल, यही ठीक रहेगा।'

खाना निपट जाने के बाद, तपन ने कहा, 'चलो, तुम्हें एक जगह की सैर करा लाऊं।'

'रेवा के यहां?'

'उसका घर तो मैं जानता भी नहीं, जा भी नहीं सकता। श्यामल या रेवा को मेरा जाना अच्छा भी नहीं लगेगा।'

'उन लोगों ने तुझे पहचाना नहीं, रे!'

'यह भी तो हो सकता है कि उन्हीं लोगों ने मुझे ठीक पहचाना! ख़ैर, छोड़ो, चलो–'

मां दक्षिणेश्वर देखकर परम खुश हो गयी। वह बिल्कुल बच्ची की तरह पुलक उठी।

'रानी रासमनी–एक फिलिम देखी थी मैंने! उसमें जो छवि थी न, यह जगह तो बिल्कुल वैसी ही है, रे तपन।'

'हां, मां, बिल्कुल वैसी हरी जगह है! चलो, घूम-घूमकर देखें। उसके बाद, हमें लौटना भी है। देखा, भिखारियों की कैसी भीड़ लगी है? क्या बात है, उन्हें पैसा देना चाहती हो? लो, ये रहे पैसे, दे दो।'

दक्षिणेश्वर में पंचवटी, नौबतख़ाना, मंदिर की देवी प्रतिमा, ठाकुर परमहंस का कमरा--सारी जगहें घूम-घूमकर देख डाली गयीं।

'यहां गंगा भी कितनी खूबसूरत है। सच्ची कहें, तो यहां आकर मन जुड़ा गया।'

'यह जगह तुमने कभी नहीं देखी?'

'कब देखा? कौन दिखाता? वहां जो पड़ी थी, वहीं पड़ी रही और जब तू वहां नहीं था, मैं कहीं नहीं गयी। संकटा काली के मंदिर में ही पड़ी रहती थी। ख़ैर, आज का दिन मुझे हमेशा याद रहेगा।'

मां ने देवी मइया को चढ़ाने के लिए एक डिब्बा भर सन्देश मिठाई खरीदी। देवी मइया के दर्शन करके, उनकी पूजा की।

'बांटने के लिए घर ले जाऊंगी। अभी तो सबूज, बीरू भी वहीं होंगे। वह लड़की भी होगी। तेरे बप्पा भी....'

मां ने लम्बी उसांस भरी मानो वह बेहद निरुपाय हो आयी हो।

उसने असहाय लहजे में कहा, 'पता है, तपन, अब वह मानस बिल्कुल बदल गया है।'

'बदल गया हो, तभी भला है।'

'हां, रे तपन, यह जो घर बनेगा, उसमें तेरे बप्पा भी जायेंगे न?'

'सब कुछ वैसा ही होगा, जैसा तुम चाहोगी। यूं भी उन्हें अकेला छोड़कर जाओगी भी कहां? अब तो टाउन के बैंक में रुपये जमा करो! रुपये निकालो! यहां जो रुपये जमा हैं, वह शायद बढ़ते ही रहेंगे। लेकिन जैसा मैंने कहा, बस, वही...। घर तुम्हारा होगा। तुम्हारे बाद, उन लोगों का होगा।'

'उन लोगों को इन्कार नहीं होगा। राजी क्यों नहीं होंगे?'

'बाकी जो रुपये बच जायेंगे, उसका ब्याज, तुम्हारे लिए! तुम्हारी आमदनी होगी! अपने बाद, तुम जिसे, जो देना चाहो, दे जाना। अभी सब कुछ तुम्हारा होगा, तभी तुम उनसे आदर-जतन भी पाओगी। और, हां, मां...'

'हां-हां, बोल न!'

'टाउन के बैंक में जो रुपये पड़े हैं, तुम जैसा समझो, उसमें से थोड़ा-बहुत कुश लोगों को भी दे देना! वे चारों लड़के मेरी बेहद देखभाल करते हैं।'

'हां, दूंगी! जरूर दे दूंगी। तू जो कहेगा, मैं वही करूंगी, तपन! सुन, अभी तो तेरे पास दौलत है! तू कहीं और नहीं जा सकता?'

'नहीं, मां, अगर मैंने ऐसी कोई कोशिश भी की, तो भवानी बाबू झट पुलिस के पास दौड़ जायेगा। उसके बाद....। चलो, अब चला जाये। तुम फ़िक्र ना करो।'

'फ़िक्र ना करो—कितनी आसानी से कह देता है तू!'

'फ़िक्र करके क्या करोगी? तुम्हारे-मेरे हाथ में आखिर है भी क्या?'

शूकू बाबू इस समूचे मामले पर कड़ी नज़र रखे हुए था।

भवानी बाबू ने कहा, 'वह लड़की आ गयी, तपन रुपये खिसका रहा है। तुम्हें कुछ शक़ नहीं पड़ रहा है?'

'उस लड़की से उसका कोई लफड़ा नहीं है।'

'तो ये रुपये क्यों हटा रहा है?'

'अपनी मां को दे दिया है।'

'और कोई मतलब तो नहीं है? कहीं भाग तो नहीं जायेगा?'

'यह कैसे बतावें? वो जो कहावत है न, जहां मन जागे, बुद्धि वहीं भागे। लेकिन मोरे भइया एक बात जानते हैं, वह छोकरा कहीं भाग नहीं सकता। यह बात भइया हमको कई बार बता चुके हैं।'

'भागकर अगर कहीं पुलिस 'पोटेक्शन' में चला जाये?'

'ऐसा लगता तो नहीं! वह कहीं जानेवाला बंदा नहीं है। मन ही मन घुमड़ता रहता है; घुन्ना बना रहता है; अकेला रहता है। दारू-शराब पीता नहीं, औरतबाज़ी करता नहीं। वह अलग जात का लड़का है। उन दिनों, एक बार आवाज़ लगाते ही, नर्स सुमना हाजिर हो जाती थी।'

'ऐसे ही लोग 'डेंजरस' होते हैं, समझे? अरे, तू जवान-जहान छंउड़ा है! तोरी भरी-पूरी उमिर है! मज़े से दारू पी, फुर्तीबाज़ी कर! नहीं, वह तो कुच्छ भी नहीं करता। क्यों?'

'न्ना, उसे कोई लत नहीं है—'

'टाउन में हवा कैसी है?'

'गरीब-गुरबा लोगों के लिए तो वह साच्छात भगवान है। पापिया नामक उस

लड़की को वह बचाना चाहता था; सुमना की इज़्ज़त बचायी; अब इस छोकरी की मदद कर रहा है। यह सब बातें तो हवा में उड़ती हैं। है कि नहीं? अभीक और सोमजित उसको येऽऽ करते हैं। टाउन में यही एक बात रट गयी है—'न्याव नाहीं मिल रहा है, तो उसके पास जाओ।' अस्पताल में विलिल्लागीरी उसने ठक् से बंद करा दिया।'

'देख रहा हूँ, तुम्हारे मन में भी उसके लिए भक्ति जाग गयी है—'

'कहा है, आजकल बड़ा-बड़ा बिजनेस चल रहा है, छुटका-फुटका कारोबार बन्द कर दिया जाये, तो लोग-बाग़ खुश होंगे, बुरी घटनाएं याद नहीं रखेंगे। हम लोगों को 'भद्दर' यानी शरीफ बनना होगा।'

'अच्छा? यह कहा है?'

'अरे, उसके कहने भर से लोगों ने घरों की बुकिंग करा ली। उसने कहा, साइट में लोकल लेबर लगाया जाये, तो वे लोग भी खुश होंगे।'

'चलो, देखते हैं! लेकिन, धरम के रस्ते से पइसा आवे, तो सब्ब खुस नाहीं होते। दुसरे-दुसरे रस्ते, जो पइसा एकदभ से आता है, वह पइसा उतनी ही जल्दी उड़ भी जाता है। लेकिन, यह बात याद कउन रखता है? आदमी बहुत जल्दी-जल्दी भूल भी जाता है।'

'यह भी सच है!'

'मुद्दे की बात यह है कि उस पर नज़र रखनी होगी। मां के लिए उस के मन में इत्तना खिंचाव है, यह पहिले नहीं जानता था।'

टाइगर ने कहा, वे दोनों मां-बेटे हैं। खिंचाव नहीं होगा।'

'हां, तो तुम अगर यहां चले आये, तो बैरेक के घर-मकान? उनका क्या होगा?'

'हो जायेगा इन्तज़ाम! मासी को ठेका दे देंगे।'

'यह लड़की कैसी है?'

'मैंने देखा नहीं—'

'कौन जाने, तपन कहीं फंस तो नहीं गया?'

'वह किसी भी दिन उस रास्ते नहीं जायेगा।'

'उस लड़की का नाम क्या है?'

'राधा!'

राधा थाने में बैठी-बैठी बेतरह थक गयी। ओ सी साहब फुर्सत ही निकाल पा रहे थे। जब उन्हें फुर्सत हुई, तब तक वह डर और उद्वेग के मारे कांटा हो आयी।

ओ सी की आवाज़ बेहद भारी सुनायी दी।

'तुम्हारा नाम राधा कर्मकार है?'

'राधा रानी कर्मकार!'

'तो फिर 'राधा' क्यों कहा?'

'सभी लोग मुझे राधा ही कहते हैं।'

'घर तेनीबाग़ में है?'

'हां, बाबू!'

'घर में कौन-कौन है?'

'बड़ा भाई!'

'नाम क्या है?'

'पवनचन्द्र कर्मकार!'

'ब्याह हुआ था?'

'हुआ था!'

'वहां टिकी क्यों नहीं?'

'सात दिनों बाद ही वह मुझे वापस छोड़ गया।'

'दुबारा नहीं गयीं?'

'उसके बाद ही, उसने दूसरा ब्याह कर लिया।'

'वापस क्यों छोड़ गया?'

'भइया सायकिल नहीं दे पाये—'

'इस आदमी से जान-पहचान कैसे हुई?'

राधा सारा किस्सा दुहरा गयी।

'घर छोड़कर, बहुत ग़लत काम किया।'

'उसने ब्याह करने का वादा किया था।'

'उसने वादा किया और तुम भरोसा करके चली आयीं? लीजिये, भई, सब लिख लीजिये। अब अगर उस मरदूद को पकड़ सकें, तो?'

'अगर वह ब्याह करे, तो कर लूंगी।'

'हुंः फिज़ूल का झमेला! तपन बाबू के पास कैसे पहुंच गयीं?'

'सब ने कहा, अगर कोई, कुछ कर सकता है, तो वे ही कर सकते हैं।'

'हां, अब जैसा वे कहें, उसी तरह चलना। हमें अगर कोई ख़बर मिली, तो तुम्हें भी मिल जायेगा। सूरत-शक्ल से जो गृहस्थ घर की लड़की लगती हो। मर्द देखते ही, हहाकर झूल क्यों गयी? तुम नहीं जानतीं कि आजकल विवाह के नाम पर चकमा देकर कितनी ही औरतों को....?'

'नहीं जानती थी।'

राधा की आंखों से आंसू बहने लगे।

'ख़बर तो हम तेनीबाग़ में भी करेंगे।'

'भइया के पास मुझे मत भेजियेगा।'

'अगर वह तुम्हें ले जाना चाहे?'

'नहीं, वे नहीं ले जायेंगे।' राधा ने सिर हिलाते हुए कहा, 'लोहारी की दुकान यूं ही पानी में बहा दिया उन्होंने। मैं और भाभी धान कूटती थीं, खौलाती थीं, लोगों के घर

जा-जाकर काम करती थीं, लेकिन वे ध्यान नहीं देते थे। हम अपनी कमाई का खाती थीं, लेकिन फिर भी वे रात-दिन दुत्कारते रहते थे—बैठी-बैठी अनाज ध्वंस किया करती हो, चलो, निकलो! निकल जाओ यहां से।'

'ख़ैर, छोड़ो, अगर कहीं जाओ, तो थाने को बताकर जाना। कहीं खिसकनेवाली तो नहीं हो न?'

'कहां जाऊंगी? मां ने कहा है, वे मुझे अस्पताल में नौकरी दिला देंगी, वहीं नौकरी करूंगी?'

'मां कौन?'

'वही बाबू साहब की मां।'

'अच्छा? तुम भी उन्हें 'मां' कहने लगीं? अच्छा है, बहुत अच्छा है! हां, भई, मेहनत-मशक्कत करके खाना चाहिये, यही भला है। अच्छी बात है, अब तुम जाओ।'

ओ सी ने आवाज़ देकर कहा, 'ए हो, सामन्त, तपन बाबू की कैंडिडेट हैं यह! कुछ समझे?'

'वे तो सभी का उपकार ही करते हैं।'

'हां, सो तो करते हैं। अगर वे न होते, तो भला उस हाउसिंग में मुझे फ्लैट नसीब होता? छोटी ही सही, एक ज़ायदाद का मालिक तो बना!'

'मैं भी उनसे एक फ्लैट मांगूंगा।'

'ससुर का ऐसा आलीशान घर रहते?'

'हुंह! कूचबिहार कौन जायेगा? यह घर तो कलकत्ता के ही आस-पास है। लड़कियों का इस्कूल भी करीब है! हर तरह की सुविधा है।'

'कोशिश कर देखो।'

राधा को कोई नौकरी मिल जाये, इसके लिए तपन की मां ने सच ही एड़ी-चोटी का पसीना एक कर दिया। मेट्रन के जवाब ने भी उन्हें आवाक् कर दिया।

'हांसी' दी, तुमने कहा, इससे बड़ी बात और क्या होगी? उसका नाम अभी ही लिख लेती हूँ। रात की ड्यूटी करेगी वह?'

'महिला वार्ड में दीजियेगा।'

'रहेगी कहां?'

'सुमना वगैरह से कह देखूं—'

सुमना भी राजी हो गयी।

तपन की मां ने राधा को समझाया, 'मन लगाकर, अच्छी तरह काम करना। डॉक्टरों के नर्सिंगहोम से भी बुलावा आयेगा। अगर ठीकठाक काम किया, तो....'

राधा ने उनके पांवों पर अपना सिर रख दिया, तपन की मां को दुबारा ख़्याल आया कि तपन की ज़िन्दगी कभी स्वाभाविक नहीं हो सकेगी, मगर हो भी सकती थी।

उन्होंने राधा को और भी कई हिदायत दे डालीं, 'देखो, जिस-तिस हेलमेल मत बढ़ाना! ऐरे-गैरे से बात मत करना। यह टाउन बेहद बुरी जगह है।'

'हां, मां, आपकी सीख याद रखूंगी।'

'ब्याह करने का झूठा वादा अनगिनत लोग करेंगे। उन वादों पर भरोसा मत करना। वह सब महज मक्कारी की बातें होती हैं।'

'हां, मां!'

लेकिन राधा इन बातों पर टिकी नहीं रह सकी। तपन को खुश करने के लिए पुलिस ने खोज-बीन जारी रखी और आखिरकार देवा पाल उर्फ स्वपन विश्वास को धर दबोचा। जब पुलिस राधा को लेकर पहुंची, वह स्वपन को देखकर सिहर गयी।

पुलिस ने मार-मारकर, स्वपन का चेहरा बिगाड़ दिया था।

उसे देखते ही देवा बोल उठा, 'हमने सिर्फ नाम भर ही बदला था, वर्ना, राधा, उस दिन मेरे साथ दुर्घटना हो गयी, इसीलिए....'

'क्यों? क्या हुआ था?'

'मीरपलाशी के करीब मेरी बस का एक्सिडेंट हो गया था, राधा!'

'चोट भी लगी? कहां?'

'कमर में, सिर में! मैं बुरी तरह घायल हो गया था।'

ओ सी ने जवाब तलब किया, 'मीरपलाशी के पास दुघर्टना? कब हुई? और तुमने अपना नाम क्यों बदल डाला था?' देवा चुप!

'देखो, राधा, यह आदमी सिर से पांव तक मक्कार है। महा-धप्पेबाज़ है! अगर तुम चाहो तो इसके नाम मुकदमा भी ठोंक सकती हो।'

'यह मुझ से नहीं होगा।'

'वैसे तपन बाबू को कहकर भी....'

'अब उन्हें क्यों परेशान करूं?'

'सलाह देना मेरा फर्ज़ है। जो भी हो, यह बताओ कि तुमने इसे पहचान तो लिया?'

'हां, पहचान लिया। क्यों, जी, तुमने मुझ से यह क्यों कहा था कि तुम मुझ से ब्याह करोगे? इत्तने दिनों तुम कोरा झूठ बोलते रहे...? नाम तक झूठ बताया?'

देवा निरुत्तर!

'अब मैंने अपने घर का आश्रय भी गंवा दिया। बाबू जी, आप तपन बाबूसाहब को ख़बर कर दें। अब वही जो फैसला करेंगे, मुझे मंजूर होगा।'

तपन बेतरह आवाक्!

'यह तुम क्या कह रही हो? वह अगर ब्याह के लिए राजी हो, तो तुम ब्याह कर लोगी?'

'हां, अगर वह सही रास्ते पर चले...'

'यह बात तुम दिल से कह रही हो?'

'राधा! हां कर दो, राधा! तुम जैसे कहोगी, मैं वैसे चलूंगा।' देवा गिड़गिड़ाने लगे, 'सर, आप मुझे सिर्फ एक मौका दें! ग़लत सलाह पर मैं ग़लत राह पर चला गया। अब मैं सुधर जाऊंगा! भला और शरीफ आदमी बनूंगा–'

'तुम्हारी बातों पर भरोसा तो नहीं होता।'

राधा ने मिन्नतभरीआंखें ऊपर उठायीं।

'इस आदमी ने नाम में धोखाधड़ी की! तुम्हारा रुपया लेकर सटक लिया; धप्पा दिया; आंखों में धूल झोंका! उस दिन भीरपलाशी में कोई दुर्घटना नहीं हुई थी। बस की टक्कर हुई थी, मगर आठ महीने पहले। इतना सब जानने-सुनने के बाद भी तुम उसे....?'

'यह अगर टाउन में रहा, तो आपके डर से ठीक रहेगा?'

'मैं भला उस पर नज़र कैसे रख सकता हूँ?'

'आपको तो सभी जानते-पहचानते हैं, सर' देवा ने कहा।

'ब्याह के बाद, इसे खिलाओगे क्या?' तपन ने जवाब तलब किया।

'मैं इलेक्ट्रिक का काम करूंगा! मेरे पास सभी यन्त्र-पाती मौजूद हैं।'

'तुम्हारा घर कहा है?'

'चाकदा! लेकिन मैं घर नहीं जाता।'

'टाउन में तुम्हें कौन पहचानता है?'

'कॉन्ट्रैक्टर, सामन्त बाबू! वे मुझे देवा नाम से पहचानते हैं।'

'हां, तो बताओ, राधा! अब तुम जो भी फैसला करो–'

'अब मुझ से और कौन ब्याह करेगा?'

'नौकरी तो कर ही रही हो–'

'नौकरी नहीं छोडूंगी। विवाह के बाद भी काम करूंगी।'

'अब तुम देखो। जब तुम्हारी इतनी ही इच्छा है, तो सोच लो! रहोगी कहां?'

देवा पाल ने अपनी कमर से रुपये और चांदी की एक चेन निकाली।

'ये रहे उसके रुपये! उससे ब्याह करने के इरादे से ही तो उसे खोजते-खोजते, मैं यहां आ पहुंचा। अंत में थाने में पहुंच गया। वह मेरा नाम पहले से ही लिखाये बैठी है, यह मुझे कहां पता था?'

'तुम थाने में नहीं पहुंचे। पुलिस ने ही तुम्हें गिरफ्तार किया।'

'हां, सर!'

'सच बात कहते, क्या जुबान कटती है?' राधा ने पूछा।

'इसके बाद, अगर तुमने कोई बदमाशी की, तो जान से जाओगे, यह समझ लो।'

देवा सिहर उठा।

'नहीं, नहीं, मैं आपके पांव छूकर प्रतिज्ञा करता हूँ–'

'रहोगे कहां?'

'अस्पताल के पिछवाड़े की बस्ती में।'

'वहां क्यों?'

'या फिर हरिजन-बस्ती में रहूंगा। वहां कोई न कोई घर ज़रूर मिल जायेगा।'

'राधा, सोच ले—'

'क्या सोच लूं, बाबू? यह मेरी नियति है! अगर तकदीर में लिखा होगा, तो यही शख़्स सुधर जायेगा! भलामानस बन जायेगा! घर-बारी बनेगा।'

'देख लो—'

बहरहाल, इसी तरह राधा कर्मकार और देवा पाल का विवाह सम्पन्न हुआ। टाउन में हर किसी की जुबान पर, एक ही जुमला—यूं किसी लड़की का विवाह करा देना, तपन के ही वश की बात है। ऐसी लड़कियां तो अक्सर बह जाती हैं। चलो, शुक्र है, इस लड़की को कूल-किनारा मिल गया।'

बात यह थी कि राधा को कूल-किनारा मिला या नहीं, तपन समझ नहीं पाया। उस आदमी से विवाह करके, कोई किनारा मिलना क्या संभव है?

बहरहाल, विवाह हो गया। सुमन वगैरह ने उपहार के तौर पर उसे स्टोव और बर्तन-भांडे दिये। तपन की मां ने उसे साड़ी-ब्लाउज़-पेटीकोट और चप्पल भेंट किये।

तपन की मां ने कहा, 'इससे ज़्यादा कुछ नहीं। इससे भी कम सामान में, इन्सान अपनी गृहस्थी शुरू करता है।'

'हां, यह तो सच है।'

अस्पताल के पिछवाड़े की बस्ती में राधा और देवा पाल ने अपनी ज़िन्दगी शुरू की। देवा सामन्त बाबू के दफ़्तर में नज़र आने लगा।

सामन्त ने देवा को बताया, 'आजकल तपन यहां का बॉस है। किसी भी तरह की तिकड़मबाज़ी मत करना। अगर उसने छुरा चला दिया, तो पुलिस पलटकर भी नहीं देखेगी।'

'नहीं, मैं ऐसा कुछ नहीं करूंगा, सर!'

'तुम्हारी यह कितने नम्बर की बीवी है?'

'राधा को पता नहीं, सर! मेहरबानी करके....उन बीवियों में से कोई टिकी कहां? सब भाग गयीं, इसीलिए इस बार गंवई-गंवार लड़की....'

'पिछली सब भाग गयीं या तुमने बेच दिया?'

'ना, सर, काली किरिया....'

'जाओ, जाओ। लेकिन, देखना, मैं उसके गुस्से का शिकार न बनूं! कहीं अपना खार निकालने को वह मुझ पर न टूट पड़े।'

'नहीं, सर!'

'देखो, काफी लुच्चई कर ली, अब ज़रा...'

'हां, सर!'

छः

लेकिन, इस दौरान मलय शहर में आ धमका।

उसने तपन को बताया, 'भवानी' दा के काम से मैं खड़गपुर में था।'

इन दिनों मलय और ज़्यादा सख़्त-बलिष्ठ हो आया था। उसकी आंखों की दृष्टि और बातचीत का लहजा भी अब काफी रूखा और कर्कश हो आया था। उसमें कहीं आत्मविश्वास भी जाग उठा था।

'तुमने शायद सुना हो, नये प्रोजेक्ट में मैं भी शामिल हूँ।'

'हां, सुना है।'

'हाउसिंग तुम सुपरवाइज करते हो। देखो, यहां भी फिट हो पाते हो या नहीं।'

'मेरी बस, एक ही शर्त है, नो माल हटाना! माल पार करने की कोशिश न की जाये। इसका ख़्याल रखना।'

'अरे, उसकी गारंटी है! पूरी गारंटी!'

'खूब अच्छी तरह कामकाज़ करना होगा, ताकि कम्पनी खड़ी हो जाये।

'बे-शक्! बेशक्! टाइगर क्या अभी भी....?'

'हां! लेकिन जल्दी ही आ जायेगा।'

'सुना है, टाउन में तुम भगवान हो गये हो?'

'तुम भी...क्या बात करते हो। रहोगे कहां?'

'देखता हूँ! तुमने क्या छुरेबाज़ी छोड़ दी?'

'हांऽ...कह सकते हो।'

'ख़ैर! काफी दिनों बाद लौटा हूँ! बाहर एक चक्कर लगा आऊं।'

'औरतों के सिलसिले में भी सारे झूठ-झमेले, दंगे-फसाद अब बंद!'

'हम लोग क्या संन्यासी होते जा रहे हैं?'

'नहीं, गुडविल बना रहा हूँ।'

'अब तुम चाहे जो कहो...चाहे जो करो...! तुम ही तो बॉस हो, भई!'

मलय को भी भवानी बाबू ही लाया था। यानी अब वह तपन को मनाने में फेल हो गया था। तपन को अब उसकी मुट्ठी से छिटकता जा रहा था। इसलिए अब उसे अपना कोई पिछलग्गू चमचा बॉस चाहिये था, जो भवानी बाबू से सख़्त लहजे में बात

न करे, जिसे उसके नक्शों की समझ न हो।

तपन ने सबूज को आगाह किया, 'तुम लोग खूब होशियार रहना। यह आदमी टाइगर से भी ज़्यादा ख़तरनाक है।'

'क्या तुम से भी टकरायेगा? तुम्हारा कोई नुकसान करेगा?'

'नहीं, आमने-सामने नहीं आयेगा।'

'तुम फिकर ना करो।'

'मैं फ़िक्र-विक्र नहीं करता—'

लेकिन दो दिनों बाद, सुबह जो ख़बर मिली, उसने तपन को परेशान कर दिया। सबूज सायकिल लेकर, साइट की तरफ दौड़ता हुआ आ पहुंचा।

'आज सुबह राधा काम पर नहीं गयी। वह न तो अस्पताल में है, न नर्सक्वार्टर में।'

'शायद अपने घर में ही हो।'

'वे दोनों ही ग़ायब हैं। घर खुला पड़ा है। सारा सामान ज्यों का त्यों धरा हुआ है।'

'फिर?'

'उनका कहीं, कोई अता-पता नहीं है।'

'जब दोनों ही गये हैं, तो परेशान होने की क्या बात है? सामन्त ने क्या कहा?'

'सामन्त ने बताया, वह तो काम पर भी नहीं आ रहा है। वह काम में लगा रहनेवाला बन्दा ही नहीं है।'

'इससे पहले भी वह दो-दो विवाह कर चुका है। वे दोनों यहां से चले गये हैं। मेरा ख्याल है, देवा ने कोई न कोई करिस्तानी ज़रूर की है।'

'आपने पहले तो कुछ नहीं बताया?'

'मेरे पास तो वह विवाह के बाद आयी। काम का आदमी, काम से ही नाता-रिश्ता! उसके घर में क्या हो रहा है, उससे मुझे क्या वास्ता?'

'आप भी फ़िक्र क्यों कर रहे हैं? आपने अच्छा समझा, ब्याह करा दिया। बस्स, काम ख़त्म।'

'ब्याह मैंने नहीं कराया। यह उसकी अपनी इच्छा थी।'

'तब तो बात ही ख़त्म! बालिग लड़की, कोई दुधमुंही बच्ची तो थी नहीं। आप क्यों परेशान हो रहे हैं?'

मां ने भी कहा, 'तू क्यों चिन्ता करता है?'

'ब्याह करके, वह खुश तो थी न?'

'खूऽ-ब! पति का सेवा-जतन करती थी। उस लड़के ने उसे ब्याहकर, मानो उसे धन्य कर दिया हो। अभी पिछले इतवार को ही उसने संकटा काली की पूजा की। उसीने बताया कि उसका पति रोज़ बाज़ार करके लाता है, उसकी काफी देखभाल करता है।'

'कहां? कहां जा सकते हैं, वे लोग?'

'कैसे बताऊं, बेटा?'

राधा ने बड़े विश्वास से कहा था—यह मेरी नियति है!

'ऐसे आदमी से उसने विवाह कैसे कर लिया?'

'उसे ब्याह, घर-गृहस्थी की बड़ी साध जो है। एक बार जो लड़की अपने घर से निकल आयी, कोई भला-शरीफ लड़का उससे विवाह करता, तू ही बता? औरत जात की हालत, संकटभरी होती है, तपन।'

'दोनों के दोनों चल पड़े, ऐसी तो कोई बात नहीं हुई?'

तू फ़िक्र करके, क्या करेगा, बता? कुछेक दिन टाउन में किसी ख़बर की सुन-गुन नहीं मिली। ऐसा भी सुनने में आया कि तपन खुद राधा से ब्याह करना चाहता था।

ओ सी ने कहा, 'अब, देखिये, कहीं उसकी लाश भी मिलती है या नहीं। सुना है, उस मरदूद ने ऐसे काम, वह पहले भी कर चुका है।'

'उसकी बीवी बार-बार भाग जाती है।'

'अच्छा? ऐसी बात है? लेकिन, पता कैसे चलता, भइये? बीवियां, अपने-अपने पतियों को छोड़कर चली जाती हैं, आजकल यह भी तो होने लगा है।'

'यह सब क्या अभी ही होने लगा है?'

'हां, अचानक ही समाज को तोड़-फोड़कर, नये सिरे से बदला जा रहा है। ऊपर के तबके में परमिसिव सोसाइटी पनप उठी है, तो निचले तबके पर उसका असर नहीं पड़ेगा? लड़कियां भी जान गयी हैं कि उनका बाज़ार-दर काफी ऊंचा, चढ़ गया है।'

'अच्छा, अपनी पुलिस-ज़िन्दगी में कोई भली बात कभी नहीं देखी?'

'हां, वह भी देखी है। अच्छी-भली, शरीफ लड़की को उसका मालिक बेचे दे रहा था। उस औरत ने उस शरीफ लड़की को बचाने के लिए, अपने पति का ही ख़ून कर डाला।'

'उस औरत को क्या सज़ा मिली?'

'जेल हो गयी। वह क्या अपने बच्चे समेत जेल चली गयी?'

'हैरत है!'

'लेकिन इस किस्से का उपसंहार वैसा नहीं हुआ। जब वह जेल से निकली, तब उसकी उम्र होगी, यही कोई अट्ठाइस साल! उसने खुद ही अपनी बेटी को बेच दिया और खुद किसी आदमी के साथ भाग गयी।'

'राधा वैसी नहीं थी।'

'गड़बड़ थी। पति बाहरी लोग ले आता था, राधा उस पर चींखती-चिल्लाती थी।'

'उसने मुझे ख़बर क्यों नहीं दी?'

'पति की जान का मोह था—'

'हां, वह मुझ पर भी भरोसा नहीं कर सकी।'

'डर गयी थी।'

'देवा में इतनी हिम्मत आयी कहां से?'

'अब, आप उनकी बातें भूल जायें। ऐसा भी तो हो सकता है, कि आपने उनका

ब्याह करा दिया, आपसे ही ख़ार भंजाने के लिए, किसीने.... यह कोई साजिश भी हो सकती है, तपन बाबू!'

'आप तो सारी बात बतायेंगे नहीं।'

'फिलहाल सबकुछ शांत है! ख़ैर, शांत ही रहे।'

'ख़बर तो मैं किसी न किसी तरह निकाल ही लूंगा। राधा कोई पर्सनल मामला नहीं है। लेकिन उसने मुझ पर भरोसा किया था और औरत के बारे में हेंकड़ीबाज़ी मैं कतई बर्दाश्त नहीं करूंगा।'

तपन को अचरज में डालते हुए सुमना ही ख़बर लिये-दिये आ पहुंची।

'आप?'

सुमना ने एक कागज़ आगे बढ़ा दिया।

'मैं अपनी जुबान से कुछ नहीं बता सकूंगी! यह ख़बर मुझे कहां से मिली, यह भी नहीं बताऊंगी।'

'अरे? देवा ने राधा को बेच दिया? राधा अब बैरेकवाले घर में है?'

'हां, मलय बाबू ने देवा को तीन हज़ार रुपये दिये हैं। ऐसा काम देवा पहले भी कर चुका है।'

'राधा भाग क्यों नहीं गयी?'

'उसे तो यह चकमा देकर ले गया कि नये घर में जायेंगे, चलो, वह नया घर दिखा लाऊं। लेकिन मेरा ख़्याल है, उसे बेहोश करके ले गया।'

'देवा!'

'पुलिस में रपट लिखाना, पुलिस की मार खाना, देवा कुछ भी नहीं भूला था। ख़ैर, ऐसी ही बहुत-सी बातें हैं—'

'आपको कैसे पता चला?'

'बस्ती के सभी लोग जानते हैं, मलय बाबू के डर से बताया नहीं। सुनने में आया है कि अब टाउन में मलय बाबू आ रहे हैं, आपको हटा दिया जायेगा।'

'ख़ैर, आ तो गया है, लेकिन अब निकल नहीं पायेगा। यह कितने दिनों पहले की बात है?'

'दस दिन तो ज़रूर हुए। लेकिन मुझे ये सारी बातें, कल ही पता चलीं।'

राधा बैरेक के घर में? मलय में इतना दुस्साहस आया कहां से?

भवानी बाबू! भवानी बाबू!

भवानी बाबू को तपन ने जितनी कड़ी-कड़ी बातें सुनायी हैं, उतनी और किसी ने भी नहीं सुनायीं।

भवानी बाबू क्या डर गये हैं?

तपन क्या बहुत जल्दी ताकतवर बन गया था? लेकिन, तपन अपमान हज़म करके ज़िन्दा नहीं रहेगा, भवानी बाबू! वह मरेगा, लेकिन, मारकर मरेगा।

टाउन में और कौन-कौन जानता है, यह ख़बर? कितने लोग उसके आगे यह सारी ख़बर दबा गये?

'बैरेक-घर! टाइगर! वहां मासी बैठी रहती है। एक-एक कमरे में एक-एक लड़की।

तपन बाघ हो उठा।

'कुश! सबूज! क्षिति! बीरू! मैं ऐक्शन पर जा रहा हूँ।'

'कहां?'

'बैरेक-घर में!'

'हम क्या करें?'

'ज़िन्दा रहना चाहता है, तो भाग जा! मेरे साथ आया, तो शायद अपनी जान से जायेगा! बेमौत मरेगा! तुम सब यंगमैन हो! जवान मर्द! यह टाउन छोड़कर, भाग जा! कहीं और चला जा और सुन्दर-स्वस्थ ज़िन्दगी जीने की कोशिश कर।'

'मैं तुम्हारे साथ चलूंगा।' सबूज ने कहा

'मरने के लिए?'

'ज़िन्दगी तुम्हारी दी हुई है! अपनी समूची साध-आल्हाद समेत, कुछ दिनों जी लिया—'

सबूज ने ज़ोर का ठहाका लगाया। अब तक तपन ने उसे एक बार भी ऐसा अट्टहास करते हुए नहीं देखा था।

'सबूज!'

'क्या, भाई जी ?'

'संकटा काली मंदिर का रंग-रोगन हो गया?'

'नहीं तो!'

तपन ने अपनी निगाहें, खिड़की के पार बाहर की तरफ गड़ा दीं। शाम के वक़्त का टाउन! सड़क पर लोग ही लोग! बच्चों का एक झुंड, हाथ में फुटबॉल लिये हुए, दौड़ता-भागता हुआ। दफ़्तर आने-जानेवाले यात्री, अपनी-अपनी सायकिल पर सवार, कलकत्ते से वापस लौटते हुए। सोमजित के क्लब से, गीत का स्वर, उसके कानों से आ टकराया—'आओ, मुक्त करो; मुक्त करो, अंधियारे का द्वार!'

कैसे मुक्त करें वे लोग? कौन-सी पीढ़ी मुक्त करेगी? अंधेरे का एक दरवाजा खोलते ही, सामने उससे भी बड़ा, कोई और अंधेरा-दरवाजा नज़र आने लगता है। ये दरवाजे तोड़ते-तोड़ते, किसी दिन, कोई, रोशनी ज़रूर लायेगा। सिर्फ तपन ही वह रोशनी नहीं देख सकेगा। काश, वह उजाला वह देखकर जाता। तब अंधाधुंध गोलियों की बरसात से चाहे उसकी छाती, पसली छलनी ही क्यों न हो जाये, तो भी उसे कोई अफसोस नहीं होता।

क्योंकि भवानी बाबू ज़िन्दा रहेगा।

कलकत्ते से दूर, कलकत्ते के किसी दुर्ग में बैठा-बैठा, वह टेलीफोन उठायेगा और

सम्पर्क करेगा।

ज़माना कैसे बदल सकता है? भवानी बाबू जैसे लोग तो टिके ही रहेंगे और तिल-तिल करके धूल का दाना-दाना, घास वगैरह ख़रीद लेगा। हज़ारों तरह से बेनामी रुपये जमा करेंगे। वे लोग अभी 'थिंकिंग बिग़'! उनके साथ ढेरों शक्तिशाली लोग भी होंगे। ये लोग छोटे-छोटे टाउन निगलने के बाद, कलकत्ता को खाना-चबाना शुरू करेंगे।

भवानी बाबू को ज़रा झटके पर झटका दिया जाये, दिल की आग कुछ तो शांत होगी, लेकिन यह कोई समाधान नहीं है।

काश, कोई....कोई इसका समाधान निकाल पाये! कोई तो हो।

तपन ने अपनी निगाहें सुदूर टिकाये-टिकाये ही कहा, 'अगर, उस मंदिर का रंग-रोगन न बदला हो, तो उसके पिछवाड़े के द्वादस शिवमंदिर में चले जाना।'

'वह तो टूट-फूट गया है।'

'मंदिर की दीवार पर तुझे कुछेक नाम नज़र आयेंगे। लोहे की सींक से हम लोगों ने ही अपना-अपना नाम लिखा था—चम्पक, सौरभ, तपन, श्यामल और काजल। वर्षों पहले, जब मैं क्लास सेवन में पढ़ता था।

'आप ये सब बातें क्यों कर रहे हैं?'

'यह बात कोई नहीं जानता, तुझ को बता दिया। और—'

'क्या?'

'सुन, चमेली से कहना, भरत को मैं मारना नहीं चाहता था। हमला भरत ने ही किया था। उस दिन एक न एक तो मरना ही था। अफसोस कि भरत मर गया।'

'ऐसी बातें तुम क्यों कर रहे हो?'

'सुन, मां से कहना, वह यह शहर छोड़कर चली जाये।'

'सुनो, मेरा दिल घबड़ा रहा है।'

'घबड़ाने की क्या बात है? तुम लोगों के लिए ख़ास कोई इन्तज़ाम नहीं कर पाया। ले, यह अटैची पकड़। इसे ले जा और सीधे मां को सौंप देना। ये तुम चारों के लिए है। मां से कहना, इन्हें भी बैंक में डाल दे।'

'भवानी बाबू का यह आखिरी पेमेंट है न?'

'साबित करे! नहीं, वह कुछ साबित नहीं कर सकेगा!'

'तुम क्या सोच रहे हो, बताओ तो?'

'कुच्छ नहीं, किस का अंत, किस राह से आता है, सबूज! जा, घूम आ! अभी और काम पड़ा है।'

न्ना! किस की ज़िन्दगी में, कौन-सा सूत्र थामकर, उसका अंत आता है, कौन बता सकता है? मलय क्या इसीलिए आया है?'

ख़ैर, आने दो। राधा! उसकी आंखों में कातर याचना कि वह देवा के साथ अपनी गृहस्थी बसायेगी। लेकिन तपन ने जिसे पनाह दी, देवा ने उसे बेच दिया? मलय ने उसे

ख़रीद लिया? बिचौलिया था—टाइगर? इसके बाद, तपन को कौन मानेगा?

'बीरू! कुश! क्षिति!'

वे तीनों उसके सामने आकर खड़े हो गये।

'तुम लोग अभी गये नहीं?'

'हम तुम्हारे साथ जायेंगे।'

'ग्रे-ट! मरना चाहते हो?'

वे तीनों ख़ामोश!

'जाओ, चले जाओ! यहां से खिसक लो। मलय आने ही वाला है। वह तुम लोगों को पहले खा जायेगा। पुलिस जहां देखेगी, उठाकर फेंद देगी। मां से रुपये ले लेना और कहीं और फूट लेना।'

'कहां?'

तपन बेहद अपरिचित, रूखी आवाज़ और दबे-दबे लहजे में गरज उठा, 'आज रात ही तुम लोग मां के पास जाओगे। घंटे भर बाद! रुपये लेना और उसके बाद यह टाउन छोड़कर भाग लेना! बिहार जाओ, उड़िसा जाओ, जहां मन करे, चले जाओ। क्षिति का कोई जीजा, रांची में है, वहीं चले जाओ। यह बात बख़ूबी समझ लो, तुम्हारी ज़िन्दगी नितान्त अपनी है। कोई भी कामधंधा शुरू कर दो और कमाना-खाना। अगर यहां से नहीं गये, तो मरोगे।'

'तुम्हारे रहते?'

'अरे, फर्ज़ करो, अगर मैं ही नहीं राहा, तो?'

उसकी यह बात समझने में उन तीनों को ज़रा वक़्त लगा।

तपन ने बेहद धीमी और आन्तरिक आवाज़ में कहा, 'तुम लोगों को तो मैंने सबकुछ सिखा-पढ़ा दिया है। इस लाइन में सभी लोग टेम्पोररी होते हैं! बिल्कुल क्षणिक! वक़्त की नब्ज पहचानकर ही मैं तुम लोगों से बात कर रहा हूँ। भाग जाओ और राजी-खुशी जीते रहो। वे रुपये भी, कोई विराट रकम नहीं है, लेकिन कोई छोटा-मोटा धंधा शुरू करके, सही-सलामत जी सकेगा! जा, भाग जा—'

'तुम से अब भेंट नहीं होगी?'

तपन ईषत् हंस पड़ा, 'इस बारे में अभी कुछ नहीं कहा जा सकता, बीरू! काफी सोच-समझकर ही मैंने तुम लोगों को जाने को कहा है। तुम लोग तो जानते हो, मैं फालतू की बातें नहीं करता।'

'शूकू बाबू से कहकर जायें?'

'किसी से कुछ मत कहना। सायकिल उठा, मेरे घर जा। मां रुपये देगी, लेकर सटक ले।'

'सबूज क्या करेगा?'

'वह नहीं जायेगा। वह बात नहीं सुनता। तुम लोग तो सुन लो। और चाहे जो करना, इस लाइन में न जाना।'

वे लोग भी चले गये।

तपन ने सेफ खोली।

सबूज लौट आया।

'सारी बातें ठीक तरह समझा दीं?'

'तुमने यह क्या किया? अटैची दी, उसमें बीस हज़ार-रुपये थे।'

'ये तो महज कागज के टुकड़े हैं। एक-एक को मैं बीस-बीस देना चाहता था। टाइम ही नहीं मिला! सबूज, अभी भी ज़रा सोच ले।'

'सोच लिया।'

आज के लिए मोटर सायकिल ही प्रशस्त सवारी थी! टाउन का रास्ता पीछे छूटता रहा।

'तपन' दा, ब्रेक!'

सामने सोमजित, अभीक, नन्दिता, बबलू! उन सबकी आंखों में विस्मय!

'सॉरी!' तपन ने कहा।

टाउन का रास्ता फिसलकर पीछे छूटता रहा। यहीं चम्पक पड़ा था। आलोक वर्ष से पहले। करोड़ों-करोड़ वर्ष पहले! इसी रास्ते से रेवा, श्यामल के पास चली गयी। आलोक वर्ष से पहले। इसी जगह तपन का बप्पा दारू के नशे में टुन्न होकर पड़ा रहता था। तपन उसे उठाकर ले जाता था। इसी मैदान में तपन और उसके संगी-साथी, भरत के बापू की बनायी हुई पतंगे उड़ाया करते थे। पीली मोमबत्तियों के साथ, हरे चटियल मैदानों की रस्साकशी! टाउन पीछे खिसकता गया। इसी रास्ते पर उसकी मां दिन पर दिन, दिन पर दिन पैदल-पैदल चलती रहती थी! कई-कई दिन चलती रहती थी! टाउन फिसलकर पीछे छूटता रहा।

अब वे दोनों किसी सर्पिल गली में दाखिल हुए।

तपन ने सबूज से कहा, 'देख, अब बम फोड़ना, लेकिन दुकान और लोगों को बचाकर। बैरेक-घर के हर कमरे में रोशनी। पान की दुकान पर रिकॉर्ड पर गीत गूंजता हुआ—दिल ना करो ज़ख़्म, ओ बेदरदी बालम!' मोटर सायकिल रुक गयी।

'सबूज, उस धोबीखाना मैदान में एक बम मार!'

'शब्द! धुंआ! त्रस्त जनता की चीत्कार! दुकानें फटाफट बंद होने लगीं। लोग भागने लगे।

तपन हाथ में रिवॉल्वर ताने मकान के अन्दर घुसा।

'मासी कहां है? मासी?'

एक लड़की, एक कमरे की तरफ इशारा करते हुए, भाग खड़ी हुई। तपन ने उस कमरे के दरवाज़े पर लातें जमाना शुरू किया।

मासी और सामन्त बाबू!

तपन ने शराब की बोतल को ठोकर मारकर एक कोने में फेंक दिया।

'राधा कहां है?' उसने मासी से दरयाफ़्त किया।

'राधा?....कउन है, बेटा?'

'जिस लड़की को मलय यहां लाया है।'

'ओऽ ऽ! रा-नी? वह तो सात नम्बर में है। दूसरी मंजिल पर....'

''आज मैं तुम्हारा यह मकान आग लगाकर फूंक दूंगा।'

'वहां...मलय बाबू.... बइठे हैं....।'

तपन हर दरवाजे पर लात जमाते हुए आगे बढ़ा—'भागो! सब भागो! निकल जाओ यहां से! इस घर में आग लगायी जायेगी। ना, ना, कोई चींख-चीत्कार नहीं।'

औरतें निकल-निकलकर इधर-उधर दौड़ने लगीं। मर्द भागने लगे।

'सबूज! एक बार फिर....'

फिर बम धमाका! धमाके की आवाज़ आसमान को चीर गयी। बैरेक के दूसरे-दूसरे हिस्सों से भी लोग-बाग निकल-निकलकर भागते रहे। सबूज मन ही मन बेभाव खुश हो उठा। कहां, बिल्कुल भी डर नहीं लग रहा है।

सात नम्बर का दरवाजा उढ़का हुआ था। राधा बदन पर पीले रंग की एक साड़ी लपेटे थर-थर कांप रही थी। मलय उसके सामने आ खड़ा हुआ।

'म-ल-य!'

'..........'

'सावधान हो जाओ, तपन, मेरे हाथ में रिवॉल्वर है।'

'..........'

'साड़ी पहन ले, राधा!'

'तपन बाबूसाहब, मुझे बचायें!' राधा रो पड़ी।

'ख़बरदार, तपन, उसे मैंने ख़रीदा है।'

'अच्छा?'

मलय ने भी रिवॉल्वर निकाल लिया और धांय से चला दिया। लेकिन सबूज ने उसे धकेलकर तिरपाई की तरफ उछाल दिया। मलय का कंधा बुरी तरह छिल गया। तपन ने मलय का हाथ मरोड़कर, उसकी बांह तोड़ डाली।

'चेम्बर चला रहा है, बेइमान!'

'बेइमान तू है! दीनू बाबू को...'

'दीनू बाबू पर बड़ी भक्ति चर्रायी है। है न?'

तपन के होंठों पर हिंस्र हंसी झलक उठी।

'जा, अब तू भी दीनू बाबू के पास जा, मलय, वह तुझे खोज रहा है।'

मलय की आंखों में आतंक उतर आया।

'ना, तपन, ना! ना!! ना!!! त-प-न!'

'काश, तूने पहले कहा होता। क्या सोचा था? तू मेरी जगह हथिया लेगा? बता? राधा को पकड़कर....'

'भवानी....बाबू...ने कहा था...'

'लेकिन....ऐसा नहीं हुआ, मलय! वेरी सॉरी!'

छुरा नाच उठा। मलय की गर्दन के दो टुकड़े हो गये। ख़ून का फव्वारा फूट पड़ा। तपन ख़ून से नहा उठा। तपन ने खड़े-खड़े मलय को एक जोर की लात जमायी।

'जा, दीनू बाबू के पास जा!'

राधा बिस्तर पर बैठी रही। मारे आतंक के उसकी आंखें फट पड़ीं। सीढ़ियों पर कई-कई पैरों की धमाधम् आवाज़ें!

सबूज ने कहा, 'टाइगर!'

'पास में और बम है?'

'बस, एक है!'

'चल, रिवॉल्वर पकड़।'

तपन ने दरवाजा अन्दर से बंद कर दिया।

'तपन' दा, दरवाज़ा खोलो।'

'तेरे साथ और कौन-कौन है?'

'तुम्हारा खेल ख़त्म, तपन' दा!'

'अब कौन खेलेगा? मलय'

'चाहे कोई भी खेले–'

'मलय तो दीनू बाबू के पास गया। तुम किसके पास जाओगे, टाइगर? इरानी के पास? लेकिन इरानी के पास तो इमान था।'

'इस खेल में बेइमानी नाप की कोई चीज़ नहीं होती, तपन' दा! मैं लाचार हूँ। मैं अकेला नहीं हूँ, तपन' दा। मेरे साथ बम्बा और थाकू भी हैं।'

तपन ने कहा, 'सबूज! अगर वे लोग दरवाजा तोड़ें, तो वह बम चला देना।'

'ठीक है, भाई जी!'

'डर लग रहा है?'

'ना–' राधा एकदम से बिलबिला उठी, क्योंकि दरवाजे पर कोई दनादन लातें मार रहा था।

'डरो मत, राधा! अब देखा, देवा ने तुम्हें कैसे बेच दिया?'

'हां, उस बार तो....आपने आश्रय दिया था....'

तपन ने लम्बी उसांस भरी!

'मैं समझ नहीं पाया था।'

'वर्ना मुझे कहीं और ले जाते?'

'तुमने तो देवा को ही चाहा था–'

'मैंने एक गृहस्थी....तब क्या मुझे पता था?'

'चुप करो!....वह क्या बाथरूम है?'

'नहीं, बगल के कमरे का दरवाज़ा!'

'पीछे के दरवाजे से निकले, तो कहां जायेंगे?

'वराम्दे में।'

तपन ने उसे धकेलकर वराम्दे में निकाल दिया।

वही दबी आवाज़ में हुंकार उठा, 'भा-गो।'

तपन ने दरवाज़ा बंद कर दिया। रिवॉल्वर में छः गोलियां थीं। किसी ज़माने में वह रिवॉल्वर उसने खुद ही ख़रीदा था। उसने एक हाथ में छुरा उठा लिया। सबूज को उसने आंखों से इशारा किया। दरवाजे की सिटकिनी नीचे करके, वे दोनों, दरवाजे के पीछे खड़े हो गये। चूंकि टाइगर ताबड़तोड़ लातें चलाये जा रहा था, इसलिए दरवाजा खुलते ही वह हुड़मुड़ाकर अन्दर फर्श पर आ गिरा।

तपन ने टाइगर के बाल मुट्ठियों में कसकर, उसे उठाया, 'टाइगर, तेरे पीछे से....'

इसी दौरान बम्बा और थाकू अंधाधुंध गोलियां बरसाते हुए कमरे के अन्दर दाखिल हुए। सबूज भी दनादन गोलियां बरसाते हुए दरवाजे से बाहर निकल गया। टाइगर ने उसे झटका दिया।

तपन के कंधे पर गोली लगी। तपन के छुरे ने टाइगर का तलपेट चीर दिया।

तपन को क्या माथे पर भी गोली लगी है? उसकी आंखों में ख़ून क्यों उतर आया है? तलपेट में भी गोली लगी थी।

तपन ने कहा, 'सबूज, टुप्प से निकल जा! टपक जा! भा-ग! मैं घायल हूँ, मेरी फ़िक्र मत कर!'

बम्बा और थाकू निमिष भर के लिए हाथ उठाये-उठाये स्तब्ध हो आये। तपन ने छुरा फेंककर मारा! बम्बा लड़खड़ाकर घूम गया। सबूज दौड़कर लौट आया। बाहर आंगन में बम के धमाकों की भयंकर आवाजें! आवाज़ों के शोर से मानो छत फटने लगी। कमरे में बारूद की गंध! धुंआं ही धुंआं!

सायरन की आवाज़ करीब आ गयी।

सबूज और थाकू ने एक-दूसरे पर गोली चला दी।

चूंकि तपन की सांसें अभी भी चल रही थीं, उसे अस्पताल ले जाना पड़ा।

ओ सी ने पूछा, 'बचेगा?'

'इतना ज़ख़्म खाकर? असंभव! माथे पर गोली! तलपेट रिप्ड ओपेन, कंधे पर गोली! हेमरेज में ही टपक जायेगा।'

'बाहर भीड़ देख रहे हैं? समूचा टाउन ही उमड़ आया है।'

'अंत में एक जीर्ण-शीर्ण, काली-सी प्रौढ़ा औरत क़दम-क़दम चलती हुई आ पहुंची। उसका सर ऊंचा तना हुआ था।

'मैं उसे देखूंगी।'

'आप कौन हैं?'

'तपन की मां। अब वह लड़का कुछ ही क्षणों का मेहमान है—'ओ सी साहब ने कहा, 'छः छः बॉडी मिली हैं। तीन अकेले तपन ने ही फेंकी हैं।'

'हां, वह ऐसा कर सकता था! मर्डरर जो था।'

'नाउ, ही कान्ट बी ब्रॉट टु ट्रायल! अब उस पर मुकदमा नहीं चलाया जा सकता।'

तपन की मां ईषत् हंस पड़ी।

'आप हंस रही हैं?'

'आप तपन को अदालत में पेश करते! वह मर्डरर है! लेकिन, दारोगा बाबू, जिन लोगों ने इन लड़कों से मर्डर कराया; कराते रहेंगे, उनका तो कुच्छ नहीं होगा। हैं न?'

घर में भयंकर खामोशी! बाहर कॉरीडोर में विशाल भीड़ जमी हुई! एक कोने में अभीक भी नज़र आ रहा था।

तपन की मां दरवाजे पर आ खड़ी हुईं।

'मेरे बेटे के हाथ में छुरा थमाया भवानी बाबू ने! ये लोग मर गये! तपन भी मर जायेगा। लेकिन वे लोग और-और मर्डरर ले आयेंगे। जो ख़ून करता है, वह ज़रूर मुजरिम है। मेरे बेटे ने आज जो ख़ून किया, वह ख़रीद-फ़रोख़्त की मंडी में, एक लड़की को वेश्या-जीवन से बचाने के लिए किया। इस टाउन में, चिरकाल मैं सिर झुकाये जीती रही। लेकिन आज के लिए मुझे कोई लज्जा, कोई शर्मिन्दगी नहीं है। लेकिन दारोगा बाबू, जो लोग मर्डर कराते हैं, वे लोग तो खुले ही छूट गये। आज़ाद ही रहे! यह कैसा फैसला है? तपन क्या अकेला ही मर्डरर है? भवानी बाबू क्या है?

'आप जाइये—'

'कोई जवाब है?'

तपन की मां की सूखी-सूखी आंखों में, सूखा-सूखा हाहाकार!

'भवानी बाबू जैसे लोग भी तो मर्डरर हैं, लेकिन उन लोगों को कोई नहीं पकड़ेगा; कोई गिरफ्तार नहीं करेगा।'

समवेत जनता में खुसफुस शुरु हो गयी।

अभीक ने पूछा, 'आप जा रही हैं?'

'हां, उसे तो घर पर ही लायेंगे, मैं चलूं।'

राधा आगे बढ़ आयी।

बीरू, कुश और क्षिति उनके साथ-साथ चल पड़े।

तपन की मां सिर ऊंचा किये आगे बढ़ गयी।

दारोगा साहब देखते रहे, एक अदद मर्डरर की मौत पर क्रुद्ध, आवाक् जनता का चेहरा

दारोगा साहब देखते रहे, मर्डरर की मां शान से सिर ऊंचा किये, आगे बढ़ती जा रही थी।

तपन की मां की बातों से, समूची परिस्थिति महा-विस्फोटक हो उठी....।

●●●